ねじの回転

ヘンリー・ジェイムズ

JN225596

古屋敷の炉辺を囲んで幽霊話に興じるクリスマス・イヴの夜、最後にひとりの男が口を開き、妹の家庭教師の書簡に記されていた逸話について語り始める。それはあまりの恐ろしさゆえ、いままで男の他に誰も聞いたことがなかったという。物語はロンドンで依頼を受けた二十歳の女性が、幼い兄妹の家庭教師として田舎の邸宅に向かう場面で幕を開ける。何があっても雇い主を煩わせない、という奇妙な約束のうえで職を得た彼女は、やがて前任者が謎の死を遂げたことを知った。難解な文章と曖昧な描写から、だまし絵にも喩えられる古典怪奇の傑作の新訳に、「古衣装の物語《ロマンス》」など怪異譚4篇を付す。

ねじの回転

心霊小説傑作選

ヘンリー・ジェイムズ
南條竹則・坂本あおい 訳

創元推理文庫

THE TURN OF THE SCREW AND OTHER GHOST STORIES

by

Henry James

1898

目　次

ねじの回転

The Turn of the Screw (1898)

わたしたちは炉をかこみ、固唾《かたず》をのんで話に聞き入っていた。ぞっとする、と誰かが露骨に言ったほかは――クリスマス・イヴに古い屋敷で奇妙な物語とくれば、本来そうでなければならない――わたしの憶えている限り、口をきく者はなかった。しまいに誰かがこう評した――幽霊が子供の前に出るなんていう話を聞いたのは、これが初めてだ、と。つけ加えておくと、その話というのは、ちょうどわたしたちが今回集まったのと同じような古屋敷の幽霊譚だ――幼い男の子が母親と部屋で寝ていると、恐ろしい幽霊があらわれて、子供はこわがり、母親を起こす。目覚めた母親は子供をあやして寝かしつけようとするが、それがうまくいかないうちに、子供を怯《おび》えさせた光景を自分も目のあたりにする――

くだんの人物の評が呼び水となって、ダグラスから――すぐにではなく、夜が更けてから――反応があり、その結果、興味深いなりゆきに転じたのだ。そのことを、これからみなさんのお耳に入れようと思う。

他の誰かがこれといって面白くもない話をし、ダグラスは上《うわ》の空で聞いていた。これは、彼自身に何か言いたい事があるしるしだ、とわたしは思った。われわれはただ待っていればよい。実際、二日後の晩まで待たされることになったが、その同じ晩、みんなが引きあげる前に、彼は胸のうちにあることを話した。

「たしかにね――グリフィン君の幽霊にしろ、何にしろ――幽霊がいたいけな子供のところに最初にあらわれたっていうと、一味ちがう感じがするね。しかし、子供に関係のある素敵な幽霊話は、これが最初というわけじゃないよ。子供の出てくることが物語にねじの一《ひと》ひねりを加えるとすると、子供が二人だったら、どうかね？」

「決まってるじゃないか」誰かが大声で言った。「子供二人なら、二ひねりになる！　その話ってのを聞きたいものだ」

暖炉の前にいたダグラスの姿が今でも目に浮かぶ。彼は立って火に背を向け、ポケットに両手を突っ込んで、相手を見おろしていた。「ぼくのほかに、今まで誰も聞いたことのない話なんだ。あまりにも恐ろしくてね」

こう言うと、当然のことながら、それなら是非とも聞かねばならぬ、と何人かが言い出した。われらが友はその求めに応じる前にもったいをつけるごとく、ゆっくりと聴衆を見まわして、続けた。「どんな話よりもすごいんだよ。ぼくの知る限り、足元にも及ぶものはない」

「こわさが、かい？」わたしはそうたずねたのを憶えている。

彼は〝そんな単純なことじゃない〟とでも言いたげな表情で、何と形容すべきかと思いあぐねているようすだった。手を額にかざし、ちょっととまどったように顔をゆがめた。「恐ろしさ――恐ろしさだよ！」

「まあ、素敵なこと！」一人の婦人が言った。

ダグラスは彼女にかまわずわたしの方を見たが、その目はわたしを、というよりも、自分のいう恐ろしいものを見つめているかのようだった。「徹頭徹尾、不気味な醜さと恐怖と苦しみに満ちているんだ」

「じゃあ、坐って、話をはじめてくれたまえ」わたしは言った。

ダグラスは暖炉の方をふり向き、薪《たきぎ》を蹴って、それをしばらく見つめていた。やがてこちらに向き直った。「それが出来ないんだ。ロンドンへ使いをやらないといけないんでね」不満と怨嗟《えんさ》の声が一斉にあがった。それでも、彼は相変わらず心ここにあらずといった様子で、説明した。「この話は書き物でね。鍵のかかった抽斗《ひきだし》にしまってあって――何年も出したことがないんだよ。召使に一筆書いて、鍵を同封しよう。包みを見つけたら、こちらへ送ってくれるだろう」

彼はほかの誰でもなく、わたしに語りかけているようだった――ためらいをふり切るのに、後押しを求めているようにも見えた。厚い氷を――幾年もの冬を経て塊《かたま》った氷を割ったのだ。長い沈黙には、それなりの理由《わけ》があったに違いない。みんなはおあずけを食ったことに腹を立てていたが、わたしはダグラスが逡巡したという、そのことにこそ興味を唆《そそ》られた。次の便で早速手紙を出し、早く聞かせてくれたまえ、と彼に厳命した。それから、そいつは君自身の体験なのかと尋ねると、間髪を容れずに答が返ってきた。「ありがたいことに、ちがうんだ!」

「じゃあ、記録は君のものなんだね？　君が書き留めたんだろう？」

「印象だけを、ここにね」といって、彼は胸をたたいた。「けして忘れたことはない」

「ならば、その原稿というのは――？」

「古くてインクの色も褪《あ》せた、とても美しい字で書かれた原稿だよ」彼はまた口ごもった。「女の筆でね。その人は二十年前に亡くなった。死ぬ前に問題の原稿をぼくに送って来たんだ」

今は誰もが聴き耳を立てていた。むろん、茶化す者もいたし、勝手な憶測をする者もいた。しかし、ダグラスはにこりともせず、かといって腹も立てずに、それを聞き流した。

「その人は素晴らしく魅力的な人物だったが、ぼくより十歳年上でね。妹の家庭教師だったんだ」彼は静かに語った。「家庭教師で、あんなに感じのいい女性は見たことがない。きっと何をやらせたって、立派にやってのけただろう。もうずいぶんと昔のことで、肝心の物語の方はもっと昔にさかのぼる。ぼくはあの頃トリニティ（学寮の名）の学生だった。二年目の夏休みに家に帰ってくると、あの女《ひと》がいた。その年は、大体家で過ごした——素敵な夏休みだったよ。彼女のひまな時間に、ぼくらは一緒に庭を散歩して、おしゃべりをした——話しているうちに、何て頭のいい、素敵な人なんだろうと思った。うん、そうさ。笑わないでくれたまえ。ぼくは彼女が大好きだったし、彼女もぼくを好いてくれたことを考えると、今でも嬉しいよ。嫌いな人間には、あんな話をしやしなかったろうからね。彼女は誰にも打ち明けたことがなかったんだ。本人がそう言ったわけじゃないが、ぼくにはわかった。そう確信したんだ。話を聞けば、君たちにもおわかりになるだろう」

「あんまりおっかない話だから？」

ダグラスは相変わらずじっとわたしを見ていた。「聞けばわかる——君ならわかる」

わたしも見つめ返した。「なるほど、彼女は恋をしていたんだな」

ダグラスは初めて笑った。「御明察。そうなんだ、恋をしていた。つまり、ぼくと知り合う以前にね。それがわかったのは——あの話をするには、どうしてもそこを避けて通るわけにはいかなかったからだよ。ぼくは気づいたし、ぼくに気づかれたことを彼女も察していた。でも、お互い、そのことには触れなかった。いつ、どこで話してくれたか、今でも憶えているよ——芝生の隅、大きな橅《ぶな》の木蔭で、長い、暑い夏の日の午後だった。こわい話向きの場所じゃなかったが、しかし、ああ——！」彼は暖炉から離れ、どっかりと椅子に腰を下ろした。

「包みは木曜の朝には届くだろうか？」わたしは尋ねた。

「第二便より早いことはないだろう」

「じゃあ、夕食の後に——」

「みなさん、ここにお集まりになりますか？」ダグラスはあらためて一同を見まわした。「お帰りになる方はいませんか？」それを願っているような口調だった。

「みんな残りますすよ！」

「わたくしも——それにわたくしも」帰る予定だった婦人たちが口々に叫んだ。しかしながら、グリフィン夫人は、話の内容をもう少しだけ教えてくれとせがんだ。「その方《かた》が恋していた相手って、いったい誰だったんですの？」

「話の中に書いてありますよ」わたしが返事を引きうけた。

「それを聞くまで待ちきれませんわ！」

「話の中には書いてありませんよ」とダグラスは言った。「あからさまに誰それとはね」

「じゃあ、なおさら残念ですわ。それじゃ、わたしにはわかりませんもの」

「君の口から話してくれないか、ダグラス？」別の誰かが言った。

ダグラスはまたすっくと立ち上がった。「うん――明日、お話ししよう。今晩はもう寝なくては。おやすみ」

そう言って急いで燭台をとると、幾分あっけにとられている我々を残して出て行った。褐色の大広間のこちら側まで、階段をのぼる足音が聞こえてきた。そこでグリフィン夫人が言った。

「その女性が恋していた相手はわからないけど、彼が誰に恋していたかは言わずもがなね」

「十歳《とお》も年上だったんだぞ」と彼女の夫が言った。

「それゆえにこそよ――そういう年頃ですもの！　でも、ずっと黙っていたなんて、素敵だわ」

「四十年だ！」グリフィンがつけくわえた。

「そしてとうとう打ち明けるのよ」

「打ち明け話をする木曜の晩は」とわたしが言った。「さぞかし大変なことになるでしょうな」

みんなはまったくわたしと同感だったので、他のことには気もそぞろになってしまった。尻切れとんぼで、連載小説の冒頭《でだし》のようではあったが、この日最後の話が終わったことには違いない――一同は握手を交わし、誰かの言い回しを借りれば「蠟燭を刺し」て、寝室に引き上げた。

翌日、鍵を同封した手紙が第一便でロンドンのダグラスの家に送られたことを、わたしは知った。しかし、そのことがじきに知れ渡ったにもかかわらず――むしろ、そのせいで、というべきか――みんなは夕食後まで彼をせっついたりしなかった。やがて夜も更け、一同が期待している種類の感情にもっとも折合いのよい刻限が訪れた。すると、ダグラスは素敵に口が軽くなり、そうなった理由も話してくれた。わたしたちは前の晩、いささかの不思議話をした時のように、広間の暖炉の前で、彼からその話を聞いた。彼が読んで聞かせると約束した物語をちゃんと理解するには、多少の前置きが必要らしかった。ここではっきりと申し上げておきたいが、この後に掲げるのはその物語を――ずっと後になって、わたし自身が正確に書き写したものである。ダグラスは死ぬ前――死が目前に迫ったとき――原稿をわたしに託したのだ。その原稿は三日目に彼の手元に届き、彼は四日目の晩、同じ場所で、おし黙った少数の聴き手に向かって、それを読みはじめた――そして大変な効果を与えた。

予定を変更して居残ると言っていた御婦人方は、もちろん――ありがたいことに――残らなかった。好奇心をたきつけられて、居ても立ってもいられないと言いながら、用事があるために帰って行った。おかげで、残った聴衆は少人数の選ばれた顔ぶれとなり、炉を囲んで、一様に戦慄を味わったのである。

ダグラスの前置きによると、手記は、いわば事の発端よりもやや後の時点からはじまっているようだった。それ故、事前に知っておくべき事柄として、彼は以下のことを語った――ダグラスの旧知の婦人は貧しい田舎牧師の末娘で、二十歳《はたち》のとき、初めて家庭教師の職に就《つ》くため、おっかなびっくりでロンドンに上京した。募集広告の広告主と手紙で簡単なやりとりをしたあと、面接を受けるためだった。ハーリー街（一流の医者が開業する街として有名）の家を訪ねると――そこはばかに大きく、いかめしい建物だと、彼女には思われた――雇い主となるべき人は立派な紳士で、男盛りの独身者《ひとりもの》だった。ハンプシャーの牧師館から出てきた物慣れぬ娘にとって、夢か小説本の中でしか会ったことがないような男性だった。どんなタイプの人間だったかは容易に想像がつく。この種族は幸い、絶滅することがないからだ。堂々とした美男子で、感じがよく、気さくで、明るくて親切だった。当然、彼女の目には慇懃《いんぎん》な素晴らしい男性に映ったが、何よりも彼女の心をとらえ、後に発揮する勇気を与えたのは、その人が、万事あなたにおすがりします、恩に着ます、と丁重に出たことだった。この人はお金持ちだが、おそろしく贅沢な人だ、と彼女は思った。趣味は高く、風采は良く、金のかかる暮らし、そつのない女のあしらい――まぶしいばかりの人となりだった。ロンドンの家は大きく、旅の土産や、狩猟《かり》の獲物がたくさん飾ってあった。しかし、彼女がすぐにも行ってもらいたいと頼まれたのは、エセックスの郷里にある先祖代々の屋敷の方だった。

両親がインドで亡くなったため、彼は幼い甥と姪の後見人になっていた。軍人で、二年前に死んだ弟の忘れ形見だ。奇妙なめぐりあわせであずけられた子供たちは、彼のような男――しかるべき経験も、これっぽっちの忍耐力も持ち合わせていない独身者――には、大変なお荷物になっていた。気苦労が多く、彼の側は失敗ばかりしていたが、それでも幼子たちを心から不憫に思い、できるだけのことはしてきた。子供にはなんといっても田舎が良いと、二人を別邸に住ませた。最初から選《よ》り抜きの世話係を雇い、自分の召使すら手放して子供たちの面倒を見させ、都合がつけば、自分でも様子を見に行った。

問題は、子供たちに他に身寄りがなく、彼は自分の用事でいつも手一杯なことだった。子供たちにはブライの屋敷を与えた。ここは健康に良く、安全である。そして、この小さな世帯の——といっても、下の階だけの——長として、グロース夫人《さん》という良く出来た婦人を置いた。この人なら家庭教師の先生もきっと気に入るはずで、もとは彼の母親のメイドだった女性である。今は女中頭となり、さしあたり幼い女の子の教育係をつとめている。自分に子供がないため、女の子をたいそう可愛がってくれるのは有難いことだ。他にも使用人は大勢いるが、家庭教師として派遣される若い御婦人が、もちろん一番の権限を持つことになる。男の子の方は学校に行っているが——寄宿舎に入れるにはまだ幼いけれども、他にどうしようがあるというのだ？——休暇の間はこの子の面倒も見なければならない。もうじき休みが始まったら帰ってくる予定だった。二人の子供には最初若い女の家庭教師をつけていたが、その人は不幸にして亡くなった。たいそうよくやってくれたが——実に立派な人だった——彼女が死んでからはどうしようもなく、幼いマイルズを学校にやらざるを得なかったのだ。それ以来、グロース夫人はフローラに行儀や何かをできるだけ仕込んでいる。他には料理人、女中、乳搾りの女、年老《と》った小型馬に老いた馬丁、それに年寄りの庭師がいて、みな申し分のない立派な人たちだった。

ダグラスがここまで説明したところで、誰かが尋ねた。「前の家庭教師はどうして死んだんです？——立派すぎたから？」

われらが友はすぐに答えた。「いずれわかる。今は先走らないことにしよう」

「失礼——てっきり、そういう話をしてくださるかと思っていましたよ」

「ぼくが後任者の立場だったら」わたしはほのめかした。「ぜひ知りたいと思うだろうな。その仕事は——」

「命にかかわるのかって？」ダグラスがあとを言ってくれた。「彼女だって知りたかったよ。そして、実際、知ることになるんだ。それがどういうことだったかは、明日お話ししよう。それはそうと、彼女は当然、先行に多少の不安を感じた。なにしろ若いし、経験も自信もない。責任は重く、話相手もなく、耐えられないくらい寂しい——そんな毎日を予想したんだろうな。だから、即答はしなかった——よく考えたいといって、二、三日時間をもらったんだ。しかし、約束された手当ての額は、彼女が思っていたよりもずっと多かったので、二度目に話し合ったとき、思いきって、引き受けることにしたんだ」ダグラスはそう言うと黙り込んだので、わたしはみんなのために、つい口を挟んだ。

「もちろん、その意《こころ》は、まばゆいばかりの青年紳士に誘惑されたということだね。彼女はぞっこん参ってしまったんだ」

ダグラスは立ち上がり、前の晩と同じように暖炉に近づいて、足で薪を蹴り、我々に背を向けたまま、しばらく立っていた。「彼とは二度しか会わなかったんだよ」

「ふん。しかし、そこが彼女の情熱の美《うるわ》しいところじゃないか」

驚いたことにダグラスは、わたしがそう言うと、こちらをふり返った。

「たしかにそうだった。応募者は他にもいてね——魅力に参らなかった応募者もいたんだ。彼は自分の窮状をつつみ隠さず彼女に話した——他の何人かの応募者は条件に難色を示した、とも言った。みんななぜか不安にかられたんだ。退屈そうな仕事だし——妙なところがあった。とりわけ、一番の条件というのが妙だった」

「条件って——?」

「彼をけっして悩ませない、ということだ——絶対に、だよ。何があっても泣きついたり、不平を言ったり、手紙をよこしたりしないでくれというんだ。どんな問題も一人で対処し、金は弁護士から受け取る。一切を引き受けて、自分を煩《わずら》わせないでくれ、と。彼女はそうすると約束した。すると、雇い主はほっとして、うれしそうに彼女の手を握りしめると、御好意ありがとう、と言ったそうだ。彼女としては、もうそれだけで報いられた気分だったそうだよ」

「報いは、ほかにはなかったのかしら?」一人の婦人が質問した。

「二度と彼には会わなかったんだ」

「まあ!」とその婦人は言った。われらが友はそれからすぐに座を外したので、この話題についてなされた重要な発言はそれだけだった。そして翌晩、彼は炉端で一番上等な椅子に腰かけ、薄い、古風な、金縁のついた帳面の色褪せた赤い表紙をめくった。全部を読み終えるには幾晩もかかったが、最初の晩、同じ婦人がもう一つ質問をした。「題名は何というんですの?」

「題はありませんよ」

「じゃあ、ぼくがつけてやろう!」わたしはそう言ったが、ダグラスは聞き流し、書き手の美しい筆跡を音にうつしかえたかのような、明朗な調子で読みはじめた。

一

今でも憶えています、あの最初の頃は舞い上がったり、落ち込んだり、胸が変に高鳴ったり、静まったりの連続でした。ロンドンであの方の頼みをお引き受けしてから、二日ばかりはなにしろ憂鬱でした――疑いがまた頭をもたげて、自分は間違いをしでかしたのだと思いました。わたしは何時間もこんな気持ちのまま、がたがた、ぐらぐらと馬車に揺られて、屋敷から迎えの乗り物が来る停車場に着きました。事前に手配してあったので、六月の日も暮れようとする頃、ゆったりした一頭立ての馬車がわたしを待っていました。天気のいい日、そんな時刻に田園を走り抜けると、夏の快さがわたしを親しく歓迎してくれるようで、元気が蘇ってきました。並木道にさしかかったときには、ふと浮かれるような気持ちになりましたが、それはかえって、気分が沈んでいた証拠だったのかもしれません。わたしはひどく索漠とした場所を想像し、恐れていたのでしょう。ですから、わたしを待ちうけていたのは、嬉しい驚きでした。広々とした明るい正面、開け放たれた窓、洗いたてのカーテン、窓から外をのぞいている二人の女中――それはまったく愉快な印象だったのを憶えています。芝生と色鮮やかな花、馬車の車輪が砂利道に鳴る音、こんもりした木立の梢の上を深山烏《みやまがらす》が弧を描いて飛び、黄金色に輝く空でカアカアと啼いていたことも。そこは大家《たいけ》の風格があって、つましいわたしの家とは雲泥の差でした。幼い女の子の手を引いた人が、すぐさま玄関に姿をあらわして、まるで家の女主人かひとかどの客を迎えるように、恭《うやうや》しく膝を曲げてお辞儀しました。ハーリー街で聞いた話からは、もっと狭い場所を想像していたので、わたしにはこの家の持主がますます奥ゆかしい紳士に思われ、これからの生活はきっと、あの方が約束したより良いものなのかもしれない、という気がしてきました。

翌日まで、もう気落ちするようなことはありませんでした。幼い生徒に紹介されて、素晴らしい時間を過ごしたからです。グロース夫人が連れてきた女の子を見て、こんな可愛らしい子供に教えられるのは幸せだ、とわたしは即座に思ったのです。あれほど美しい子供は見たことがありません。わたしの雇い主はどうしてそのことを言ってくれなかったのだろう、と後になって思いました。その晩はほとんど眠れませんでした――ひどく気が昂《たかぶ》っていたのですが、このこともわたしを驚かせ、心に残って、手厚い待遇を受けているのだと感じさせました。広い立派な部屋はこの家の一番上等な部屋のひとつで、思わずさわりたくなるような大きな天蓋つきベッド、紋織りの布地豊かなカーテン、丈長な姿見――その中に、わたしは生まれて初めて、自分の全身を映して見ることができました――すべてが――わたしの生徒がすばらしく可愛らしかったのと同様に――意外な添え物として付いてきたような感じだったのです。意外といえば、グロース夫人とも最初からうまくやっていけそうでした。そのことは、道中馬車に揺られながら、ずっと不安に思っていたのでした。ただ一つ、この早い段階でわたしを怖気《おじけ》づかせるものがあったとすれば、それは彼女がわたしを見た時の度外れた喜びようです。それから三十分と経たないうちに気づいたのですが、グロースさんは――どっしりとして、素朴な、清潔で健康そうな女性でしたが――嬉しくてしようがないのを、あまり態度に出すまいとしていたのでした。そんなことをどうして隠そうとするのか、その時も少し妙に思いましたが、疑いをもって考えつめたら、不安にかられていたかもしれません。

ですが、輝くばかりのあの少女のことを考えますと、あんな福々しい子供のまわりに、不安などあろうはずはないとも思えるのでした。たぶん、あの天使のように美しい姿こそが、わたしを落ち着かなくさせた原因だったのでしょう。夜明けまで、わたしは何度も床を出て、部屋の中をうろうろと歩きまわり、周囲《まわり》全体の様子をつかもうとしました。開いた窓から夏の暁の微《かす》かな光をながめたり、見える限りの建物を観察したりしました。やがて空が白み、最初の鳥がさえずりはじめた頃、鳥の声にしては不自然な物音が、屋敷の外からではなく中から聞こえてきたような気がして、わたしはそれがもう一度聞こえないかと耳を澄ましました。一瞬、子供の声が、遠くかすかに聞こえたように思いました。別の瞬間には、わたしの部屋の扉の前を軽やかな足音が通り過ぎていったような気がして、はっとしました。でも、こうした空耳《そらみみ》はやがて忘れてしまう性質のもので、あとに起こった出来事の光――というより、闇と申しましょうか――に照らされて、今こうして思い出されるのです。

幼いフローラを見守り、教え、〝躾《しつけ》る〟ことは、幸福な実りある生活をもたらしてくれるにちがいありませんでした。わたしたちは階下《した》で相談した結果、この一日目の晩は別として、今後はわたしが夜も少女の面倒を見ることに決めました。ですから、小さい白いベッドは、もうわたしの部屋に移してありました。わたしは彼女の一切の面倒をみることを引き受けたのですが、何しろまだ初対面ではあるし、人見知りな子でもあるので、少女は最初の晩だけ、グロースさんと寝たのです。人見知りするとはいっても――ずいぶんと奇妙なことに、この子はその、物に怖《お》じるということについて、まったく素直で悪びれませんでした。そのことが話題になっても、自分がそうだと決めつけられても、きまり悪そうにするでもなく、まるでラファエロが描いた幼子のような、愛らしい安らかな表情を湛《たた》えていました――わたしは、じきに好かれるという自信がありました。これは、わたしがグロースさんに早くも好感を抱いた理由の一つでもあるのですが、夕食の卓《テーブル》に四本の長い蠟燭が輝き、よだれ掛けをつけて子供用の椅子に坐ったわたしの生徒が、蠟燭の間から明るい顔を向けてパンと牛乳を食べている時、わたしがうっとりと子供に見とれているのを、グロースさんは喜んでいました。もちろん、そういうことはフローラのいる前では、大げさな、満足げな表情をしたり、それとなく遠まわしな言葉で示し合うだけでしたが。

「それで、坊やのことですけど――フローラと似ているのかしら？　やはり素晴らしいお子さんですの？」

わたしたちは子供をむやみに褒めないことにしていました。「ええ先生、それは素晴らしい子です。この子を気に入ってくださったのでしたら――」グロースさんはそう言うと、皿を持って立ったまま、フローラに微笑みかけました。少女はまったく邪気のない穏やかな天使のような瞳で、わたしたちをかわるがわる見ていました。

「ええ、それなら――？」

「小さな紳士に夢中になってしまいますよ！」

「きっと、わたしはそのためにここへ来たんだわ――夢中になるために。でも――」わたしはつい、こう言わずにいられませんでした。「わたしってすぐ夢中になる性《たち》なの。ロンドンでも夢中になりました！」

グロースさんの「おやおや」といった顔が、今も目に浮かびます。

「ハーリー街で、ですか？」

「そう、ハーリー街で」

「先生、あなたが初めてではございません――それに最後でもないでしょう」

「自分だけだなんて思っていやしませんよ」わたしは笑ってみせました。「とにかく、もう一人の生徒は明日もどってくるのね？」

「明日じゃありません――金曜日です。先生と同じように、乗合馬車で車掌に世話をしてもらってお帰りになります。あの馬車がまた迎えに行くことになっております」

わたしはそこで、こう言いました――乗合馬車が来るところへ、妹を連れて迎えに行ったらどうかしら――礼儀に適《かな》うし、楽しいし、親しみをあらわすのではないかしら。すると、グロースさんは心から賛成してくれて、わたしにはその態度が、万事力を合わせてやっていこうという心強い約束――ありがたいことに、それは裏切られませんでした！――のように思われました。あの女《ひと》はわたしが来て、ほんとうに喜んでいたのです！

翌日わたしが感じたのは、着いた日の喜びの反動というわけではなかったと思います。新しい環境の中を歩きまわり、目を凝《こ》らし、その大きさを理解して、軽い圧迫感をおぼえたというところでしょう。わたしはこの屋敷の広さと大きさへの心がまえがまだ出来ていなくて、誇らしい気持ちと同時に、いささかの怖れをあらためて感じたのです。このように興奮していたのでは、たしかに、授業にさしつかえます。わたしが最初にすべき事は、できるだけ自然なかたちで、子供と知り合いになることだと考えました。その日、わたしはフローラと一緒に屋外《そと》で過ごしました。この屋敷はあなただけに案内してもらう、と約束すると、フローラは喜びました。彼女は一歩一歩、部屋から部屋へ、秘密の一つ一つを示しながら、おどけた、嬉しそうな、子供らしい口ぶりで説明してくれました。おかげで三十分もすると、わたしたちはすっかり仲良しになっていました。

部屋めぐりをしているうちに、フローラは小さいけれども勇気と胆力があることがわかりました。誰もいない部屋、薄暗い廊下、わたしでさえ一瞬立ちどまるような曲がりくねった階段を行くときも、石落としの狭間《はざま》がついた古い四角い塔にのぼって、わたしが目眩《めまい》を感ずるようなときも、少女の朝の歌、訊《き》くよりもずっと多くのことを話そうとする熱心さが、わたしを先へ導いてくれたのです。ブライを去って以来、ふたたびあそこを訪れたことはありません。歳とって経験を積んだ今のわたしの目には、あの屋敷はもっとつまらないものに見えるかもしれません。けれども、この金髪の、青い服を着た小さな案内人が、踊るような足取りで角を曲がり、廊下をパタパタと走ってゆく時、わたしの目に見えたのは、陽気な妖精が棲む物語のお城、幼い心を愉しませるために、絵本やお伽噺からそのままの色合いをとってきた場所だったのでした。わたしは絵本を読みながら、まどろんで夢を見たのでしょうか？　ちがいます。そこは大きく、不恰好で古めかしいけれども、住みやすい家でした。さらに古い建物を半分は修復し、半分はそのまま使って、趣をいくらか残している家——その中にいると、まるで大きな難破船に取り残された乗客のような気がしました。しかも奇妙なことに、その船の舵を取っていたのは、わたしだったのです！

二

そのことを実感したのは、二日後、フローラを連れて、グロースさんのいう「小さな紳士」を迎えに行った時のことでした。じつは、二日目の晩にわたしをひどく当惑させる出来事があり、そのせいで、いっそう強く感じられたのでしょう。最初の日はおおむね、前に申し上げた通り、安堵《あんど》した気分で過ごすことができたのですが、雲行が変わったのです。その日の晩届けられた郵便物の中に――その日は配達が遅れました――わたし宛の手紙が一通ありました。しかし、それにはわたしの雇い主の手跡で、ほんの数行書いてあるばかりでした。もう一通、彼自身に宛てた未開封の手紙が同封してありました。

「これは校長がよこした手紙ですが、あの校長にはほとほとうんざりです。お読みになって、よろしく対処なさってください。わたしへの報告は無用に願います。一切しないでいただきたい。わたしは手を引いたのだ!」

その手紙の封を切るのに、どれだけ勇気が要《い》ったことか――中々踏ん切りがつきませんでした。しまいに未開封の書状を自分の部屋へ持っていって、寝る前に開けてみました。朝まで待てばよかったのです――わたしはまた眠れない夜を過ごす羽目になりました。翌日、相談相手もなく、わたしは不安で一杯でした。ついに、たまらなくなって、グロースさんにだけは打ち明ける決心をしたのです。

「どういうことです？　あの子が学校を出された、とは」

彼女の顔に浮かんだ表情を、わたしは見逃しませんでした。グロースさんはすぐになにげないふりをして、ごまかそうとするようでした。「でも、家にはみんな――？」

「帰されるというんでしょう――ええ、それはそうだけれど、休みの間だけよ。マイルズはもう学校に戻ってはいけないんです」

わたしの目を意識しながら、彼女は顔を赤らめました。「もうあずかってはもらえないんですか？」

「どんなことがあってもお断りですって」

それを聞くと、彼女はわたしから外《そ》らしていた視線を上げました。両目に涙があふれていました。「あの子が何をしたっていうんでしょう？」

わたしは何と言うべきか迷いましたが、手紙を見てもらうのが一番だと考えました――ところが、グロースさんは手紙を受け取らず、両手を後ろにまわして、悲しげに首をふりました。

「そんなもの、わたしには無用です」

わたしの相談相手は字が読めなかったのです！　わたしは悪いことをしたと思って、その場を取り繕《つくろ》い、手紙を開いて、読んで聞かせようとしました。でも、途中で勇気がくじけ、また折りたたんでポケットにしまいました。「そんなに悪い子なの？」

グロースさんの目にはまだ涙が浮かんでいました。「先生方がそうおっしゃるのですか？」

「詳しいことは書いてないの。ただ、残念ながらこれ以上お預かりすることはできません、とあるだけ。その意味はひとつに決まっているでしょう」

グロースさんはおし黙って聞いていました。どういう意味か、と訊きたいのをこらえているのです。それで、わたしは話に筋道をつけるため、また彼女がいてくれることに勇気づけられもしたので、言葉を続けました。「マイルズが他の生徒の害になるということよ」

とたんに、彼女は純情な人にありがちな短気さで、怒り出しました。「マイルズ坊ちゃまが！　あの子が害になるですって？」

その言葉には少年を一途《いちず》に信じる思いがあふれていたので、わたしはまだ当人に会っていませんでしたが、不安を拭い去りたくもあって、そんな馬鹿げた話はない、という考えにとびつきました。そして相手の意を迎えるように、皮肉をこめてこう言いました。「純心無垢な御学友にとってはよ！」

「ひどすぎます！」グロースさんは泣きそうな声で言いました。「そんな酷《むご》いことを言うなんて！　あの子は、まだ十歳《とお》にもならないんですよ」

「ほんとにね。信じられないことだわ」

わたしがはっきりと言ったので、彼女は嬉しそうでした。「先生、まずはお会いになってください。それでも信じたければ、お信じなさい」

そう言われると、わたしは急に少年に会いたくなってきました。火のついた好奇心は、それからの数時間燃えさかる一方で、苦しいほどでした。グロースさんはわたしのそんな心を知って、自信たっぷりに言葉をつぎました。

「そんなことが信じられるなら、お嬢様だって同じということになってしまいますよ。やれやれ」そう言って、すぐに――「ほら、御覧なさいまし！」

ふり返ってみると、フローラが――十分ほど前、紙と鉛筆と、きれいな「まん丸O《オー》」のお手本を与えて教室に残してきた少女が、開いた戸口に立っていました。彼女は子供なりのやり方で、勉強に気乗りがしないことを表明したわけですが、わたしを見るあどけない瞳は、わたしを慕うあまりに、いても立ってもいられなくて追いかけてきたのだと言っているようでした。わたしにはもうグロースさんの言葉が真実間違いなしに思われ、わが生徒を腕に抱いて、つぐないのすすり泣きをもらしながらキスを浴びせました。

それでも、その日、わたしはグロースさんともっと話がしたいと思って、機会をうかがいました。ですが夕方になると、彼女はわたしを避けているような気がしてきました。彼女をつかまえたのは、今も憶えていますが、階段のところででした。一緒に階下《した》へおりきったところで、わたしは彼女の腕をつかんで引き留めました。

「昼間、あなたが言っていたのは、マイルズが悪いことをするのを、あなたは見たことが全然ないっていう意味なのね？」

グロースさんはつんと面《おもて》をあげました。彼女はもはやはっきりと、そして誠実に、態度を決めていたようでした。「まあ、全然ないなんて――そんなことは申しません！」

わたしはまた不安になりました。「それじゃ、あるっていうの――？」

「そうです、先生。ありがたいことに！」

わたしはなるほどと思い直しました。「あなたのおっしゃるのは、つまり、全然悪さをしない男の子なんて――？」

「わたしにいわせれば、男の子じゃありません！」

わたしは思わず手に力をこめました。「男の子は悪戯《いたずら》なくらいの方がいいっていうのね？」

それから、相手の答を先どりして、「わたしもそう思うわ！」と断言しました。「でも、まわりを紊乱《びんらん》するほどでなければよ――」

「紊乱する？」――わたしの使った大げさな言葉に、彼女はびっくりしてしまいました。

「堕落させるっていうことよ」

グロースさんは目をぱちくりさせて、わたしのいった意味を理解しようとしていましたが、しまいに奇妙な笑い声をあげました。「あなたを堕落させるとでも、お考えなんですか？」その言い方が冗談にしてもいささか大胆だったので、わたしもいっしょに馬鹿みたいに笑い出し、その場を茶化してしまいました。

けれども翌日、出かける時間が近づいてくると、わたしは別の方面から不意打ちをかけました。「以前ここにいた方は、どんな方だったの？」

「前の先生のことですか？　あの方も若くておきれいで――先生と同じくらい――そう、それぐらい若くておきれいでしたよ」

「ならば、若さと美しさが役に立ったことでしょうね！」わたしはつい言ってしまいました。

「若くてきれいな家庭教師がお好みのようですから！」

「ええ、ほんとに」グロースさんはうなずきました。「誰でもそういう人が好きでしたよ」彼女はそう言ったとたん、あわててつけ足しました。「いえ、あの――旦那様のことですけどね」

わたしは驚きました。「じゃあ、最初《はじめ》は誰のことを言ってたの？」

彼女は無表情でしたが、赤い顔になりました。「誰って、あの方のことです」

「旦那様のこと？」

「他に誰がいますか？」

たしかに、他に誰もいるはずはないので、彼女が口を滑らして不用意なことを言ったという印象は、すぐに消えてしまいました。わたしはただ知りたかったことを尋ねてみました。「その先生は、坊やを見て何か気づいて？」

「良くないことにですか？　わたしには何もおっしゃいませんでした」

わたしはためらいながら、思いきって訊いてみました。「注意深い方でしたか――細かいことに気のつく方でした？」

グロースさんは良心的に答えようとしているようでした。「ええ、場合によっては」

「何でも気がついたというわけじゃないのね？」

彼女はまた考え込みました。「あの――もういない方のことです。とやかく申したくありません」

「お気持ちはわかるわ」わたしはすぐにそう答えましたが、ちょっと考えて、これくらいは訊いても許されるだろうと思って、言いました。「ここでお亡くなりになったの？」

「いいえ――よそへ行かれたんです」

グロースさんのこの答のどこが曖昧《あいまい》に感じられたのか、わたしにはわかりません。「よそへ行って死んだということ？」グロースさんはまっすぐ窓の外を見ていましたが、わたしは、ブライに雇われた若い人間がどう振舞えば良いのかを知る権利が、理屈上は、あるはずだと考えました。「病気になったので、家に戻ったの？」

「見たところ、この邸で病気におなりになったような様子はありませんでした。年末、家にお帰りになるといって、短い休暇をとられたんですよ。長いことお勤めになったんですから、そのくらいは許されたのです。あの頃は若い女の子がおりまして――住み込みの子守りで、気の利《き》く良い娘でね。先生がお留守の間、その娘が子供たちの面倒を見たんです。ところが先生はいつまでたってもお帰りになりません。もうお帰りになるかと思っていたところに、亡くなったと旦那様から知らせがありました」

わたしは考え込みました。「死因は何だったの？」

「旦那様は教えてくださらないんです！　でも先生、わたしはそろそろ仕事に戻りませんと」

三

グロースさんにはこうして逃げられてしまいましたが、幸い、わたしには考えることが色々あったので、そのことによってお互いの信頼がそこなわれるにはいたりませんでした。マイルズ少年を連れて帰ったあと、わたしたちはそれまで以上にうちとけて接しました――わたしが夢中になり、すっかり興奮していたからです。自分の前にあらわれた、このような子供が放校になるなんて、とんでもない話だと言いたくてならなかったのでした。

わたしは彼より少し遅れて出迎えの場所に着きました。少年は宿屋の入口で馬車を降り、ものさびしげにわたしを探していました。その姿を見た瞬間、わたしは彼が外面も内面も、妹とおなじ明るい潑剌とした輝き、におい立つような清らかさにつつまれていることを感じました。彼は信じられないほど美しく、グロースさんはいみじくも言っていましたが、この子を前にすると、たまらない愛《いと》おしさ以外のものはすべて消えてなくなってしまいました。わたしがその時心に焼きつけた姿は何か神々しいもので、子供にそんな気持ちを抱いたことは、いまだかつてありません――少年は愛のほかに何ひとつ知らないといった、たぐいない雰囲気をまとっていたのです。汚名を背負いながら、これ以上やさしい無邪気な様子をしていることは、不可能でしょう。少年と一緒にブライ邸に帰る頃、わたしは部屋の抽斗《ひきだし》に鍵をかけてしまってある、あのおそろしい手紙のことを考えて――怒り心頭に発する、とまではゆきませんでしたが――困惑していました。グロースさんと二人きりになると、さっそく、ひどすぎる話だ、と切り出しました。

グロースさんはすぐに察して、「あの酷《ひど》い言いがかりのことでしょう――?」

「ほんとに出鱈目よ。だって、あの子を見てごらんなさい!」

わたしが少年の魅力に開眼したようすなので、彼女はにっこり微笑《わら》いました。「先生、わたしは見るなといわれたって見ています! それで、何とお返事をなさいますか?」

「手紙の返事?」わたしの心はもう決まっていました。「ほうっておくわよ」

「伯父上には?」

きっぱりと、「何も言いません」

「それじゃ、坊ちゃま御自身には?」

わたしもあっぱれでした。「何も言いません」

グロースさんはエプロンで大袈裟に口をぬぐいました。「でしたら、わたしも先生の味方です。最後までがんばりましょう」

「がんばりましょうね!」わたしは力強く繰り返し、誓いのしるしに片手を差し出しました。

彼女はその手をしばらく握りしめていましたが、空《あ》いている方の手で、またエプロンを掻き上げました。「先生、もしよろしかったら――」

「キスしたいっておっしゃるの? いいですとも!」

わたしはこの愛すべき女性を両腕にかかえ、姉妹《きょうだい》のように抱擁すると、心強さを感ずると共に、いっそうの憤りをおぼえるのでした。

なにしろ、あの頃はそんな調子でした。色々なことがありすぎて、毎日がどのように過ぎていったかを思い出そうとすると、記憶をはっきりさせるために必要な方法ばかりが頭に浮かんでくる始末です。それにしても、よくもあんな条件を呑んだものだ、と今さらながら驚きます。わたしはグロースさんと手をとりあって、がんばりぬこうとしていましたが、明らかに一種の魔法にかかっていたので、だからこそ、そのことがいかに大変で、どれだけ厄介な問題が生じてくるかを考えもせずにいられたのでしょう。わたしは熱愛と同情の大波にさらわれていたのです。何も知らず、混乱し、それにたぶん自惚《うぬぼ》れていたおかげで、世間教育がはじまったばかりの少年の面倒を見るのをわけもないことと考えていました。

休みが終わり、学校の教科を再開すべき段になったら、どうするつもりでいたのかは、今でも思い出せません。あの美しい夏の間、マイルズはわたしから勉強を習うものと誰もが思っていました。でも、今になってみると、その何週間かに勉強をしたのは、むしろわたしの方だったような気がします。わたしは——少なくとも最初のうちは——それまでの狭い息苦しい生活から得られなかったことを学びました。つまり楽しむこと、さらには人を楽しませること、明日を思い煩わないことを。わたしはある意味で初めて、広々した場所と空気と自由と、夏の調べ、自然の神秘を肌で知ったのです。それから、思いやることがありました——思いやるのは楽しいことでした。ああ、あれは罠《わな》だったのです——仕組まれたのではないけれども、深い罠

——わたしの想像力、感受性、おそらくは虚栄心、何でもわたしの内にある一番煽《あお》られやすいものをとらえる罠だったのです。油断していた、というのが一番あたっているかもしれません。

子供たちはまったくと言って良いほど手がかかりませんでした——このうえなく素直でした。わたしは時々——脈絡のない漠とした考えでしたが——一体、どんな辛い未来（未来は辛いものに決まっています！）が二人を翻弄し、打ちのめすだろう、と考えました。かれらは健康と幸せに輝いていました。でも、わたしは二人の幼い公達《きんだち》、やんごとない殿下たちをあずかっているような気でいましたので、そういう人たちのためには、すべてが安全に囲われ、ととのえられていなければなりません——したがって、わたしの想像の中でも、二人の将来は夢のような、王侯にふさわしい広々とした庭や荘園でなければならなかったのです。もちろん、この平和な日々にいきなり押し入ってきたものがあるせいで、それ以前の時間がいっそう静かな魅力をたたえていたように思われるのかもしれません——何かが迫り寄せ、あるいは低く身構えているような静寂でした。変化はまさしく、獣が跳びかかるようにしてやってきました。

初めの数週間は日も長く、特にお天気の良い日、わたしは自分の時間と呼べるものをしばしば持つことが出来ました。夕食が済んで子供たちは寝る時間になると、わたしの方は部屋に引き上げるまで、しばらく一人になることができたのです。子供たちは大好きでしたけれども、わたしは一日のうちでこのひとときが一番好きでした。ことに空が暗くなり——というより日が暮れなずんで、鳥が老樹《おいき》の間から紅い夕空に最後の啼き声を響かせるころ——あたりを歩きまわって、まるで自分が所有者であるかのような得意な気分にひたりつつ、この場所の美しさと厳かな雰囲気を堪能することはたまらない喜びでした。そんな時は、心の落ち着きと自信が感じられて嬉しくなります。それに自分は分別と良識と、立派なたしなみによって、この仕事を頼み込んだあの人に——ああ、あの人がそれを考えてくれたなら！——喜びを与えているのだ、と思わないわけでもないのでした。わたしが今やっているのは、あの人が心から望み、直《じ》接《か》に頼んだことで、自分がなんとかその任に堪えているということが、思った以上の満足感を与えてくれたのです。つまるところ、わたしは自分が非凡な娘だと自惚《うぬぼ》れていて、いつかまわりもそのことに気づくだろうと信じ込み、良《い》い気になっていたのです。そう——じきに最初の兆候を見せようとしている、並々ならぬ事柄と向かい合うには、わたしも非凡でいなければいけなかったのです。

　ある日の日暮れ時——他ならぬ自分の時間の真っ最中でした——わたしは子供たちを部屋にさがらせ、いつもの散歩に出たところでした。今はもう憚《はばか》りなしに話せますが、そんな風に歩きながらよく考えたことの一つは、ここで誰かとばったり会ったら、物語のように素敵だろうな、ということでした。誰かが道の曲がり角から姿を現わし、わたしの前に立ち、微笑んで、「よくやっているね」と言ってくれたら——わたしはそれ以上のことは望みませんでした。あの人が知ってくれさえすればいいのです。そして知ってもらえたかどうかは、あの美しい顔の中に優しい光を見てたしかめるしかありません。

　まさにそれが——そんな顔が——あの時、わたしの心の中にあったのでした。あの種のことが最初に起こったのは、六月の長い一日の終わりに、植込みを抜け、家が見えるところまでやって来て、ふと立ちどまった時のことでした。わたしがそこに——どんなものを見るよりもびっくりして——釘づけになったのは、想像が突然、現実となったように感じたからでした。あの方が立っているではありませんか！——といっても、ずいぶん高いところ、芝生の向こうの塔の上にいるのです。最初の朝、フローラが案内してくれた塔です。この塔はもう一つの塔と対《つい》をなしていて——四角く、ちぐはぐな、銃眼つきの建築物でした——二つの塔はわたしには同じように見えるのですが、何かの理由で新塔と古塔に区別されていました。これらは家の両端に接しており、建築学的にみれば可笑《おか》しなものだったかもしれませんが、それでもまるきり木に竹を接いだようでもないし、とんでもない高さでもないことが救いでした。安っぽい古めかしさを衒《てら》った造りからすると、中世回帰趣味の時代に建てられたものなのでしょうが、それも早《は》や床しい過去となっていました。わたしはこの双塔が大好きで、ふだんあれこれと想像をめぐらしたりしていました。というのも、本物の銃眼のついたその壮麗なかまえは——ことに夕闇の中にぼうっと見えている時など——わたしたちみんなに多少の楽しみを与えていたのです。けれど、わたしが何度となく心に描いたあの方にふさわしいのは、あんな高い場所ではないはずでした。

　澄んだ黄昏の光の中で、この姿はわたしを二度ハッとさせたことを憶えています——最初の驚きと、二つ目の驚きによる異なった動揺です。二つ目といいますのは、最初の驚きが勘違いだったことを知って、激しい衝撃におそわれたのでした。わたしと目を合わせた男は、わたしがそれと早合点した人物ではなかったのです。こうやって生じた視覚の混乱は、歳月を経た今となっては、どんな感じだったとはっきりと説明できそうもありません。さびしい場所に見知らぬ男がいれば、人慣れない若い娘はそれだけで恐れをいだきます。しかも——二、三秒経って気づいたのですが——こちらを向いているその人物は、わたしの思っていた人でもなければ、知っている他の誰かでもありませんでした。ハーリー街で会ったことも——どこで会ったこともない人でした。しかも、じつに奇妙なことですが、その姿が現われたために、あたりは一変して寂しい場所になってしまったのでした。

今、こうしてじっくりと考えながらこの話をしておりますと、少なくともわたし自身には、あの瞬間《とき》の感覚がそのまま蘇ってきます。まるで、あの姿に見入っているうち、背景全体が〝死〟の手に触れられてしまったかのようでした。こうしてこれを書いていても、夕暮れの物音が突如止《や》んだ、張りつめた静寂が耳に聞こえるようです。鳥たちは夕映えの空に鳴き交わすのをやめ、なごやかなひとときは、その名状しがたい一瞬、すべての声を失いました。それでも、わたしが奇妙な鋭さで感じとった変化を除いては、天地間に何一つ変化はなかったのです。空はやはり黄金色に輝き、空気は澄み、胸壁ごしにこちらを見下ろしている男の姿は、額に入った絵のようにくっきりしていました。あれは誰だろう、とわたしは大急ぎで、知っている顔を一つ一つ思い浮かべてみましたが、それらしい人間はいませんでした。二人は遠く離れながら、ずいぶん長く向かい合っていたので、その間に、わたしは一体誰なんだろうと強く自問し、その答が出せないために、怪訝《けげん》の念は深まってゆきました。

ある種の出来事についてあとから考えるとき、大きな問題となるのは——少なくとも問題の一つは——それがどのくらいの時間続いていたかということです。さて、この場合、どうお考えになってもかまいませんが、わたしは男を見ている間に、知らない他人が屋敷の中に——それも、いつからでしょう？——いる可能性を十余りも考えてみたのでした。しかし、どれも納得のゆく説明にはなりませんでした。わたしは自分の職掌上、そんな人物が家の中にいるなど許しがたいことだと思って、多少の憤りを感じましたが、その間も、それは続いていました。とにかく、この訪問者が——帽子をかぶらない無遠慮な様子に、奇妙な馴々《なれなれ》しさを感じたのを憶えています——その場所にいることによって、わたしは疑問で釘づけになり、夕暮れの光の中で目を凝《こ》らしていました。わたしたちは呼んでも声がとどかないほど離れていましたが、もっと近くにいたら、にらみ合いの沈黙は破れて、声でもかけただろうと思われる瞬間がありました。彼は母屋から遠い方の隅にすっと立ち、両手を縁石にかけていました。その姿は、わたしが今この頁《ページ》に記している文字を見るように、はっきりと見えました。しばらくすると、男はまるで見せ場を盛りあげようとでもいうように、ゆっくりと場所を変え——その間もずっと、わたしを見据えながら——屋上の真向かいの隅に移りました。そうです、そうして移動する間もこちらから目を離さなかったのが、強く印象に残りました。今この瞬間にも、彼が手を鋸壁《きょへき》の狭間から狭間へ滑らせていく様子が目に浮かびます。男は向かい側の隅に立ちどまり——でも、それは、そう長いことではなくて——ふり向きながらも、間違いなくわたしを見つめていました。ふり向いて——それからどうしたかは知りません。

四

わたしはこのとき、さらに何かが起こるのを待たなかったわけではありません。気が動揺して、足に根が生えてしまっていたのですから。ブライには〝秘密〟があるのか――ユドルフォ城（アン・ラドクリフの怪奇小説 The Mysteries of Udolpho（一七九四）の舞台）のような謎が。あるいは、誰もその名を言わない気の狂った肉親が幽閉されているのかもしれない――どれだけ長く、どれだけ長く、そんなことを考えていたかわかりません。思い出すのは、好奇心と恐怖に取り乱して、どれだけ長く、この遭遇の場に立ち尽くしていたのかも。思い出すのは、家の中に戻ったとき、もうすっかり夕闇が垂れこめていたことだけです。それまでの間、わたしはたしかに興奮に突き動かされていました。というのも、あたりをぐるぐると三マイルは歩き廻ったにちがいありませんから。でも、後にもっとおそろしい思いをすることになるので、この最初の不安などは、まだ生ぬるい恐怖にすぎなかったのです。

じつをいうと、一番奇妙だったのは――他のことも奇妙でしたが――玄関でグロースさんと会った時に気のついた点でした。あのときの光景はひとつづきの絵のように脳裡に蘇ってきます――家に帰ったわたしの心に刻み込まれたのは、白い羽目板張りの広々とした場所の印象で、そこはランプに輝やかに照らされ、肖像画がかかり、赤い絨毯が敷いてありました。そしてグロースさんの驚いた顔――わたしを捜していたことは一目でわかりました。この時、すぐに気づいたのですが、わたしを見てほっとして心《しん》から喜んでいるこの人は、わたしが話そうと思っていた出来事に結びつくようなことは、何ひとつ知らないのでした。彼女の感じの良い顔を見て口をつぐまねばならないとは予想外でした。そして、自分が言うのをためらった、そのことからして、自分が見たものの重大さが推し測られるような気がしました。ふり返ってみると、あれほど妙なことはないと思うのですが、わたしは本当に恐怖を感じはじめた時、グロースさんを巻き込んではならないと直感したのでした。ですから、この居心地の良い玄関で彼女と顔を合わせたとき、わたしは、その時は何とも説明のできなかったある理由から、ひそかに決心をしました――遅くなった言い訳に曖昧なことを言って、夜が美しいことや、足が露に濡れたことを口実に、早々と部屋にひきあげました。

こうなってくると、また話はべつです。わたしはそれから何日間も、そのことに悩まされました。日毎、何時間か――少なくとも短いひとときを、仕事の時間を盗んでさえ――部屋に一人閉じ込もって思い耽らずにはいられませんでした。まだ神経が耐えられないほど昂っていたわけではありません。むしろ、そうなることを怖れていたのでした。というのも、わたしが今考えねばならなかった事実は単純明快で――すなわち、あの訪問者――なぜか理由はわかりませんが、自分と深い聯《かか》わりがあるような気がする、あの訪問者に関しては、何一つ説明がつかないということなのでした。屋敷内の事情であれば、あらたまって尋ねたり、人の注意を惹いたりせずに探れることがやがてわかりました。衝撃を受けたせいで、感覚が鋭くなっていたにちがいありません。三日も経つと――ふだんより少し余分に注意を払っていただけなのですが

――わたしは召使たちにからかわれたのでも、〝一杯食った〟のでもないことを確信しました。わたしの知ってしまったことが何であれ、周囲《まわり》がそれについて知っている様子はありません。となれば、まっとうな結論はただ一つ――誰かが随分とけしからぬ振舞いに及んだということです。わたしは部屋に閉じ込もって、何度も自分にそう言いきかせました。屋敷全体が侵入を受けたのだ。古い家に興味を持つ旅行者が大胆にも忍び込んで、一番見晴らしの良いところから眺めを堪能し、またこっそりと出て行ったのだ。あれほど無遠慮にわたしを見つめていたのも、そういうずうずうしい人間だからだ。要するに、もう二度とあの男の姿を見ることはないだろう――

それは有難いことでしたが、何よりも肝心なことは、わたしの素敵な仕事でした。素敵な仕事とは、すなわち、マイルズとフローラと一緒に暮らすことです。その方に没頭すれば悩みから解放されるという気持ちが、この仕事をいっそう好きにさせたのでしょう。幼い子供たちの魅力は尽きざる喜びで、最初に抱いた不安が杞憂だったこと――味気ない仕事だろうと思って、引き受けた早々嫌気を感じたのが、何と愚かなことだったかをあらためて悟りました。味気ないことも、長い苦役もなさそうでした。日々にその美しさをあらわす仕事が、どうして楽しくないはずがありましょう?

それはまったく子供部屋の夢物語、勉強部屋の詩でした。もちろん、小説や詩ばかり勉強していたというのではありません。子供たちがわたしの心に吹き込んだ興味を他にどうやって言いあらわせば良いか、思いつかないのです。どう説明したものでしょう。子供たちに慣れきってしまわず――それは家庭教師としては奇蹟です。同業諸嬢は請け合ってくださるでしょう！――たえず新たな発見をしていたと申し上げるしかありません。たしかに、一つの点に関しては、こうした発見もなくなりました。少年の学校での振舞いについては、依然として深い霧がかかっていたのです。ですが、わたしはその謎と向かい合っても心が痛まなくなっていました。というより、マイルズが――無言のうちに――疑問を解消してくれたといった方が真実に近いでしょうか。あの子を見ていると、そんな言いがかり自体、馬鹿げたことに思われたのです。わたしの結論は、少年の無邪気さと同様、真の薔薇色に花咲いていました。あの子は、学校という狭苦しい汚れた世界にいるには繊細で清らかすぎたのです。だから、あんな目にあったのです。このような独立した個性、抜きんでた天稟《てんぴん》は、多数の者――その中には愚かで卑劣な学校長たちも含まれます――の悪意を駆り立てずにおかないのだ、とわたしは痛感しました。

子供たちは二人ともおとなしくて――それがかれらのただ一つの欠点でしたが、だからといって、マイルズはけして弱虫というわけではありませんでした――そのために（何と表現したらいいでしょう？）人間ばなれしているといおうか、罰してはならないような感じでした。まるで逸話を描いた絵の中の天使たちのようで――ともかく道徳的には――けちのつけようがなかったのです！　ことにマイルズは微塵《みじん》も過去を持っていないような感じがしたのを憶えています。小さい子供に〝前歴〟があるわけはないでしょうけれど、この美しい少年には、わたしが知っている同じ年頃のどんな子供とくらべても、何かことのほか繊細で、しかも幸福なものがあり、その何かが日々新たに生まれ変わってくるようでした。この子は一瞬《いっとき》も悩むことがありませんでした。わたしは、それが本当に折檻《せっかん》されたことのない証拠だと思いました。もし悪い子だったのなら〝痛い目〟にあったはずで、その反動がわたしの目についたはずです――その痕跡をみとめ、傷《いた》みと恥辱を感じたはずです。そんなものは何一つ見られなかったのですから、マイルズはやはり天使だったのです。学校については何も口にしませんでしたし、友達や先生のことも話してくれませんでした。わたしの方も、ひどく腹が立っていたので、そんな人々のことは話題にもしませんでした。もちろん、わたしは魔法にかかっていたのですが、不思議なことに、あの時でさえ、それをよく承知していました。知っていながら、それに身を任せていました。それはどんな苦しみも癒す薬でしたし、わたしには一つならず苦しみがあったからです。この頃、わたしの実家では物事がうまくゆかず、気になる手紙を寄越しました。でも、あの子たちと一緒にいられるなら、他のことなんか何でしょう？　切れぎれの休み時間に、わたしはいつもそう考えていました。子供たちの愛らしさに目がくらんでいたのです。

話の先を続けましょう――ある日曜日、土砂降りの雨が何時間も降り続いたため、みんなは連れ立って教会へ行くことができませんでした。そこで、日も傾きかけた頃、わたしはグロースさんと相談して、晩に空模様がよくなったら一緒に夜の礼拝に出ることにしました。幸い雨は上がり、わたしは外出の支度をしました。屋敷の庭を抜けて村までの良い道を行けば、二十分ばかりの道のりです。グロースさんと玄関で会うため階段をおりて行ったとき、わたしはふと手袋のことを思い出しました。ほころびていたので、お茶の時間、子供たちと一緒に腰かけていたとき――そんなところを見せるのは、教育上、あまりよろしくないかもしれませんが

──三針ほど繕っておいたのです。この家では日曜日だけ特別に、冷たく清潔なマホガニーと真鍮の殿堂──〝大人〟の食堂──でお茶を飲むことになっていました。そこに手袋を置いてきたので、ひき返して取りに行きました。

空はどんより曇っていましたが、午後の光はまだ残っていたので、敷居を越えると、探しものはすぐ見つかりました。手袋は、その時閉まっていた広窓の傍《かたわ》らの椅子にありました。でも、それだけではなく、窓の向こうからこちらを覗き込んでいる人影にも気づいてしまったのです。部屋に一歩入っただけで十分でした。その瞬間にわかりました。部屋をまっすぐ覗き込んでいたのは、すでに一度姿をあらわした、あの人物だったのです。彼は、今度は以前よりもはっきり見えたかというと、そんなことはありませんでした。けれども、まるでわたしたちの間が大きく一歩縮まったかのように、前よりも近くにいて、わたしは見たとたんに息がつまり、寒気がしました。

彼は前と同じでした──同じように、今度も腰から上だけが見えていました。食堂は一階にありましたが、窓は男の立っているテラスまでつづいていなかったのです。男の顔はガラスに近く、前よりもよく見えたはずなのに、妙なことに、わたしが感じたのは、先にあらわれたときの印象がいかに強かったかということでした。男はほんの数秒しかいませんでしたが──向こうもわたしを見て気づいたのはわかりました──わたしはもう何年もずっとあの顔を見ていて、見知りごしだったような気がしました。ただし、今度は以前とはちがうことが起こりました。窓越しに部屋の中のわたしの顔を見つめた視線は、前と同じように深くけわしいものでしたが、その視線が一瞬わたしから外《そ》れ、次々と他のものに注がれたのです。そのとたん、彼がわたしのために来たのではないことを悟って、新たな衝撃に襲われました。彼は他の誰かをさがしているのです。

この、恐怖のただ中にあって閃いた考えは、わたしにいとも不思議な作用を及ぼしました。突然、義務感と勇気が湧いてきたのです。勇気といいますのは、わたしはもう間違いなく、この件に深入りしていたからです。わたしは部屋を飛び出すと、玄関に向かい、またたく間に車寄せに出て、テラスを思いきり駆け抜け、角を曲がって、全部が見える場所に出ました。でも、もう誰の姿も見えませんでした――訪問者は消えていました。わたしは立ちどまり、心底ほっとして、地面にへたり込みそうになりましたが、それでもまわり中《じゅう》を見廻し――男にふたたび現われる時間を与えたのです。時間といっても、どれほどの間だったのでしょう？　今は正確に言えません。その種の尺度がなくなってしまったのです。ただ、実際はわたしが感じたほど長い間ではなかったのでしょう。テラスも家のまわりも、芝生も、その向こうの花園も、屋敷の庭は見渡す限りがらんとして、人っ子ひとりいませんでした。茂みや大木がありましたが、どこにも隠れているはずはないとはっきり確信したことを憶えています。いるか、いないか――見えなければ、いないのだ。わたしはそう決め込むと、来た道を引き返さず、本能的に、窓に近づいて行きました。なぜかわかりませんが、あの男が立っていた場所に行かなければいけないような気がしたのです。わたしはそうして、顔を窓ガラスに寄せ、男がやったように部屋の中を覗き込みました。

その時ちょうど、グロースさんが、まるで男に部屋の中がどこまで見えていたかを示そうとするように、廊下から入ってきました。わたしが男の前でしたことが目のあたりに繰り返されたわけです。わたしがあの訪問者を見たように、グロースさんはこちらを見て、やはり急に立ちどまりました。わたしは自分が受けたような衝撃を彼女に与えてしまったのです。彼女の顔は蒼白になり、わたしもあんなに青ざめていたのかしらと思いました。グロースさんは、要するに目を丸くして、わたしとおなじように後戻りしました。彼女も外にとび出して、こちらへ廻ってきたのです。もうじきここへ来ることは、わかっていました。わたしはその場に待ちながら、いろいろなことを考えましたが、ここには一つだけ書いておきましょう。わたしは、どうしてグロースさんがあんなにおびえたのか、と訝《いぶか》しんだのです。

五

そうです、彼女は家の角を曲がってふたたび姿をあらわすと、すぐにその理由《わけ》を悟らせてくれました。

「いったい全体、どうしたっていうんです？」

真っ赤な顔で、息を切らしていました。

わたしは彼女がそばに寄ってくるまで、何も言いませんでした。「わたしのこと？」きっと、さぞかし素敵な顔をしていたにちがいありません。「どうかしたように見える？」

「真っ青です。おそろしい顔をしておいでです」

わたしは思いました——もうこうなったら、どんな罪のない人にも、遠慮などあるものか。グロースさんの健康な顔色を尊重したいという気持ちは、サラリと肩から落ちてしまいました。わたしが一瞬ためらったとしても、それは隠しごとのためではありません。手をさしだすと、グロースさんはその手を握りました。わたしは彼女を間近に感じたくて、しばらくひしと抱きしめました。彼女は戸惑ってあえいでいましたが、その胸の起伏《おきふし》に、わたしを力づけるものがありました。

「教会へ行くので呼びに来たのね。でもわたし、行けないわ」

「何かあったんですか？」

「ええ。あなたには言っておかなければいけないわ。わたし、そんなに変な顔をしていたかしら？」

「窓から覗いていた時ですか？　それはもう！」

「じつは、怖い思いをしたんです」

　グロースさんの目は、自分はそんな思いをしたくないと語っていました。けれども、自分の立場として、ひどく不都合なことがあるなら一緒に取り組む覚悟もできている、という風でした。ああ、決まりだ――この人には手を貸してもらわなくては！

「あなたがさっき食堂から見たのは、その怖い思いをした結果なんです。わたしが――その前に――見たのは、もっと嫌なものだったんだけど」

　グロースさんの手に力がこもりました。「何だったんです？」

「変な男。覗いていたのよ」

「変な男って、どこのどいつでございますか？」

「まったく心当たりがないの」

　グロースさんはあたりを見廻しましたが、無駄でした。「その男、どこへ行きました？」

「それは、なおのことわかりません」

「前に見たことがおありですか？」

「ええ――一度だけ。あの古い塔の上で」

彼女はわたしの顔をいっそうまじまじと見つめるばかりでした。「つまり、知らない人間なんでございますか？」

「ええ、そのとおり！」

「わたくしにはおっしゃいませんでしたね？」

「ええ――理由があってね。でも、あなた、心当たりがおありのようね――」

グロースさんは、とんでもないとばかりに目を丸くしました。「心当たりなんかございません！　先生にもおわかりにならないのに、どうしてわかるっていうんです？」

「わたしにはさっぱりだわ」

「前に見たのは、塔の上だけだったんですね？」

「それから、ついさっき、ここで見たの」

グロースさんは再びあたりを見廻しました。「塔の上で何をしていたんです？」

「立って、わたしを見下ろしていただけ」

彼女は一瞬考え込んで、「紳士でしたか？」

わたしは考えるまでもないと思いました。「いいえ」グロースさんはますます不思議そうにこちらを見つめました。「違うわ」

「それじゃ屋敷の者ではないんですね？　村の者でもありませんか？」

「いいえ――どっちでもないわ。あなたには話さなかったけど、わたし、たしかめたの」

グロースさんは少し安心したようにため息をつきました。妙なことですが、それはよかったと思ったらしいのです。けれども、まだ不足がありました。「でも、紳士ではないとすると――」

「何者でしょうね？　ぞっとする男よ」

「ぞっとする？」

「あいつの――正体なんか知りたくもないわ！」

グロースさんはもう一度あたりを見廻しました。遠くの暗くなったあたりをじっと見つめて、それから気を取り直したように、ふり向くと、急に話題を変えました。「教会へ行く時間です」

「わたし、教会へ行く気になれないの！」

「あなたのおためになるでしょう？」

「あの子たちのためにはならないわ――！」わたしは家の方を向いて、顎をしゃくりました。

「子供たちですか？」

「今、置いて行けない」

「御心配なんですか――？」

わたしは思いきって言いました。「あの男が怖いの」

この時、初めてグロースさんの大きな顔に、今までよりもさしせまった意識が、遠い微かなきらめきのように浮かびました。わたしがまだ彼女に伝えず、自分にもよくまとまりのつかない考えが、彼女の頭にやっと兆《きざ》してきたことが、なんとなくわかりました。この人にきけばそれを教えてくれるかもしれない、と即座に思ったのを憶えています。やがて、彼女がもっと知りたいそぶりを見せたことも、それに関係があるのだと感じました。「いつのことだったんですか——塔で御覧になったというのは？」

「今月の月中《つきなか》。ちょうど今頃の時刻《じかん》よ」

「暗くなった頃ですか」

「いいえ、そうでもないわ。こうしてあなたを見ているように、はっきり見たんですもの」

「それに、どうやって入り込んだんでしょう？」

「でも、どうやって出て行ったんでしょう？」わたしは笑いました。「訊いてみる機会がなかったわ！　今晩は——きっと、入り込めなかったのね」

「覗き見するだけなんですか？」

「それだけであって欲しいわね！」グロースさんはわたしの手を放し、少し顔をそむけました。わたしはちょっと待ってから、言いました。「教会に行ってらして。ごきげんよう。わたしは見張りをしなければいけません」

グロースさんはおもむろにわたしの顔を見ました。「子供たちのことが心配なんですか？」

わたしたちはまた長いこと見つめ合っていました。「あなたは心配じゃないの？」彼女は答えるかわりに窓に近づき、しばらくガラスに顔を寄せていました。「あの男にどのくらい見えていたか、わかるでしょう」とわたしは言いました。

彼女は身動きもしませんでした。「どのくらいここにいましたか？」

「わたしが出てくるまで。面と向かって会ってやろうと思って、ここへ出て来たの」

グロースさんはようやくこちらに向き直りましたが、まだ何か言いたそうな顔をしていました。「わたくしなら、とても出てこられませんでしたわ」

「わたしだって同じよ！」わたしはまた笑いました。「でも、出てきたの。それが義務《つとめ》ですもの」

「わたしにも義務があります」グロースさんはそう言ってから、「どんな男でした？」と尋ねました。

「それを言いたかったのよ。でも、あの人は誰にも似ていないわ」

「誰にも？」

「帽子もかぶっていなかったし」

すると、彼女はもうそれだけで想像がついたという顔になり、狼狽《ろうばい》の色を濃くしました。わたしは急いで一つ一つ説明を加えていきました。

「髪は赤毛よ。それも真っ赤で、細かく縮れてるわ。顔は青白くて面長で、目鼻立ちは整っていました。ちょっと風変わりな頬髯を生やしていて、それも髪の毛と同じくらい赤いのよ。眉毛はいくらか色が濃くて、弓形《ゆみなり》で、よく動きそうだったわ。目つきは鋭くて、変だった――恐いくらいに。でも、はっきりおぼえているのは、どちらかというと小さくて、据《す》わった目だということくらいね。口は大きくて、唇が薄いの。それから小さい頬髯のほかは、きれいに髭を剃ってあって。役者みたいな感じだったわ」

「役者ですって！」少なくとも、この瞬間のグロースさんほど、役者に見えない人はいませんでした。

「わたし、役者を見たことはありませんけど、たぶん、あんな感じじゃないのかしら。背が高くて、きびきびして、背筋がピンとして——でも、絶対——絶対に、紳士じゃないわ！」

話しているうちに、グロースさんの顔から血の気が引いてゆきました。まん丸な目は飛び出さんばかりで、やさしそうな口はぽかんと開《あ》いていました。「紳士ですって？」彼女は狼狽し、呆然となってあえぎました。「あいつが紳士ですって？」

「それじゃ、知ってるの？」

彼女は明らかに自分を抑えようとしているようすでした。「でも、美男子なのでしょう？」

わたしはそのへんに水を向ければよいのだ、とわかりました。「ええ、相当の！」

「服装は——？」

「借り着みたいだったわ。粋な服だけど、自分のじゃないわね」

グロースさんはわたしの言葉を肯《がえん》ずるように、ううんと唸《うな》りました。「あれは旦那様の服です！」

わたしはすかさず言いました。「やっぱり、あの人を知ってるのね？」

グロースさんはちょっとためらって、「クウィントです！」と大声で言いました。

「クウィントって？」

「ピーター・クウィント——召使、従者です。旦那様がこちらにいらした時の！」

「旦那様がいらした時？」

グロースさんは息をはずませながら、わたしに答えようとして、話の糸をつなぎ合わせました。「あの男はけして帽子をかぶりませんでした。でも身なりは――あの、じつは、見あたらないチョッキが何枚かあるんです。二人ともこちらにいました――去年は。それから旦那様が行ってしまわれて、クウィント一人になりました」

わたしは言わんとすることをおおむね察しましたが、少しひっかかりました。「一人に?」

「わたくしどもとクウィントだけ、ということです」そう言って、もっと深いところから声を出すように、「お留守をあずかるのが」と言い添えました。

「クウィントはそれでどうなったの?」

グロースさんがあまり気を持たせるものですから、わたしはますます煙に巻かれたようになりました。「あの男も行ってしまいました」と彼女はしまいに言いました。

「どこへ行ったの?」

彼女の表情はこの時、尋常《ただ》ならぬものに変わりました。「どこへですって! 死んだんですよ」

「死んだ?」わたしは悲鳴に似た声をあげました。

グロースさんはきっと肩ひじを張って、話の不思議さを示すため、足を踏ん張ったように見えました。

「そうです。クウィントさんは死んだんです」

六

今後、できるかぎり対処してゆかねばならない事柄を前に、二人が心を合わせるには、むろん、こればかりの話し合いでは足りませんでした。その事柄というのは、すなわち、わたしがありありと実例を示された、あの種の印象をおそろしく感じやすいこと――そして、これからはグロースさんもそのことを承知で――彼女にしてみれば驚愕と同情が相半ばしている――という事実です。わたしはそれが明らかになってから一時間ほどの間は、すっかり参っていました。この晩は二人共礼拝には行かず、かわりに勉強部屋へ引き上げて、腹蔵なく話し合うために閉じ込もるが早いか、互いに難詰《なんきつ》し合ったり、誓約したり――あげくは二人して涙と誓い、祈りと約束のささやかな儀式を執り行ったのでした。

こうしてすべてを話し合っても、結果はただ、わたしたちの置かれている状況が、ぎりぎりに追いつめられただけでした。グロースさん自身は何も――影の影さえも見たことがなく、この家では家庭教師のわたし以外に、家庭教師の窮状に陥った者はいないのです。それでも、彼女はわたしの正気を疑わずに、言うことを信じてくれましたし、しまいにはそれ故に、畏敬のこもった優しさを示してくれました。つまり、わたしのありがたからぬ特権ともいうべき体質に敬意を払ってくれたのであり、その優しさの息吹は、人間の慈愛のもっとも温かいものとして、今もわたしの心に残っています。

その晩、わたしたちの間で意見が一致したのは、一緒になら耐えてゆけるだろうということでした。グロースさんは怪しいものを見ずに済んでいるとはいえ、彼女の方が軽い荷を負っているのかどうかはわかりませんでした。わたしは子供たちを守るためなら、どれくらいのものに立ち向かっていけるか、この時すでにわかっていました。けれども、わたしの善良な友がそんな注文にこたえられるかどうかは、まだ確信が持てませんでした。わたしは相当に変わり者の相棒でした――変わっているということでは、わたしが迎えた珍客にも劣りませんでした。けれども今、二人の経験をふり返ってみますと、わたしたちは一つの考えに共通点を見出していて、幸い、それが心を落ちつかせてくれました。

その考え、第二楽章ともいうべきものが、わたしを恐怖の殻の中から引き出してくれたのでした。少なくとも、わたしは中庭に行って空気を吸うことができましたし、グロースさんもそれにつきあいました。寝しなに別れる前、なんだか無性《むしよう》に力が湧きおこってきたのを、今もありありと思い出すことができます。わたしたちは、わたしが見たもののことを、細かい点にいたるまで、何度も語り合ったあとでした。

「あいつは他の誰かを探していたとおっしゃいましたね――先生以外の人ということですか？」

「マイルズを探していたのよ」わたしの頭はおそろしく冴えていました。「あいつが探していたのは、あの子なのよ」

「どうしておわかりになります？」

「わかるから、わかるの！」わたしはますます得意になってきました。「あなただって、知ってるでしょう！」

グロースさんは否定しませんでしたが、口に出して言う必要もなかったのでした。彼女はすぐにまた話を続けました。「もしあいつを見たら、どうなるんでしょう？」

「マイルズが？　それを望んでるのよ！」

グロースさんはまたひどく怯えた顔をしました。「坊ちゃまが、ですか？」

「まさか！　あの男よ。子供たちのところに出ようとしているのよ」

実際にそんなことが起こったら、と考えるとぞっとしましたが、今のところ、それはなんとか食い止められていました。わたしはそこで立ち話をしている間に、そのことを事実上証明していたのです。わたしは一度見たものをまた見るだろうという確信がありましたが、わたしの心の中で何かがこう告げていたのです――おまえはあんな経験をする唯一の人間として、雄々しく身を挺《てい》し、すべてを受け入れ、招《よ》び込み、打ち勝つことにより、贖罪の生贄となってこの家の平安を守るのだ、と。とりわけ、わたしは子供たちをこうして守り、完全に救わなければならないのでした。この晩、グロースさんに最後に言ったことの一つを憶えています。

「子供たちがなんにも言わなかったのが、どうも気にかかるわ――」

わたしが考え込むと、グロースさんはわたしをじっと見つめました。

「あの男がここにいたことや、一緒にいた時のことでございますか？」

「一緒にいた時のこと、それに彼の名前や、ようすや、生い立ちとか、まるで話してくれないのよ」

「そりゃ、お嬢様の方は憶えてらっしゃいませんよ。話に聞いたこともないんですから」

「あの男が死んだ事情を？」わたしはよく考えてみました。「そうかもしれないわね。でも、マイルズは憶えているでしょう――マイルズは知っているはずだわ」

「ああ、坊ちゃまに訊くのはやめて下さい！」グロースさんは声を張りあげました。

わたしはさいぜんの彼女のような視線を返しました「そんなことしないから、大丈夫よ――それにしても変ね」

「あの子が話さなかったのがですか？」

「全然、おくびにも出したことがないのよ。それなのにあなたの話だと、二人は〝仲良し〟だったんでしょう？」

「いえ、坊ちゃまはちがいます！」グロースさんはきっぱりと言いました。「クウィントの方が勝手にそう思い込んでいたんです。坊ちゃまと遊ぼうと――つまり、あの子を悪くしようと」彼女は一瞬黙ってから、言い足しました。「クウィントのやることは、ほんとうに勝手放題でした」

これを聞いて、あの幻の顔――あのいやらしい顔――が目に浮かんだわたしは、急に気分が悪くなりました。「あの子に対して勝手放題にしたの？」

「誰に対してもです！」

わたしはグロースさんの言葉の意味をそれ以上穿鑿しませんでした。ただ、屋敷の人間――今もこの小さな所帯にいる五、六人の女中や下男のうち、何人かに対して、そういう振舞いがあったのだと考えるにとどめました。けれども、心強いことに、この古き良き館に嫌な言い伝えがあったとか、働く者に動揺が広がったなどということは、誰の記憶にもありませんでした。悪い評判も噂も立ったことがなくて、グロースさんは、ただもうわたしにしがみつき、黙って震えていたい様子でした。わたしは他ならぬ彼女さえも試してみました。真夜中、彼女が教室の扉に手をかけ、おやすみを言おうとした時でした。

「それじゃ、あなたがおっしゃることをこう受けとってもいいのね――これは、とても大事なことですから――あの男は間違いなく性悪者といわれていたのね」

「いわれていた、じゃございません。わたくしは知っていました――でも、旦那様はちがいました」

「あなた、そのことをお話ししなかったの?」

「旦那様は告げ口がお好きではありませんでした――愚痴を聞くのがお嫌いだったんです。そういうことについては、ひどく短気でいらっしゃいますし、人が御自分にとって良ければ――」

「他のことは気にしない、というのね?」これは、わたしがあの方に対して抱いていた印象ともおおむね合致していました。あの方は厄介事を好むような方ではないし、そばにいる人間のことをあまりやかましく言わないのでしょう。それでも、わたしはグロースさんに詰め寄りました。「わたしなら絶対にお話ししていたわ!」

彼女はわたしに見下げられたと感じたのでしょう。「たぶん、わたくしが悪かったんでございましょう。でも、ほんとうに怖かったんです」

「怖かったって、何が？」

「あの男が何をするかと思うと。クウィントはほんとに利口で――腹の中が読めない男でした」

わたしはそれを、顔色に出した以上に納得しました。「他のことはこわくなかったの？　あの男の影響は――？」

「影響？」

グロースさんは苦しそうな顔でき返し、わたしがためらいつつ言う言葉を待っていました。

「あの無邪気な、大切な子供たちへの影響よ。あなたが監督する立場にあったんでしょう」

「いいえ、わたくしじゃありません！」彼女はきっぱりと悲痛な声で言い返しました。「旦那様はあの男を信用しておられて、あいつは身体が良くないということでしたから、田舎の空気を吸わせるために、ここへ連れていらっしゃったんです。それで、あいつは何にでも口を出したんです。そう、お子様方のことにまで」

「子供たちのことまで――あいつが？」わたしは怒鳴りたくなるのを、こらえねばなりませんでした。「それであなたは平気だったの！」

「平気なものですか――今だって！」可哀想な婦人は泣き出してしまいました。

翌日からは、申し上げたように、子供たちを厳しく監視しました。ですが、一週間の間、わたしたちは何度その話題に戻って、熱心に語り合ったことでしょう！　日曜の晩も、あんなに話し合ったというのに、わたしは、そのあとの数時間――その晩、眠れたかどうかは御想像がつくでしょう――彼女が言わないでいることの影に、なおも取り憑かれていました。こちらはすべてを打ち明けて話したのに、グロースさんは、まだ何か一言胸のうちにしまっているのです。しかも、それを言わないのはわたしに気を許していないからではなく、八方を恐怖にふさがれているからだと、明け方になって確信しました。

今思いますと、あの朝、太陽が高くさしのぼる頃までに、わたしは不安の中で目前の事実にさまざまな意味を読み込んでいたのですが、その後に起こった、もっと残酷な出来事は、そうした推測のほとんどを裏書きしていたのでした。何よりもわたしの心に強く刻みつけられたのは、あの男が生きていたとき――死んでからのことはしばらく措《お》いて！――の不吉な姿、そして、彼奴《あいつ》がブライ邸に居つづけた、合計すればおそろしい長さになる月日のことです。この忌まわしい日々にやっと終止符が打たれたのは、ある冬の夜明けのことでした。朝早く仕事に行く労働者が、村からの道にピーター・クウィントが死んでいるのを発見したのです。この惨事は、彼の頭にはっきりと傷が残っていたことから――少なくとも表面上は――説明がつきました。その傷は、暗い夜道を居酒屋から帰る途中に道を間違え、氷りついた急な斜面を滑り落ちたならば出来そうな（実際、そうだったことが最終的に証拠立てられたのですが）傷でした。氷った斜面、暗闇の中で酒に酔って道を間違えた、となれば説明はおおかた十分で――検死が行われ、噂話が果てしなく飛び交ったあげくに、万事落着ということになりました。けれど、彼の素行には色々と問題があったのも事実です。妙な出来事、危い橋、隠された乱行、人も知る悪習——そうしたことを調べあげれば、事情はより明白になったでしょう。

わたしの心境をみなさんに信じていただけるようにお話しするには、どういう言葉をつかったらよいのかわかりませんが、あの頃わたしは、状況に迫られて尋常《ただ》ならぬ勇気をふりしぼらねばならないことに、文字通り一種の喜びさえ感じていたのでした。今思えば、わたしは感嘆すべき困難な奉仕を求められていました。他の娘にできなかったことをわたしがやり遂げ、認めてもらうのは——そう、然《しか》るべき人に！——それはさぞ素敵なことでしょう。正直なところ、我ながらよくやったと思うのですが、自分の感情をはっきりと単純にとらえていたことは、わたしにとってこのうえない力でした。わたしがそこにいるのは、親のない愛すべき子供たちを庇護するためであって、二人のよるべない身の上が急に切実に思われ、深く絶間ない疼《うず》きとなって、情に訴えてくるのでした。わたしたちはまったく世間から孤立していました。危険の中で一つになっていました。子供たちにはわたししかいませんし、わたし——そう、わたしにはかれらがいました。つまり、これはすばらしい機会《チャンス》なのでした。この機会は、具体的な形をとって、わたしの心象に映じました。わたしは衝立《ついたて》なのです——子供たちの前に立てるべき衝立。わたしが多くを見れば見るほど、かれらは何も見なくて済むのです。

わたしは不安を押し殺し、緊張を隠して二人を見守りました。あの状態があまりに長く続いていたら、気が変になったかもしれません。わたしが救われたのは、事態がまったく別の方向に向かったからでした。それはもう不安ではなく——恐るべき証拠に取ってかわられたのです。

そう、証拠です――わたしが本当にそれをとらえた瞬間から。

その瞬間というのは、ある日の午後、わたしがたまたま小さい方の生徒と庭で過ごしていた時からはじまります。マイルズは家に残してきました――深い窓腰掛の赤いクッションの上に。読みかけの本を終わらせたいというので、わたしは感心なことだと思って、許したのです――この少年は多少落ち着きがないのだけが欠点でしたから。一方、妹は外に出たがっていたので、わたしは彼女と三十分ばかり、日蔭を求めてぶらぶら歩き廻っていました。まだ日は高く、ことのほか暖かい陽気だったからです。歩きながらあらためて気づいたのですが、フローラも兄と同じように――これがこの子供たちの魅力的なところでした――わたしを放《ほ》っぽり出しはしないけれども一人にしてくれ、まとわりつかずに随《つ》いて来てくれるのです。かれらはけしてうるさくもなく、無頓着でもないのです。

結局、わたしは監督するといっても、二人がわたし抜きで素敵に楽しんでいるのを見ているだけでした。二人が熱心に見世物を用意するのを、感心してながめているようでした。わたしはかれらが創造した世界を歩いていたのです――子供たちは、けしてわたしの思いつきに頼ることはありませんでしたから、わたしの出番といえば、その時々の遊びに必要な偉い人間や動物などを演じるだけでした。それも目上の偉い大人なので、幸福な名誉職を割りあてられただけだったのです。

あの時、わたしが何の役を演じていたかは忘れてしまいました。わたしは重要人物でしたが、口数が少なく、フローラの方が熱心にお芝居をしていました。わたしたちは湖のほとりにいましたが、その頃、地理の勉強を始めたところだったので、湖はアゾフ海と名づけられていました。

　突然、わたしはそのアゾフ海の向こうから、こちらをじっと見ている者があることに気づいたのです。そのことがわかった時の心持ちは、世にも奇妙なものでした——もっとも、さらに奇妙な出来事が引きつづいて起こったのですが。わたしは湖を見渡せる石のベンチに坐り——坐っても良い役だったのです——針仕事をしていました。この位置にいながらはっきりと、まだ直接見てはいないのに、第三の人物が離れたところにいることを感じたのです。

　老樹の林とこんもりした茂みは心地よい大きな蔭をつくっていましたが、あたりには暑い静かな日盛りの明るさが満ちていました。曖昧なものは何一つありませんでした。少なくとも、今視線を上げたら、まっすぐ先——湖の向こうに何が見えるかが、わたしにははっきりわかっていて、刻々と深まる確信は曖昧ではありませんでした。この時、わたしの視線はやりかけた刺繍の上に注がれていました。他処《よそ》を見るまい——どうすべきか覚悟が決まるまでは、目を動かすまいと必死でこらえた胸苦しさが今も蘇ってくるようです。あやしいものが視界の中にいる——そこにそんな人物がいても良いかどうかを、わたしはさっそく懸命に考えはじめました。ありとあらゆる可能性を数え上げて——たとえば、屋敷《ここ》の使用人がやって来たのなら何の不思議もない——あるいは伝令や郵便配達人、商店の小僧が村から来たのか、などとも考えてみました。でも、そうやって思いめぐらしてみても、わたしの確信は変わりませんでしたし——まだ見てもいないのに——それがいつかの訪問者と同じ性格と態度を有していることを感じたのです。べつなふうに考えても何ら不自然はないのですが、やはり絶対にそうではないのでした。

　現われた者の正体は、わたしの勇気の小さな時計が然るべき一秒を刻んだら、たしかめてやろうと思いました。その前に、わたしはもうかなりの努力をしながら、幼いフローラに目を移しました。彼女はその時、十ヤードほど離れていました。あの子もあれを見てしまうかと考えたとたんに、わたしの心臓は驚きと恐ろしさで一瞬止まりました。わたしは息をつめて、今にもあの子が泣くか、あどけない仕草でもって興味か警戒を示すのではないかと待っていました。ですが、何事も起こりません。やがて、わたしは意志を固めましたが、その理由は第一に——これは、わたしが申し上げねばならないことの中でも、もっとも恐ろしいものを含んでいますが——少し前から、少女の口からおしゃべりがプッツリと途絶えたのを感じていたこと。第二に、やはり少し前から、彼女は遊びながら湖面に背を向けていたという状況でした。わたしがついにフローラを見た時——二人とも、やはり誰かに注視されていると確信しながら見た時、彼女はそんな様子でいたのです。彼女は平たい木ぎれを拾って、それにたまたま小さい穴が開《あ》いていたものですから、もう一つの木のかけらをマストのように立てて、舟をつくろうと思いついたのでしょう。この二つ目の木切れを、いかにも一生懸命、穴にねじ込もうとしていました。彼女のやっていることがわかると、わたしは力づけられ、やがて勇気が湧いてきました。そこで、もう一度視線をうつし——立ち向かわなければならないものに、面と向かったのでした。

七

わたしはそのあと、真っ先にグロースさんをつかまえました。それまでの時間をどう切り抜けたのかは、とても御説明できません。でも、彼女の腕の中に夢中で飛び込んだ時、叫んだ言葉は今も耳に残っています。「あの子たち、知ってるのよ――そんなの、恐ろしすぎる。知ってるの。知ってるのよ！」

「いったい何をです――？」グロースさんはわたしを抱きながら、不審に思っているのがつたわってきました。

「何をって、わたしたちが知っていること、全部よ――ほかにも知っているのかもしれないわ！」グロースさんが手を放したので、わたしは彼女に説明をはじめました。自分自身にも、この時、たぶん初めて筋道を立てて説明したのでした。「二時間前、庭で」――舌がろくにまわりませんでした――「フローラは見たの！」

グロースさんはまるで鳩尾《みぞおち》を殴られたように、あえぎました。

「お嬢様がそうおっしゃったんですか？」

「何も言わないの――そこが恐ろしいところだわ。隠してるのよ！　八歳《やっつ》の子がよ。あの子が！」わたしの仰天した気持ちは、まだ言葉になりませんでした。

グロースさんも、むろん、いっそう口をあんぐりとさせるばかりでした。「ならば、どうしておわかりになったんですか？」

「その場にいたからよ——この目で見たの。あの子がはっきり気づいていることがわかったのよ」

「あの男のことをですか？」

「ちがう——女の人」

話しながら、自分がとんでもない顔をしているのがわかりました。相手の顔に、それがだんだん映し出されてきたからです。

「別人よ——今度は。でも、やっぱり同じくらい怖くて、邪《よこし》まなやつよ。黒服の女で、蒼ざめていて、恐ろしいの——それに、やっぱりあんな風で、あんな顔をしてる！——湖の向こうにいたの。わたしはフローラと一緒だったの——あの時間にしては静かで、その最中に現われた」

「どうやって——どこから来たんです？」

「来たところから来たのよ！　気づいたら、そこに立っていたの——でも、そんなに近くじゃなかった」

「近くに寄って来ませんでしたか？」

「ああ、印象から言ったら、今のあなたと同じくらいそばにいる感じだったわ！」

わたしの友は何を思ったか、後ろに一歩とび退《すさ》りました。

「会ったことのない人でした？」

「ええ。でも、フローラの知っている人。あなたも知ってる人よ」それから、わたしが考え抜いたことを示すために、「わたしの前任者――亡くなった方」

「ジェスル先生？」

「そう、ジェスル先生よ。信じないの？」とわたしは迫りました。

グロースさんは困りきって、右を向いたり左を向いたりしました。「どうしてはっきりわかるんですか？」

わたしも神経が苛立っていましたから、それを聞いて、ついカッとなりました。「じゃあ、フローラに訊いてごらんなさい――あの子はわかってるから！」でも、言ってすぐに、取り消しました。「だめよ、お願いだから訊かないで！　あの子は知らないって言うわ――嘘をつくわ！」

グロースさんはとっさに反論できないほど戸惑ってはいませんでした。「あなたにはどうしてわかるんです？」

「冴えているからよ。フローラはわたしに知られたくないの」

「だとしたら、先生を煩わせたくないからでしょう」

「ちがう――もっと深い、深いわけがあるのよ！　探れば探るほど、いろんなことが見えてくるわ。そして見えてくればくるほど、恐ろしくなる。わたしには何が見えていないのか、何をこわがっていないのか、わからない！」

グロースさんは、わたしの話になんとかついて来ようとしました。「また彼女を見るのがこわいんですか？」

「いいえ。そんなこと、何でもないの——今となっては！」そういって、わたしは説明しました。「見ないことの方がこわいのよ」

しかし、相手はうつろな顔をするだけでした。「おっしゃることがわかりません」

「つまり、あの子がずっとあれを続けるっていうこと——絶対そうだわ——わたしの知らないうちに」

この可能性を想像して、グロースさんは一瞬愕然としましたが、それでもすぐに気をとりなおしました。ここで少しでも後に退《ひ》いたら、どんなことになるかと気づいて、頑張ったのでしょう。「やれやれ——わたくしたち、しっかりしなければいけませんね！　どのみち、お嬢さまは気にしないわけですから——！」彼女は恐ろしい冗談を言いました。「きっと、それがお好きなんでしょう！」

「あんなものが好きだなんて——年端《としは》もいかない小さい子なのに！」

「純真無垢な証拠じゃございませんか？」わたしの友は思いきって言うのでした。

わたしは一瞬、考えを変えるところでした。

「それにすがるしかないわね——しがみついているしか！　でももし、それがあなたのおっしゃることの証拠じゃないとしたら、それは——ああ、何の証拠でしょう！　あれは、本当にぞっとする女だったのよ」

グロースさんは目を伏せてしばらく地面を見ていましたが、しまいに視線を上げて、言いました。「教えてください。先生には、どうしておわかりになるんですか？」

「じゃあ、やっぱり彼女だと認めるのね？」

「どうしておわかりになるのか、教えてくださいまし」わたしの友は同じことを繰り返すばかりでした。

「どうしてわかるって？　見たからよ！　あの女の目つきで、わかるの」

「先生を見たんですか――性悪な目つきで？」

「いいえ、ちがうの――それなら我慢できるわ。あの女はわたしには目もくれなかった。フローラだけを見ていたの」

グロースさんはその光景を思い浮かべようとしました。「お嬢さまを？」

「ええ、あの恐ろしい目で！」

彼女はまるでわたしがそんな目をしているかのように、じろじろと凝視《みつ》めました。「憎しみの目で見ていたんですか？」

「それがちがうの。もっと性質《たち》が悪いわ」

「憎しみよりも悪いとおっしゃいますと？」――彼女はさっぱりわからないという様子でした。

「決意をこめた目つきよ――何とも説明できないような。何か企んでいるような凶暴な目つき」

グロースさんは真っ青になりました。「企むですって？」

「フローラを手に入れようと」グロースさんは――わたしの目を見ながら――ぞっと身震いして、窓に歩み寄りました。彼女がそこに立って外をながめている間に、わたしは最後の一言を言いました。「そのことも、フローラはちゃんと知ってるのよ」

　しばらくして、グロースさんはふり返りました。

「黒い服を着ていたとおっしゃいましたね？」

「喪服をね――なんだか粗末で、みすぼらしい服だったわ。でも――そう――大変な美人ね」

わたしがこうして打ち明け話に一筆一画を加えていくうち、聞き手が何に思い致ったかがわかりました――彼女は明らかにここを重く見ていましたから。「ええ、きれい――ほんとうに、ほんとうに」わたしは強調して言いました。「すばらしくきれいな人。でも、恥知らずなんだわ」

　グロースさんはゆっくりこちらへ戻ってきました。

「ジェスル先生は――たしかに恥知らずでした」

　彼女はふたたびわたしの手を両手で握りしめました。このことを話せば、いっそう恐怖が増すかもしれないけれども、負けないでください、と言わんばかりでした。「あの二人は、どっちも恥知らずでした」と彼女は最後に言いました。

　そこで、わたしたちはしばらくの間、ふたたび一緒に問題と向き合いました。こうして今、それを直視することができたのは、たしかに助けになりました。

「偉いと思うわ」とわたしは言いました。「あなたが今まで慎み深く話さなかったことは。でも、もう洗いざらい話す時が来たのよ」

グロースさんもそう思っているようでしたが、依然として黙ったままです。それでわたしは言いました。

「教えてちょうだい。彼女はどうして亡くなったの？　ねえ、二人の間に何かあったんでしょう」

「何だってございました」

「ちがいがあるのに――？」

「身分から何から、ちがっておりましたのに」――グロースさんは嘆かわしげに言いました。

「あの方は淑女でした」

わたしは考えて、なるほどと思いました。「そうね――淑女だったわ」

「男はもう、話にも何にもなりません」

わたしはグロースさんを相手に、召使の身分の高下を云々するのはあまりよろしくないと感じましたが、わたしの前任者が品格を汚したという彼女自身の考えをうけいれることは、さしつかえないと思いました。こうした事には扱い方があるので、わたしはそのように扱いました。証拠を得て、あの男のことがよくわかったので、それはいっそう簡単でした――今は亡き、抜け目ない、ハンサムな旦那様の〝お気に入り〟。鉄面皮で自信満々で、甘やかされ、堕落したあの男――「あれは下劣な奴ね」

グロースさんは、それは微妙な問題だといわんばかりに考え込みました。「あんな男は見たことがございません。何でも、したいことをしていたんです」

「あの女《ひと》にも？」

「誰に対してもです」

わが友の目には、ジェスル先生の面影が蘇ってきたようでした。少なくともわたしには、彼女の目の中に一瞬、湖のほとりで見たのと同じくらいはっきりと、あの姿が映ったような気がしたのです。それで、わたしははっきりと言いました。「あの女だって、それを望んでいたのよ！」

グロースさんの顔にはその通りだと書いてありましたが、彼女は同時にこうも言ったのです。

「かわいそうに――あの方は報いを受けられたんです！」

「どうして死んだか、知ってるのね？」

「いいえ――わたくしは何も存じません。知りたくもありませんでした。知らないでよかったんです。それに、あの方も、きれいに片がついてようございました！」

「でも、心当たりはあるんでしょう――？」

「ここを出て行った本当の理由ですか？　ええ、それはございます。いたたまれなくなったんですよ。考えてもごらんなさいな――家庭教師が、ですよ！　後になって、わたくしもいろいろ想像いたしました――今も想像していますけれど。わたしが想像するのは、とても恐ろしいことなんです」

「わたしが考えることほどじゃなくてよ」

そう答えた時、わたしは自分でも痛いほどよくわかっていましたが――惨めな敗北のさまを見せていたのでしょう。またもやグロースさんの同情を買うことになり、ふたたび彼女の優しさに触れて、負けまいとする気の張りがふっつりと緩《ゆる》んでしまいました。前には彼女をわっと泣かせましたが、今度はわたしが泣く番でした。グロースさんは母親のような胸にわたしを抱き、わたしはその胸の中で思うさま嘆きました。

「もうやめたわ！」わたしは自棄《やけ》になって泣きじゃくりました。「あの子たちを救ったり、守ることなんて、できない！　まさかこんなひどいことになってるなんて、思わなかった――もう救われないんですもの！」

八

わたしがグロースさんに言ったことは本当でした。彼女の前に突きつけた事柄には、その底を探ってみる決心がつかないほどの深さとおそるべき可能性がありました。ですから、ふたたび会って話し合ったときには、お互い突飛な空想は慎もうという点で意見が一致しました。何はともあれ、冷静でいなければなりません――けれども、それはこの異常な経験の中でもっとも確実と思われる事を前にして、容易ではないかもしれません。

その夜遅く、家中が寝静まったころ、二人はもう一度わたしの部屋で話し合いました。グロースさんは、わたしが見たというものは本当にその通り見たに違いない、というところまでは信じてくれました。彼女にそのことを納得させるには、ただこう訊いてみれば良いのでした。もし、わたしが〝作り事〟を言っているのだとしたら、わたしの前に現われた二人の特徴をどうしてあんなに詳しく話して聞かせることができたのか――わたしが姿形をいうと、あなたはすぐにそれが誰かわかったではないか、と。グロースさんとしては、もちろん――無理もないことですが――この話題は全然やめにしたかったので、わたしは自分もそのことから逃げ出す道を必死で探っているのだ、といって、彼女を安心させました。二人の考えが大いに合ったのは、次の点に関してでした――こういうことが繰り返し起きれば――それは間違いないと、二人とも思っていました――わたしも危険に慣れっこになるだろうということ。自分自身が危険にさらされるのは、もう苦にならなくなってしまった、とわたしは言いました。耐え難いのは新しく湧いてきた疑惑の方でしたが、夜が更けるにつれて、この問題も多少気楽に考えられるようになってきました。

初めて心のうちを吐露して、グロースさんと別れたあと、わたしはもちろん生徒たちのもとへ戻りました。乱れた心を鎮めるには、子供たちの魅力に触れることが一番だと思ったのです。それは汲めども尽きせぬ宝の泉であって、これまで一度も裏切られたことはありませんでした。言いかえれば、わたしはさっそくフローラとの特別なおつきあいをはじめ、そして気づいたのですが――それはまるで、この上ない贅沢のようでした！――彼女はその小さい敏感な手を、すぐさま痛みの場所にあてることができたのです。可愛らしい、案じるような目でわたしを見つめ、〝泣いた〟でしょうと面と向かって責めました。

わたしは見苦しい泣き跡は拭い去ったつもりでした。けれども、こうしたはかり知れぬ優しさにふれると、それが消え残っていたことが――ともかく、その時は――本当に嬉しかったのでした。少女の青い瞳の奥をのぞきこんで、その愛らしさを早熟な悪知恵のたくらみだと決めつけるのは、あまりにもひねくれています。それよりも予断を捨て、動揺もできるだけ捨ててしまった方がいいように思えました。もっとも、そう思い通りになりはしませんでしたが、わたしはグロースさんに――その夜更け、何度も何度も――繰り返し言うことができました。子供たちの声を聞きながら胸に抱きしめ、良い匂いのする顔を頰にあてていると、二人のいたいけさと美しさのほかは、どうでもよくなってしまうの、と。

残念なことでしたが、このことにけりをつけてしまうため、わたしは、昼下がりに湖のほとりでわたしに奇蹟のような沈着さを保たせた、あの狡猾《こうかつ》さのしるしをもう一度数え上げてみなければなりませんでした。あの瞬間の経験自体がどれくらい確かだったかを再検討し、あの時わたしが現場を押さえた不可解な交わりが双方にとって習慣になっていることを、どのように直感したか、くり返し語らねばなりませんでした。わたしがグロースさんを目の前に見るように、少女はあの来訪者を見ていた。そうしてはっきり見ながら、何も見ないふりをして、しかも素振りにはあらわさなかったけれども、わたしが見たかどうかを知りたがっていた――わたしが心乱れながら、それらのことを信じて疑わなかったのはなぜかを、ふるえる声でもう一度言わなければなりませんでした。彼女がわたしの注意を外《そ》らすためにした不吉な振舞い――わざとらしく動きまわったり、遊びにことさら熱中してみせたり、歌ったり、そらごとを言ったり、一緒にふざけようとしたり――そうしたことを総括しなければなりませんでした。

けれども、そこに何もないことをたしかめるために、こうしてふり返ってみなかったなら、まだ二、三のかすかな慰めが残っていることにも気づかなかったでしょう。一例をいえば、少なくともこちらは見透かされなかった、と――これは大変良いことです――グロースさんに断言することはできなかったでしょう。また必要に迫られ、必死で――何と言って良いのかわかりませんが――わたしの朋輩を壁際に追い詰めることにより、さらなる情報を引き出すこともできなかったでしょう。グロースさんは、少しずつではありましたが、せがまれてかなりのことを話しました。でも、話の裏に隠れている小さな動きまわる斑点が、蝙蝠の翼のように、時おりわたしの額をかすめるのです。ですから、このとき——家中が寝静まり、危険と警戒感が張りつめたこの良い機会に——幕をいっきに引き剝がしてしまうことが重要だと考えたのです。「そんな恐ろしいこと、信じられないわ」とわたしは言いました。「ええ、はっきり言って、信じられません。でも、もし信じるとしたら、ひとつ訊いておきたいことがあるの。もう遠慮なしにね——これっぽっちもよ！　マイルズが学校から戻ってくる前に、学校から手紙が来たでしょう。あれを見て二人して悩んでいたとき、わたしが問いつめたら、あなたはあの子が〝悪い子〟だったことが全然ないとは言わないとおっしゃったわね。あれは、どういうつもりで言ったの？　わたし、何週間も実際にあの子と暮らして、ようすを見ているけど、一度だって悪い子だったことはないわ。楽しくて、可愛くて、文句なしのいい子だったわ。だから、あなたがたまたま例外的な部分を見たのでないとしたら、あんな風には言わなかったはずよ。その例外は、どんなことだったの？　あなた自身が御覧になったどういうところを言ったの？」

ずいぶんとあからさまな質問でしたけれど、もともと楽しい話をしているわけではありませんでしたし、ともかく、白々とした夜明けが別れをうながす前に、わたしはその答を聞きました。グロースさんが考えていたのは、とても参考になることでした。それは他でもありません、クウィントと少年が何か月も始終一緒にいたという事実なのです。グロースさんは、二人がそんなにべったりとくっついているのは礼節に適《かな》わず不穏当だといって非難し、ジェスル先生にも打ち明けて相談してみたそうです。ところが、ジェスル先生はたいそう威丈高な態度で、余計な口出しをするのはおよしなさい、と言いました。それでグロースさんはマイルズに直接言ったのです。若い紳士方には御自分の立場をお忘れにならないでいただきたい、と言ったのだそうです。

わたしはもちろん、さらに突っ込んで訊きました。「クウィントは卑しい下僕にすぎないことを思い出させたんでしょう？」

「そんなところです！　その時の坊ちゃまの返事が、第一、よくありませんでした」

「ということは第二第三があるのね？——あなたのことをクウィントに告げ口したの？」

「いいえ、そうじゃありません。そんなことをなさるものですか！」グロースさんのこういうときの口ぶりは、やはりわたしの胸を打ちました。「ともかく、そんなことをなさる気づかいはありませんでした。でも、坊ちゃまは時々、あったことをなかったと言うんです」

「どんなこと？」

「クウィントはまるで坊ちゃまの家庭教師——それも偉い先生——のように、一緒になってあっちこち行くんです——ジェスル先生はお嬢さまだけの家庭教師だとでもいわんばかりに。つまり、あの男と出かけて行って、何時間も帰っていらっしゃらなかったことがあるんです」

「じゃあ、言い逃れをしたのね——そんなこと、していないって？」グロースさんがうなずいたので、わたしはたたみかけて言いました。「なるほど。あの子は嘘をついたのね」

「まあ！」グロースさんは不満そうにつぶやきました。そんなことは大した問題ではないと言いたかったのでしょう。実際、その気持ちを裏づけるように言葉をつぎました。「結局のところ、ジェスル先生が気になさらなかったんです。坊ちゃまをお止めにならなかったんです」

わたしは考えました。「マイルズはそれを口実にしたの？」

相手はまたうなだれてしまいました。「いいえ、そんなことは一言もおっしゃいません」

「ジェスル先生とクウィントのことも、何も言わなかった？」

わたしの言おうとしていることがわかって、彼女は見る間に顔を赤らめました。「しらんぷりをしておいででした。ただ、ちがう、ちがうとおっしゃいました」

ああ、わたしは何と手厳しく彼女を追いつめたことでしょう！　「だから、あの二人の関係を知っていることがわかったんでしょう？」

「存じません――存じません！」グロースさんは泣き出してしまいました。

「いいえ、あなたは知っているわ」とわたしは言い返しました。「ただ、わたしみたいな図太さがないだけよ。臆病で控え目で慎み深いから、胸にしまっているんでしょう――以前《まえ》にはわたしの助けがなくて、黙って苦しんでいたけど、そのときにあなたを何より惨めにさせた印象まで、しまっておこうとするのね。でも、わたし、聞かせてもらうわ！　あなたはマイルズを見ていて――二人の関係を隠しているのを感じたんでしょう」

「ああ、あの子にはどうすることもできませんでした――」

「あなたが真相を知ってしまうことを？　そうでしょうね！　でも、まあ」わたしは急に考え込みました。「そういう点は、あの人たち、よく仕込んだものね！」

「今はもう、よくないところなんかございません」グロースさんは悲痛な声で訴えました。

「学校から手紙をもらったと言ったとき、あなたが変な顔をしたのも無理はないわね！」わたしはなおもつづけました。

「先生の方が変な顔をしていたじゃありませんか！」彼女は生真面目に言い返しました。「もしそんなに悪い子だったのなら、今はどうして、あんな天使のような子になったんでしょう？」

「まったくだわ――学校でそんな悪魔だったとすればね！　どうして？　どうして？　ねえ」わたしは苦しくなって言いました。「あなた、またその事をわたしに訊いてみてちょうだいね。しばらくは答えが出ないと思うけど。でも、頼むからまた訊いてみてね！」グロースさんはわたしのうわずった声に、ぎょっとしました。「今はまだわたしが踏み込んではいけない方面があるのよ」わたしはグロースさんが最初に挙げた例に話を戻しました――ついさきほど言っていたこと――少年が時々口を滑らすという話です。「あなたが意見をしたときね――もしクゥィントが卑しい下僕だというなら、そういう自分だって一緒じゃないかってマイルズは言ったんじゃない？」彼女はやはりうなずき顔だったので、わたしはさらにつづけました。「そんなことを言われて、許したの？」

「先生なら許しませんか？」

「いいえ、許すわ！」

わたしたちはしんとした静けさの中で、妙に楽しげな声を立てました。それから、わたしは言いました。

「とにかく、マイルズがあの男と一緒だったときは――」

「お嬢さまはあの女と一緒でした。それがみんなに好都合だったんです!」

それはわたしにとっても好都合でした。好都合すぎたくらいです。つまり、わたしが頭から追い除《の》けようとしていた恐ろしい考えにぴったり符合するのです。でも、これまでその考えを口にしないでいられたのですから、ここでもうこれ以上は述べないことにして、ただわたしが最後にグロースさんに言ったことだけを記しておきましょう。

「嘘をついたとか生意気だったとかいう話は、正直言って、それほど興味のある問題じゃないわ――あの小さい子の中に、人間の本性がべつの形で萌《きざ》してくる話を聞けるかと思ったのに」わたしは考えつつ、言いました。「でも、聞いて無駄じゃなかったわ。もっとよく見張っていなければいけないという気になったもの」

次の瞬間、グロースさんの顔を見たわたしは、自分が恥ずかしくなりました。というのは、彼女の話を聞いて、わたしも情に訴えられる部分があったのですが、この人はもう手放しに少年を許していることがわかったからです。ことに教室の戸口で別れる時、彼女はこう言ったのです。「あ、あの子を咎めたりはなさらないんでしょう――?」

「あいつらとの関係を隠していることを? 御心配なく。この上の証拠が出てこないかぎり、誰も咎めたりしませんから」それから、別の廊下を通って自室にさがるグロースさんを送り出す前に、わたしは言いました。「今は待たなきゃいけないんだわ」

九

わたしは待ちに待ちつづけ、日が経つにつれて、驚きも少しずつ薄らいでゆきました。じっさい、教え子たちを見守って何事もなく二、三日が過ぎると、嘆かわしい考えも、忌まわしい記憶さえも、スポンジで拭ったように消えてゆきました。わたしがかれらの子供らしい魅力に積極的に身をゆだねようとしたことは申し上げた通りですから、今こそこの源泉に慰めを求めたのもお察しいただけるでしょう。わたしが新しい発見と闘った努力は、たしかに説明しがたいほど奇妙なものでした。しかし、それがあんなにしばしば成功しなかったなら、もっと張りつめた気持ちになったでしょう。自分が子供たちについて妙なことを考えているのに、向こうはどうして気づかないのだろう、とよく思いました。こうしたことはかれらをいっそう興味深い存在にしていましたが、そのことが秘密を隠すのに役立つわけではありません。わたしは、子供たちが以前よりもずっと面白い対象になっていることを気づかれたら、と思ってはびくびくしました。ともかく、最悪の事態を考えてみますに――わたしは始終そういうことを考えていました――子供たちの純真さに翳《かげ》りが出るとすれば――それはかれらのせいではなく、運命の仕業《しわざ》でしょう――なおのこと危険を冒す理由になるのです。

時折わたしはどうにも我慢できずに、子供たちをつかまえて、胸に抱きしめてしまうことがありました。そうやってから、すぐにこう考えるのです――「あの子たちはどう思うかしら？心の中を見透かされてしまわないかしら？」。そんなことを考えはじめると、悲しい混乱の中に落ち込んでも不思議はありませんでした。それでも安らかな時を過ごすことができた本当の理由は、子供たちの魅力が、それ自体十分慰めになったことです。たとい計算ずくかもしれないという疑いはあったにしろ――といいますのも、わたしは時々感情をおもてに出して、かれらの疑いを招かなかったかと考える一方、子供たちが明らかに以前よりも親愛の情を深く示すようになったことが、何か怪しくはないかと思っていたのです。

　この時期、子供たちは異常なくらい、わたしになついてくれました。それは結局、いつも可愛がって抱いてもらう子供の、素直な反応にすぎなかったのでしょうけれど。かれらが惜しみなく注いでくれた尊敬のまなざしは、わたしの神経にうまく作用し、わたしは自分が子供たちの振舞いに何かのたくらみを見出だそうとしていることを、忘れてしまうほどでした。かれらが哀れな保護者のために、これほど色々やってくれようとしたことはありませんでした。もちろん勉強もはかどって、それは何より家庭教師を喜ばせましたが――それよりも、子供たちは家庭教師《せんせい》に気晴らしをさせたり、楽しませたり、びっくりさせたりするのです。本の一節を読んでくれたり、お話をしたり、言葉当て遊び《シャレード》をしたり、動物や歴史上の人物になって、いきなり目の前にとび出してきたり――何よりも、こっそり暗記した〝詩〟を果てしなく朗誦して驚かせてくれました。

　この頃、わたしが子供たちの時間に評点を書き入れた膨大な個人的感想――それには、さらに個人的な訂正が加えてあるのです――を底まで読み解くことは、今やろうとしても、できそうにありません。子供たちは知り合った最初から、何でもやすやすとこなす才能を示していましたが、それが今あらためて目ざましい飛躍を見せていました。好きでならないといったように課題に取り組み、天賦《てんぷ》の才のあふれるにまかせて、強いられたわけでもないのに、奇蹟的な記憶力で物を憶えてしまうのです。虎やローマ人になるだけではなく、シェイクスピア学者や天文学者、航海者になってわたしを驚かせることもありました。

二人があまりにも優秀だったことと、たぶん、大いに関係していたのでしょう――今となっては他に理由を思いつきませんが、わたしはマイルズを別の学校にやる問題について、妙にのんびりと構えていました。当座はその問題を持ち出すこともないと思っていたのですが、そんな風に満足していたのは、少年がたえず感心するような賢さを見せつけて、わたしを感じ入らせていたからでした。あんなに賢い子供なら、ふつつかな家庭教師、牧師の娘に甘やかされても悪くなるはずはありませんでした。そして、わたしがただ今申し上げた思索《かんがえ》の刺繍の中で、もっとも輝くとはいえないまでも、もっとも不思議なひとすじの糸は、もしわたしがそれをつきつめたら、マイルズの幼い知的生活に、ある影響力が重大な誘因として働いている、という印象にたどりついたろうということです。

このような少年を学校へやるのは延期しても良いと考えることは容易でしたが、反面、こんな少年が学校の先生に〝追い出された〟ことは、どうみても不可解でした。申し添えておきますが、こうして一緒に過ごしていても――わたしはほとんど片時も目を離しませんでした――

そうした形跡はうかがわれなかったのです。わたしたちは音楽と愛情、成功と素人演劇の雲の中に暮らしていました。子供たちは二人共音楽的感性が優れていたのですが、特に上の子は、何でもすぐにおぼえて、やってみせる才能がありました。教室のピアノが、あらゆる物凄まじい幻想を奏でます。その音が止むと、部屋の隅で内緒のおしゃべりが聞こえ、やがて、二人のどちらかが元気よくとび出してきて、何か新しいものになって〝入場〟するのです。

わたしにも兄弟がいましたから、小さい女の子が男の子を盲目的に崇拝するのは、別に珍しいこととは思いませんでした。何よりも驚きだったのは、自分より年下の智恵も劣る女の子に、これほどこまやかな思いやりを示す少年が存在するということです。二人は異様に仲が良くて、喧嘩をしたり悪口を言ったことがない、というだけでは、その睦《むつ》まじさを讃《ほ》める言葉としてはがさつにすぎるほどでした。現《げん》に時折(わたしがつっいがさつな振舞いをしたときなど)、二人が示し合わせて、一方がわたしの気を引いている間に、もう一方はそっと逃げ出してしまうなどということもありました。どんな駆け引きにも、必ず素朴な面はあるものですが、わたしの生徒たちがわたしに術策を用いたとしても、野卑なところは最小限しかありませんでした。野卑なものは、一時《いっとき》の凪《なぎ》のあと、まったく別の方面からあらわれたのでした。

この話をするには、つい二の足を踏んでしまいます。でも、思い切ってお話ししなければなりません。ブライ邸での恐ろしい出来事を記録しつづけていると、わたしはもっとも寛容な信仰をこころみることになり——それはちっとも構わないのですが、自分自身の苦しみをもう一度味わうことになります(これは別問題です)。おそろしいあの道を最後まで、もがきながら進まなければならないのです。ふり返ってみますと、ある時点から、すべてが急に苦しみだけに変わってしまったように思われます。でも、ともかく事の半ばまで踏み込んだのですから、ここから抜け出す最短の道は先に進むことでしょう。

ある晩――これといったきっかけも前ぶれもなく――わたしはここへ来た最初の晩にうけた印象と同じ、あのひやりとする気配を感じました。あの時の印象は、前にも申し上げた通り、微《かす》かなものだったので、その後の生活がもっと穏やかだったら、記憶にも残らなかったでしょう。わたしはベッドに入らず、一対の蠟燭の明かりで読書をしていました。ブライ邸には部屋一杯分の古書がありました――中には前世紀の小説もあり、わたしの田舎にも悪評だけは伝わっていましたが、現物は手に入らなくて、若いわたしがひそかに好奇心を燃やしていた本などもありました。わたしがその時手にしていたのは、フィールディングの『アミーリア』でした。まったく目が冴えていたことも憶えています。それから、もう大分夜も更けただろうと思いながら、なぜか時計を見る気がしなかったのも憶えています。もう一つ思い出すのは、フローラの小さなベッドの枕元に当時流行した白いカーテンが掛かっていたことで、子供は、もう大分前にたしかめましたが、その蔭ですやすやと眠っていました。

つまり、わたしは本を読み耽っていたのですが、あるページをめくってから急に面白くなくなって、面《おもて》をあげ、部屋の扉をじっと見ていたのです。そのうち、最初の晩に何か得体の知れないものが家の中をうろついているような気がしたのを思い出し、耳を澄ましました。すると、開いた窓から入ってくる微風《そよかぜ》が、途中までおろした日避けを動かしていることに気がつきました。わたしはそれから、誰か見ている人がいたら感心したろうと思うくらいに落ち着き払って、本を置き、立ち上がり、蠟燭を手にまっすぐ部屋を出たのでした。明かりを持ってきてもなお暗い廊下から、そっと扉を閉めて、鍵を掛けました。

どうして決意したのか、何に導かれたのかわかりませんが、わたしは蠟燭を高くかかげて廊下をまっすぐに進みました。やがて、階段の曲がり目を見下ろす位置についている、丈の高い窓が見えてきました。この場所で突然、三つのことに気がついたのです。それはほとんど同時だったのですが、順々に閃いた感じでした。蠟燭が大きく振ったために消えてしまい――しかし、覆いのない窓を見ると暁の空は薄明るくなっていて、もう必要ないことがわかりました。次の瞬間、蠟燭なしで、階段に誰かがいることに気づきました。先ほど順々にと申し上げましたけれども、わたしがクウィントとの三回目の邂逅《かいこう》を予期して身を硬ばらせるまでには、数秒の間もありませんでした。幻影は階段を半分のぼって踊り場にさしかかったので、窓の近くにいたわけです。わたしを見ると急に立ち止まり、前に塔や庭から見たのとまったく同じ目つきで、こちらをじっと見つめました。わたしが相手をそれと知ったように、向こうにもわたしのことがわかったのです。ですから、冷たい微かな薄明かりの中――高い窓ガラスがほのかに明るく、その下に樫材の階段がつや光っているところで、わたしたちは互いに緊張して向かい合いました。この時の彼はまさしく、生きた、嫌悪すべき危険な存在でした。でも、そのことは奇中の奇というほどではありませんでした。この言い回しは、まったく別の事柄――わたしが明らかに恐怖を感じなくなっていたこと――相手と対決し、品定めできたことに対して使いましょう。

あの異様な瞬間のあと、わたしは随分苦しみましたが、ありがたいことに恐れは微塵《みじん》も感じませんでした。相手にもそれがわかりました――わたしは一瞬後にそのことを見抜いたのです。たちまち強烈な自信が湧いてきたわたしは、ほんのいっとき頑張ってあとに退《ひ》かなければ――少なくとも当分の間――彼に悩まされることはないと感じたのです。ですから、この瞬間《とき》、本当の出会いのように、あいつは人間らしく醜悪でした。醜悪なのは人間らしかったからです。夜更けて寝静まった家の中で、敵か、暴漢か、犯罪者と一人で出会ったかのようでした。これほど間近で長いこと見つめ合っているのに、まったく押し黙っているということが、この遭遇の恐ろしさに――ひどく恐ろしかったとはいえ――ただ一つの超自然的な感じを与えていました。この場所、この時刻に殺人犯と出くわしたとしても、一言くらいはしゃべっているでしょう。生きた人間同士なら、何かやりとりがあったはずです。それがなくても、どちらかが身じろぎくらいしたでしょう。その一瞬はあまりにも長く引き延ばされたので、もう少ししたら、自分が生きているのかどうかもわからなくなりそうでした。

その後に起こった事を何と表現すればよいのか、わかりません。ただ、あの沈黙――それはある意味で、わたしの気力の証明でした――そのものが一つの元素となり、男の姿はその中に消えていった、とでも言うしかありません。その際に彼が向こうをむくのを、わたしははっきりと見ました。あたかも、あいつが生前下僕だったとき、何か用事を言いつけられてふり向くのを見ているようでした。そして、どんな瘤《こぶ》があってもこれ以上醜くはならない邪悪な背中をこちらに向けて、あいつはまっすぐ階段を降り、次の曲がり角の暗闇に消えて行きました。

十

わたしはしばらく階段の上に立っていましたが、やがて、訪問者は行ってしまった——もういないのだと納得して、部屋に引き上げました。点《つ》けっぱなしの蠟燭の光で最初に見たのは、フローラの小さなベッドが空《から》になっていることでした。わたしは恐怖に襲われて、息を呑みました——つい五分前だったら、そんな恐ろしさは撥《は》ね返すことができたのでしょうが。少女が寝ていたところに急いで駈け寄ると——小さい絹の掛け布団やシーツが乱れていたので——白いカーテンが目隠しするように引いてありました。その時、わたしの足音に応えるように物音がして、わたしはえも言われずほっとしました。窓の日避けが揺れ、その向こうから、少女がひょいと頭を下げて楽しげに現われたのです。

彼女は無心に寝巻きを引っかけて立っていました。桃色の足はむきだしで、巻毛が金色に光っていました。その顔はひどく真剣でした。優勢に立っている、という感覚は（そのおかげであれほど胸がときめいていたのに）彼女がわたしを咎めていることに気づいたとき、急に萎《な》えてしまいました。

「先生ったら、いけない子ね。どこに行ってたの？」

相手のお行儀が悪いことを咎めるかわりに、わたしは被告人となって弁解していました。フローラ自身はその点について、何ともあどけなく言い訳しました。わたしが部屋から出て行ったことにふと気づいたので、どうしたのかと思って飛び起きたのだそうです。わたしは彼女が戻ってきたのを喜び、へなへなと椅子に坐り込みました――そのとき、本当にそのときだけですが、少し気が遠くなったようでした。フローラは小走りにこちらへやって来て、膝にとび乗って、抱かれようとしました。蠟燭の火がまともに照らし出した可愛らしい顔は、眠っていたために赤らんでいました。わたしは一瞬、わざと目を閉じたのを憶えています――少女の青い眼から輝き出したあまりにも美しいものに抗しきれなくて。

「わたしを探して窓の外を見ていたの？　お外を歩いていると思ったの？」

「あのね、誰かが歩いていると思ったの」――少女は顔色一つ変えず、ニッコリして言いました。

ああ、その顔をどれほどまじまじと見たことでしょう！　「それで、誰か見えた？」

「いいえ！」

彼女は（辻褄の合わないことを言うのは子供の特権だとばかり）腹立たしげに言い返しました。それでも可愛らしく舌たるい発音で「いいえ」を引きのばして言ったのです。

神経のとぎすまされていたわたしは、とたんに、彼女が嘘をついていることを確信しました。わたしはもう一度目をつぶりましたが、それはこの嘘つきにどう対処するか、三つ四つやり方があることを思って、戸惑ったからでした。一つの方法が束の間わたしを強く誘惑し、わたしはそれに負けまいとして、思わず少女の身体《からだ》をつかみました。けれども、不思議なことに少女は声も立てず、怯えるそぶりも見せませんでした。

たった今、この子にすべてをぶつけ、片づけてしまったらどうだろう？――明かりに照らされた愛らしい顔に向かって、こうずばりと言ってやったらどうだろう？「あなたは見てる、見てるじゃないの。そのことがわかってるし、わたしがそう思っているのにも気づいてる。正直に言ってしまったらどう？　そうすれば、少なくともわたしたちは一緒に頑張っていけるし、この奇妙な運命の中で自分たちがどこにいるのか、これが何を意味するのかが、わかるかもしれないでしょう？」

この誘惑は、しかし、すぐに消えてしまいました。あの時、もし思ったままを口にしていたら、その後あんなことには――でも、それについてはいずれお話しします。わたしは誘惑に負けるかわりに、ふたたび立ち上がってフローラのベッドを見やり、ふがいない、どっちつかずな道を選んだのでした。

「なぜカーテンを引いて、そこにいるように見せようとしたの？」

フローラは晴れやかな顔で思案しました。それから、いつもの天使のような微笑を浮かべて、

「先生を驚かせたくなかったんですもの！」

「でも、わたしは出て行ったと思ったんでしょう――？」

少女は少しも動じるようすを見せませんでした。蠟燭の炎に目を向けて、今の質問がお門違《かどちが》いであるか、少なくともマーセット夫人（Mrs. Jane Marcet　一七六九―一八五八　英米で普及した化学入門書の著者）の化学の問題や九《く》九《く》と同じくらい、差合《さしあい》のない話だという顔をしました。

「まあ、だって」彼女はまっとうな返事をしました。「戻ってくるかもしれないでしょう。ちゃんと戻ってきたじゃない！」

しばらくして少女が寝床につくと、わたしはこの子の身体にのりそうなほどそばに腰かけて、長いこと手を握りしめ、戻ってきて安心していることを示さねばなりませんでした。

これ以降、わたしが夜をどんなふうに過ごしたかは、おおよそ御想像がつくと思います。しばしば遅くまで起きていて、フローラが寝入ったのをたしかめると、部屋をこっそり抜け出し、忍び足で廊下を歩きまわりました。クウィントと出会った場所にも行ってみましたが、ふたたび会うことはありませんでした。言い添えておけば、家の中では一度も見かけなかったのです。ですが、あの階段の上で、わたしはあやうく別の冒険をするところでした。ある時、階段の上から見下ろすと、低い段に一人の女が坐っているのが見えました。こちらに背を向けて前かがみになり、悲嘆に暮れた様子で両手に頭を抱えていました。けれども、わたしがそこへやって来たとたん、女はこちらをふり向きもせずに消えてしまいました。それなのに、彼女がどんなに恐ろしい顔をしていたか、はっきりとわかりました。もしわたしが上ではなくて下の方にいたら、クウィントを相手に見せたような勇気をもって階段を上がってゆくことができたかどうかわかりません。

まあ、勇気を要することは、この後にもたくさんあったのです。例の紳士と階段で出会ってから十一日目の晩――今ではしっかり日にちを数えていました――それにも劣らぬ驚きを経験したのですが、不意をつかれたという点では、何よりもひどい衝撃でした。

ある晩のこと――夜毎の見張りに疲れきったわたしは、以前と同じ時刻に寝ても気がゆるんだことにはなるまい、と考え直しました。そう思って早く寝たさいしょの晩でしたが――わたしはすぐ眠りに落ち、あとで知ったことですが、一時頃まで寝込んでいました。ところが、目醒めると急にがばと起き上がったのです。まるで誰かに手で揺り起こされたように、すっかり目が醒めていました。つけっぱなしにしておいた蠟燭が消えていて、フローラが消したのだ、と直感しました。わたしは立ち上がり、暗闇の中をまっすぐ彼女のベッドに向かいましたが、そこはもぬけの殻でした。窓辺を見て半ば察しはつきましたが、マッチを擦《す》ると、すべてが明らかになりました。

フローラはまた起き出していたのです――今度は蠟燭を吹き消し、何かを観察するためか、何かに応えるためか、日避けの外にまたもぐり込んで暗闇に向かっていました。彼女が今こそ何かを見ている――この前は見ていなかったようなので、わたしは安心したのですが――ことは、わたしが蠟燭を灯《とも》しても、慌てて上履《うわば》きをつっかけ、肩掛けを羽織《はお》っても、一向に気づかないことからして確かでした。安全に隠れ、夢中になって、彼女は窓敷居にもたれかかり――窓は外に向かって開いていました――何かに没頭しているようすです。

空には大きい月がひそやかに光って、彼女を助けていました。そしてこの事がわたしに素早い判断をさせたのでした。少女は湖のほとりで出会ったあの幻と向かい合っており、あの時は出来ませんでしたが、今は何かのやりとりをしているのです。わたしがすべきことは、フローラの邪魔をせずに廊下をまわって、同じ方向に面している窓辺へ行くことでした。わたしは少女に気づかれずに戸口までたどり着きました。部屋を出て扉を閉め、少女が音を立てていないかと扉越しに耳を澄ましました。廊下に立っている間、マイルズの部屋の扉を見ました。その扉はほんの十歩ばかり離れていましたが、それを見た時――何と言ったらよいのでしょう――さいぜん誘惑に駆られたと申し上げた、あの時と同じような奇妙な衝動が湧き起こったのです。このままあの部屋に入って、つかつかと彼の窓辺に歩いて行ったらどうだろう?――少年が当惑するのもかまわず、わたしの真意を明かして、残りの謎を思いきって一網打尽にしてしまったら?

こんな考えに取り憑かれたわたしは、廊下を横切って少年の部屋の戸口に行き、そこでまた立ちどまりました。わたしは異様に耳を澄ましました。どんな恐ろしいことが起こり得るだろうかと想像しました。マイルズのベッドもやっぱり空《から》で、あの子もこっそり外を眺めているかもしれません。深い沈黙の一瞬が過ぎると、わたしの衝動はもう弱まっていました。少年の部屋は静かです。何も悪さはしていないのかもしれません。危険が大きすぎます。わたしはふり返りました。

庭に誰かがいました――何かを見ようとしてうろついています。フローラと約束をかわした訪問者――でも、マイルズと聯わりの一番深い訪問者ではないのです。わたしはまたためらいましたが、それは別の理由から、ほんの数秒のことでした。そのうちに心を決めました。ブライ邸には空き部屋がかなりあって、どれか適当な部屋を選べばよいだけなのでした。ふと頭に浮かんだのは、低い方の――といっても庭よりは高い位置にある――部屋です。屋敷の一角、前にわたしが〝古い塔〟といった場所にある四角い大部屋で、立派な寝室の設備をととのえてありましたが、広すぎて使いにくく、グロースさんはいつもきちんと掃除整頓をしているのに、何年間も使われていませんでした。

わたしは度々、その部屋をいいなと思って見ていたので、勝手は知っていました。空き部屋特有の冷々《ひえびえ》した暗がりに初めのうちは怯《ひる》むかもしれないけれど、横切って、鎧戸の錠をそっと外せばいいのです。わたしはこれを実行し、音もなく鎧戸を開け、窓ガラスに顔を近づけました。外は部屋の中よりずっと明るく、窓が正しい方向を向いていることがわかりました。そのうち、それ以上のものが見えたのです。月明かりのおかげで、いつになく見通しの利く晩でしたから、芝生に人がいることがわかったのです。遠くて小さい人影でしたが、その人物はそこにじっと立ち、何かに魅せられたように、わたしのいるあたりを見上げていました――いえ、わたしをではなくて、何かもっと上の方にあるものを見ているのです。明らかに、上に誰かいるのです――塔の上に人が。けれども、芝生にいたのは、わたしが思っていた相手では――わたしが自信をもって急ぎ足に会いに行った相手ではありませんでした。芝生にいたのは――それを知って、わたしは気分が悪くなりました――じつに、小さなマイルズだったのです。

十一

グロースさんとやっと話をしたのは、翌日遅くなってからのことでした。生徒たちを厳しく監視していると、彼女と個人的に会うのも中々難しかったのです。何かこっそりやっているとか、秘密の話をしているとかいう疑いを――子供たちだけでなく、召使たちにも――抱かせてはいけないと思っていたので、なおさらでした。この点に関しては、彼女がいたって平然としているので安心できました。グロースさんの明るい顔には、わたしが打ち明けた恐ろしい内容を人に漏らすようなものはありません。彼女はわたしを完全に信頼してくれました。そうでなかったら、わたしはどうなっていたことか――一人ではとても耐えられなかったでしょうから。

ですが、想像力が欠けているという点では、彼女は稀代の傑物でしたし、子供たちに美しさや愛らしさ、幸福さや聡明さしか見てとれぬうえ、わたしを悩ましているものと直接の交渉はありませんでした。もし子供たちが目に見えて弱ったり、萎《しお》れかえったりすれば、彼女もきっとその理由をさぐって、同じくらいやつれてしまうでしょう。でも実際のところは、白い丸々とした腕を組み、いつもの穏やかな顔でかれらを眺めているのでした。その様子を見ていると、たとえ疵物《きずもの》になっても十分立派な子供たちであることを、神に感謝しているように思われました。グロースさんの頭の中では、飛躍した想像は炉端の穏やかな明かりに席を譲るのです。わたしにはすでにわかっていましたが、彼女は――表立った事件もなく日が経つうちに――子供たちは結局、自分で自分の面倒はみられるのだという確信を深め、かれらの代理人兼保護者が持ち出した嘆かわしい問題にもっとも憂慮を示していたのです。おかげで、わたしにとっては事が単純になりました。わたし自身は世間に向かって白《しら》をきることが出来ましたが、こんな状況でグロースさんの顔色にまで気を使わなければならないとすれば、ひどく荷厄介なことでしたから。

グロースさんは先ほどお話しした時刻に、わたしにせがまれてテラスへやって来ました。季節は移り、午後の日射しも今は心地良いものでした。わたしたちはしばらくそこに腰をおろし、子供たちは前の方の、少し離れてはいますが、呼べば声のとどくあたりを行ったり来たりして、たいそういい子にしていました。二人はゆっくり歩調をそろえて下の芝生を歩き、マイルズは物語の本を読みあげながら、妹の肩に手をまわして放しませんでした。

グロースさんは落ち着いた様子で子供たちをながめていました。やがて彼女は、心の扉が軋《きし》む音をかすかにさせつつ、きまじめにわたしに向かって、綴織《つづれお》りの裏にある光景を聞き出そうとしました。わたしはこれまでも彼女に恐ろしい事を随分言いましたが、彼女は不思議とわたしに――わたしのたしなみや職能に――一目おいているので、辛い話も我慢強く聞いてくれるのでした。わたしの言うことに心を開いてくれましたから、わたしが魔女のスープを調合したいと自信を持って提案したら、ぴかぴかの大鍋を用意してくれたことでしょう。わたしが昨夜の出来事を話して、マイルズがわたしに何と言ったかというくだりにさしかかる頃には、もうまったくそういう態度になっていました。夜更けに、彼がちょうど今歩いているあたりにいるのを見つけて、迎えに下りて行った時のことです。わたしは家中を起こしてしまいたくありませんでしたから、声を立てずに自分から出て行くことを、窓辺でとっさに選んだのでした。けれども、少年を家に連れ戻して、ようやく叱責の言葉を口にした時、少年がしたうけこたえの絶妙な素晴らしさ——わたしがその時感じたことは、同情をもって聞いてくれるグロースさんにもうまく伝わらないだろうと思いましたが、彼女もそれはそうだろうと思っていました。わたしが月明かりの中でテラスにあらわれると、マイルズはまっすぐこちらへやって来ました。それでわたしは何も言わずに彼の手を取り、暗闇の中を進んで、クウィントがあの子を探して物欲しげにうろついていた階段を上り、わたしが震えながら聴き耳を立てていた廊下を通って、少年の部屋へ行きました。

　途中、わたしたちは一言も言葉を交わさず、わたしは考えました——ああ、どんなに考えたことでしょう！——この子はおそるべき小さな頭で何かもっともらしい、馬鹿馬鹿しくない言い訳を探しているんだ、と。それを思いつくのは大変でしょう。彼が今度ばかりは困りきっていることに、わたしは奇妙な勝利感をおぼえていました。それは今まで尻尾をつかませなかった獲物を捕える、鋭い罠なのです！　マイルズはもう行儀作法を取りつくろうことも、そうするふりさえもできないでしょう。では、どうやってこの窮地から脱するのでしょう？　この疑問にわたしの胸は高鳴りましたが、同時に、わたし自身は一体ここをどう切りぬけるのかという無言の問いを突きつけられました。わたしはとうとう、自分がおそろしい響きを立てなければならない危険に直面したのです。

　マイルズの小さな部屋に入ると、ベッドには全然寝た形跡もなく、覆いのない窓からはさやかな月光が射し入って、マッチを擦《す》る必要もないほど明るかったのを憶えています――わたしは急に力が抜け、寝台の端にへたり込んでしまいました。彼はわたしを〝いいように〟できることを知っているはずだと思うと、つい、そうなってしまったのです。マイルズはあんなに賢い子供ですから、何だってできるのです――わたしが子供を世話する者の罪つくりなやり方に従って、迷信や恐怖をあおり立てつづけるならば。たしかにわたしは〝いいように〟され、身動きも取れなくなっていました。なぜといって、もしわたしの方から、かすかな震える声を前奏曲に、わたしたちの完璧な関係にあの忌まわしい要素を持ち込んだなら、誰がわたしを赦免してくれるでしょう？　誰がわたしを絞首刑から救ってくれるでしょう？

　だめです――グロースさんに伝えようとしても無駄でしたし、今こうしてお話しするのも甲斐《か》《い》のないことですが、暗闇の中でぎこちなく向かい合ったあの短い間に、マイルズはわたしをほとほと感嘆させて、揺さぶりをかけたのでした。もちろん、わたしは終始優しく慈悲深く振舞いました。あの子の小さい肩にあんなに優しく手をかけたことはありませんでしたが、寝台にもたれかかったまま、その手で彼をおさえつけ、攻撃にさらしていたのでした。わたしは形だけでも、こう訊かないわけにはいきませんでした。

「さあ、おっしゃい――本当のことを。どうして外に出たりしたの？　一体、外で何をしていたの？」

わたしには今も見えるようです――少年の素晴らしい微笑み、美しい眼の白いところと、あらわになったきれいな歯が暗闇の中でキラリと光るのが。

「理由を言ったら、わかってくれる？」

わたしはこれを聞いて、心臓が口《くち》から飛び出しそうになりました。ほんとうに理由を話すつもりでしょうか？　わたしの唇からはうながす言葉も出ず、ただ引きつった顔で曖昧に何度も頷くばかりでした。少年の態度は柔和そのもので、わたしがそうして首を振っている間も、いつにもまして妖精の王子様のように立っていました。じつに、この輝かしさがわたしに安堵を与えてくれたのでした。本当に何か話すとしても、それはそんなに重大なことでしょうか？

「あのね」彼はとうとう言いました。「先生にこうしてもらいたかったからなの」

「こうするって？」

「僕を――たまには――悪い子だと思ってほしかったの！」

あの子がこう言ったときの愛らしさ、朗らかさを、わたしはけして忘れないでしょう――それに、かがみこんでキスしてくれたことも。一切に蹴《けり》がついてしまいました。わたしは接吻をうけ、相手をいっとき腕に抱きしめている間、泣き出したいのをこらえるのに必死でした。こんな風に説明されては、さぐりを入れることもできません。わたしはやがて納得したことを認めるように、部屋をぐるりと見まわして、こう言いました――

「じゃあ、一度も寝巻きに着替えなかったのね？」

少年は闇の中でキラキラ輝いていました。「そうだよ。起きて本を読んでたんだ」

「それなら、いつ下におりたの？」

「真夜中だよ。僕は悪いときはほんとに悪い子なんだ」

「そう――素敵ね。でも、どうしてわたしが気づくと思ったの？」

「フローラに言っといたんだ」少年の答は用意してあったかのようにすらすらと出てきました！「起きて、窓の外を見るようにって」

「あの子は言われた通りにしたわね」まんまと罠《わな》にかかったのは、わたしの方だったのです！

「そうやって先生を心配させれば、あの子は何を見ているのかって、先生も外を見るでしょう――ね？」

「その間に、あなたは」わたしも調子を合わせました。「夜風にあたって大風邪をひくというわけね！」

　彼はこの悪戯に得意満面だったので、嬉しそうにうなずきました。

「こうでもしないと、悪い子になれないでしょう？」

　それから、わたしたちはもう一度抱き合い、わたしはマイルズのこんな冗談を許してしまう自分の人の良さを痛感して、この事件にも話し合いにも幕が下ろされたのでした。

十二

繰り返し申しますが、わたしが受けたあの印象は、昼の光の中ではとうていグロースさんにうまく伝えられませんでした。それでも、なるべく良くわかってもらうために、少年が別れ際に言った別の言葉について、彼女に話しました。

「二言三言なのよ」とわたしは言いました。「それで事が片づいてしまうの。『ねえ、僕がしようと思えば、色々できるんだよ！』あの子は自分がいい子であるのを示そうとして、そう言ったの。『しようと思えば』何ができるか、とことんわかってるのよ。学校側もそれを思い知らされたんだわ」

「まあ、先生はお変わりになりましたわ！」グロースさんは言いました。

「変わらないわ――わかってきただけよ。間違いない、あの四人は始終会っているの。あなただって、この幾日かのうちに一晩でも子供たちと一緒にいたら、はっきりわかったでしょうよ。見張って待っていればいるほど、他に何も証拠がなくても、ああして二人が申し合わせたように黙っていることが、何よりの証拠だと思えてきたの。けっして、あの古い友達のことはおくびにも出さないのよ。マイルズが放校のことを言わないのと一緒よ。ええ、そう――わたしたちがここにこうして坐って、あの子たちのことを見ているでしょう。向こうは好きなだけ見せびらかすわ。でもね、ああやってお伽噺に夢中になっているふりをしていても、実はかえってきた死人たちの幻を見ているのよ。あの子はフローラに本を読んでいるんじゃない」わたしはきっぱり言いました。「あいつらの話をしているの――ぞっとするような話を！　わたしの言ってること、まるで気が変になったように聞こえるかもしれないわ。変にならないのが不思議なくらいよ。わたしが見たものを見たら、あなたもそうなったでしょう。でも、わたしはそのおかげで、ますます正気になってきたの。もっと別のことまで理解できるようになったのよ」

　わたしの正気さはきっと恐ろしいものに思われたことでしょうが、その犠牲者である魅力的な子供たちが、仲良く寄りそって目の前を行ったり来たりする様子に、わたしの同僚は心の支えを見出しているようでした。わたしの剣幕《けんまく》にも動じず、相変わらず二人を目で追っている様子が、いかにその拠所《よりどころ》に縋《すが》りついているかを感じさせました。

「別のことって、どんなことなんですか？」

「わたしを喜ばせて魅惑しながら、じつは――今は不思議にわかるんだけれど――わたしを煙に巻いて悩ませてきたもののことよ。あの子たちの、この世のものとは思えないような美しさ、あのどうみても不自然な良《い》い子ぶり。あれは計略なの――狡賢《ずるがしこ》くだましているの！」

「あの小さい子供たちが――？」

「まだ可愛い赤ん坊だって言いたいんでしょう？　そうなの。そんな馬鹿なと思うかもしれないけれど！」わたしはそれをはっきり口に出したおかげで、見きわめ、詮じつめて、辻褄《つじつま》を合わせることが容易になりました。「あの子たちはいい子だったんじゃないの――ただ、心こにあらずだったのよ。一緒に暮らしていて楽だったのは、あの子たちはあの子たちの生活をしているからなの。かれらはわたしのものではない――わたしたちのものではないの。あの男と女のものなのよ！」

「クウィントとあの女の？」

「クウィントとあの女。あいつらは子供たちにとり憑こうとしているの」

ああ、この時、グロースさんが子供たちをまじまじと見た様子といったら！

「でも、何のために？」

「あの恐ろしい日々に、二人して子供たちに吹き込んだ邪悪が恋しいからよ。今もその邪悪を植えつけて、悪魔の所業《しわざ》を続けるために、ああして舞い戻ってくるのよ」

「何てこったろう！」

わたしの友は声をひそめて言いました。それは無骨な叫びでしたが、悪い時期に――というのは、かつて今よりも悪い時期があったのです――起こったことを証拠立《あかした》てるわたしの話を、本当に納得しているのがわかりました。あのならず者二人組がやりそうな醜行について、身をもって体験しているグロースさんが太鼓判を押してくれれば、こんなたしかなことはありません。思いあたるふしがあったのでしょう――彼女はややあってから、言いました。

「あの二人はたしかに悪党でした！　でも今となっては、一体何ができます？」

「できるか、ですって？」

わたしが大声を上げたので、遠くを歩いていたマイルズとフローラが一瞬立ちどまって、こちらを見ました。

「もう十分やっているんじゃなくて？」

わたしは低い声で言いました。子供たちはこちらに笑いかけ、うなずいて投げキッスをすると、また見せかけだけの遊びを続けました。わたしたちはしばらくそれに気をとられていましたが、やがてわたしはこう答えました。

「あの子たちを破滅させるかもしれないのよ！」

グロースさんはこちらをふり返りましたが、彼女の問いかけは言葉にはなりませんでした。そこで、わたしはもっとはっきりと言ったのです。

「あいつらは、まだどうすればいいかわかってないの――でも、一生懸命試しているんだわ。今のところ、いつも何かの向こう側とか、離れたところにしか見えないけれど――変わった場所、高いところ、塔の天辺《てっぺん》とか屋根とか、窓の外、池の反対側にしか出ないけれど――でも、距離を縮めて障害を取り除くために、お互いに深い企みをめぐらしているんだわ。誘惑者たちが目的を叶《かな》えるのは時間の問題よ。ただ危いことをそそのかしていればいいんですもの」

「子供たちをおびき寄せるために？」

「そして破滅させるのよ！」

グロースさんはおもむろに立ち上がりました。わたしは念のためにつけ加えました。「もちろん、わたしたちがそれを防げなかった場合よ」

グロースさんは坐っているわたしの前に立って、考え込む様子でした。「伯父様に助けていただかなければいけません。子供たちを他所《よそ》へ移していただかなければ」

「でも、誰がそれを頼むの？」

彼女は遠くをじっと見ていましたが、ぽかんとした顔をわたしに向けました。「先生ですよ」

「手紙を書けというの？――お邸は毒されていて、甥御さんと姪御さんは気が変になりましたって？」

「でも、じっさい、そうなんじゃございませんか、先生？」

「ついでに、わたしもおかしいって言いたいんじゃない？　素敵ね――そんな報《しら》せが、あの方に信頼されて、心配は一切かけないって約束した家庭教師からとどいたら」

グロースさんはまた子供たちを目で追いながら、考えていました。

「たしかに、旦那様は面倒はお嫌いです。それも大きな理由でした――」

「あの悪魔たちに長い間つけ込まれていたことの？　そうでしょうね。でも、あの方も相当に無頓着ね。とにかく、わたしは悪魔じゃないから、つけ込んだりはしないわ」

わたしの連れはふと黙って、答えるかわりにまた腰をおろし、わたしの腕をつかみました。

「とにかく、旦那様に来ていただいて下さい」

わたしは目を丸くしました。「わたしのところへ？」グロースさんが何をするつもりなのか、急に心配になりました。「あの方に？」

「ここへいらっしゃらなければいけません――力になっていただかなくては」

わたしは慌てて立ち上がり、いまだかつてないほど変な顔をしたと思います。

「わたしが来てくださいってお願いすると思うの？」

いいえ、わたしの顔を見れば、グロースさんもそうは思わなかったはずです。そのかわり――女同士ですから――わたしが思い描いていたことは読めたはずです。あの方はわたしを嘲《あざけ》り、からかい、軽蔑するでしょう――わたしが一人放っておかれることに耐えられなくなり、あの方が目もくれなかった自分の魅力に、気を引くためのからくりを動かしはじめたとお思いになって。あの方に仕え、約束を守ってきたことを、わたしがどれだけ誇りにしているか、グロースさんは――いいえ、他の誰だって――知らないのです。それでも、わたしがこの時与えた警告の意味は理解したようでした。

「もしあなたが血迷って、わたしの代わりに旦那様に訴えたりしたら――」

グロースさんは震えあがりました。「そうしたら？」

「わたしは即刻、旦那様にもあなたにもお別れします」

十三

子供たちと一緒にいるのはさして苦にもなりませんでしたが、かれらに話しかけるのは、依然としてわたしの力を超えた骨折りでした——身近に接すると、やはりどうしようもない難しさがありました。こんな状態が一月《ひとつき》つづき、事態は悪化して、新しい兆候も現われてきました。何よりも、わたしの生徒たちの側に、皮肉な意識がだんだん強くなってきたことです。あの時もそう信じていたし、今でもそれは同じですが、単にわたしが思い込みをしているのではありませんでした。子供たちはたしかにわたしの苦境を見透かしており、いわばこの奇妙な関係が、長い間わたしたちを取り巻く空気を作り出していたのでした。

子供たちがわたしをからかったとか、無作法なことをしたわけではありません。そういう気づかいはなかったのです。わたしが言うのは、その名を口に出さない、話題にもしないものの存在が、わたしたちの間で他の何よりも大きくなったこと、そして、よほど暗黙の了解でも取り交わしていない限り、あんな風にそれを避けることはできなかったはずだということです。わたしたちはまるで、見たら立ちどまらなければならないものに出くわしたり、路を袋小路と知って慌てて引き返したり、うっかり開けてしまった戸をバタンと閉める音に驚いて——そんな音は思いのほか大きく響くものです——相手と顔を見合わせたり——そんなことを始終繰り返しているような感じでした。

　すべての道はローマに通ず、です。何の勉強をしていても、どんなことを話題にしても、禁断の領域すれすれのところをかすめているように思われる時がありました。禁断の領域とは、死者のよみがえりに関する事全般と、子供たちが失った友人について、何であれ、かれらの記憶に残っていそうなことです。子供たちの一方が相手をこっそり肘で小突き、こう言ったにちがいないと思われる日が幾日もありました——「今度こそ先生は、やろうと思ってる——でも、しないよ！」〝やる〟というのは、たとえば、わたしが——稀《まれ》に——わたしの前に準備教育をした女性の名を口にすることだったでしょう。

　かれらはわたしの生い立ちについてしきりに話を聞きたがったので、何度となく話してやりました。ですから、わたしの身に起こったことは何でも——わたしのほんのささやかな冒険や、兄弟姉妹のしたこと、家に飼っていた犬や猫のこと、父の気まぐれな性格の話、家の調度や中の様子、村のお婆さん連のおしゃべりまで、何でも知り尽くしていたのです。話の種は次から次へ、いくらでも手繰《たぐ》ってゆけました。速く話して、避けて通るべきところだけ、勘でわきまえていれば良いのです。子供たちの方もそれなりに技巧《わざ》をつかって、わたしの作り話や記憶の糸を引き出してくれました。あとになってふり返ってみると、ああいう時こそ、わたしはこっそり見張られていたのではないかという疑念が湧いてきます。ともかく、みんながくつろいでいられたのは、わたしの生活、わたしの過去、わたしの友人たちのことを話している時だけでした。ですから、子供たちが急に何の脈絡もなく、わたしの話を聞きたがることもありました。

わたしは——唐突に——鵞鳥おばさんの名文句を繰り返したり、牧師館の小馬がどんなに利口だったかということをくわしく語りなおすのでした。

　こんな場合、またそれ以外の場合もありましたが、わたしの方の事情が変わって、わたしが〝苦境〟と呼んだものがひしひしと感じられるようになりました。それでも、しばらく何者とも遭遇しなかったという事実は、わたしの神経をいくぶん鎮めてくれたはずでした。あの二度目の夜、階段の下の方に女がいるのを見かけて以来、家の中でも戸外でも、見ない方が良いようなものは見ませんでした。廊下の角を曲がったらクウィントに出くわすのではないかと思ったことも、今にもジェスル先生が出て来そうな不吉な感じがすることもよくありましたが。

　夏は盛りを過ぎ、夏は去りました。ブライ邸に秋が訪れて、明るさの半分を吹きやってしまいました。灰色の空と萎《しお》れた花、むき出しの地面に散った枯葉——あたりはさながら上演が終わったあとの、丸めたビラが散らかっている劇場のようでした。物の気配、音や静寂《しじま》の様子、近づいてくる瞬間の種類を告げる何とも言いようのない印象が、あの六月の夕べ、屋外で最初にクウィントを見たときの空気を、また窓越しに彼の姿を見てから、植込みに彼を空しく探しまわった時の空気を、たっぷりとわたしに思い出させました。わたしはあのしるし、あの予兆を感じました——その瞬間《とき》と場所までわかったのです。ですが、そこに現われるべき者は現われず、わたしは悩まされずに済んでいました——感覚が鈍《にぶ》るどころか、おそろしく異様な形で鋭敏になっている若い女が悩まされていないといえれば、の話ですが。

　わたしは前に、湖のそばでフローラが見せたぞっとする場面についてグロースさんと話した時、こう言いました――そう言って、彼女を困惑させたのでしたが――これから先、わたしを悩ませるのは、あの力を持ちつづけることではなくて、失ってしまうことなのだと。あの時、わたしは痛切に感じるままを言ったのでした。子供たちが見ていようと、いまいと――結局、それははっきり証明されていないのですから――わたし自身が身を挺《てい》して防壁になりたいのだ、と。わたしはどんなにおそろしくても、知るべきことは知る覚悟がありました。あの時うすうす感づいていたのは、わたしの目が塞《ふさ》がれている間に、かれらの目は大きく見開いているかもしれないということでした。そう、わたしの目はどうやら今のところ塞がれていたのです――そのことを神に感謝しないのは不敬とも思われました。でも、ああ、そこが難しいところなのです。自分に物が見えない分、教え子たちが何かを隠しているのだという確信を持たないでいられたなら、わたしは心の底から神に感謝したことでしょうに。

わたしに取り憑いた考えの奇妙な歩みを、今日、どうやったらふたたび辿《たど》ることができるでしょう？　子供たちと一緒にいる時、文字通りわたしの面前で――しかし、わたしには直接感じられないのですが――かれらがあの旧知の客を迎え入れているとしか思えないことがありました。そんな時、わたしは嬉々としてこう叫びたかったのですが、かえって害をなすことになる、と考えて我慢したのです。「ほら、あの人たちが来てるじゃないの、この小悪魔たち。もう、ちがうなんて言わせないわ！」小悪魔たちはいつも以上の愛想良さと優しさで、それを否定するのです。その澄みきった無邪気さの底に――川の魚がきらりと光るように――余裕の嘲りを覗かせながら。

あの晩のショックは、思いのほか心に深く根を張っていたのでした。星空の下には、てっきりクウィントかジェスル先生がいるものとばかり思い込んでいたのに、そこにいたのは、わたしがその眠りを見守っていたはずの当の少年でした。少年はすぐ可愛らしい顔でこちらをふり返りましたが——その視線はたった今まで上の方に向けられ、頭上の胸壁から、おぞましいクウィントの幻影がそれと戯れていたのです。怖かったという点では、この時に知ったことが何よりも怖かったといえましょう。そして、わたしは恐怖のさなかで諸々の結論を導き出したのです。それらの結論はわたしを苛《さいな》み、わたしは時々ひまがあると、ひとり部屋に閉じこもって、どうしたらその話を持ち出すことができるか、声に出して練習しました——それは奇矯な慰めであると同時に、絶望を新たにすることでもありました。部屋の中をせわしなく歩きまわって、あの面、この面から問題に迫ってみるのでしたが、しまいにはいつもおそろしい名前を口にしかけて、気がくじけてしまうのでした。そうした言葉が唇から消えてゆくあいだに、わたしは思いました——こんなことを言って、他所《よそ》のどんな勉強部屋にもなかったであろう繊細な空気を汚したならば、それがかえって恥知らずな何かを目の前にあらわすことになる、と。「あの子たちが行儀良く黙っているのに、信頼されているあなたが、卑劣にもしゃべってしまうなんて！」わたしは自分にそう言いさとすと、顔が真っ赤になるのを感じ、両手で顔を覆うのでした。

こうしたひそかな醜態のあと、わたしはいつもより饒舌になり、おしゃべりをつづけるのですが、やがてあの不思議な、手ざわりのある静寂——わたしには他に言い表わしようがありません――が訪れるのです。妙に頭がクラクラして、静寂の中に、あらゆる生命がふっつりと停止した中に浮き上がってゆくというか、のめり込むというか（わたしは然るべき言葉を探しているのですが）――そういう感覚なのです。それは、その瞬間に多少の物音を立てていたとしても一切関係がなくて、どんなに笑いさざめいていても、生き生きと朗読をしていても、ピアノをガンガン鳴らしていても、そうした音の隙間から聞こえてくるのです。そんな時、他のやつらが――あの局外者たちがいるのです。かれらは天使ではありませんが、フランス人のいうようにそこを〝通って〟（フランスの諺に、一座が突然沈黙するとき「天使が通り過ぎる」という）、そこにいる間ずっと、わたしは恐怖に震えているのです――自分はあの程度で許してもらったけれど、連中はひょっとしたら、幼い犠牲者たちにはもっと忌まわしい言葉を伝え、もっと生々しい姿を見せているのではないかと思って。

どうしても頭から拭い去れなかったのは、わたしの見たものが何であれ、マイルズとフローラはもっとひどいものを――恐ろしくて想像も及ばないもの、過去のおぞましい交わりから生まれた何かを見せられているのではないかという残酷な考えでした。こうしたことは自《おの》ずから寒々しい空気をいっとき漂わせましたが、わたしたちはそれを感じていることを声高に否定しました。それに何度もこういうことがあったので、三人とも馴れっこになり、その状態が終わると、ほとんど自動的に同じ振舞いをするのでした。子供たちはともかく、いつもだしぬけにわたしにキスをして、それから必ず――どちらかが――わたしたちを幾度となく窮地から救ったあの重宝《ちょうほう》な問いを発するのです。

「ねえ、おじ様はいらっしゃると思う？　お手紙を書いた方が良くはない？」――経験からわかったのですが、気まずさを拭い去るにはこの質問が一番有効でした。「おじ様」というのはもちろん、ハーレー街に住む伯父上のことです。わたしたちは、あの方が今にもひょっこりとやって来て、この家の一員となるかもしれない、というようなことを始終言い合っていたのでした。あの方の振舞いからして、そんなことはおよそありそうもないのでしたが、でも、そういう考えを拠所《よりどころ》としなければ、わたしも子供たちもお互いに最良の演技の機会を奪われたことでしょう。あの方は一度も子供たちに手紙をよこしませんでした――身勝手な事かもしれませんが、わたしを信用してくださっているからでもありました。というのも、男性はえてして己《おの》が慰安という神聖な法をとり行うことによって、女性に最高の敬意を表するのですから。ですからわたしが、手紙を書くのは素敵な文章のお稽古《けいこ》にすぎないのだと子供たちを納得させたとき、一切頼みごとをしないという約束の精神は守っているつもりでした。手紙はたいそう良く書けていて、出してしまうのが惜しかったので、わたしの手元に取っておきました。今でも全部とってあります。実際、そんな決まりごとを守っていたために、「おじ様がたった今いらっしゃったら？」という子供たちの質問は、いっそう皮肉に聞こえたのでした。まるで、それが何よりもわたしを困らせることを知っているかのようでした。その上、今ふり返ってみると、何よりも不思議なことは――わたしはぴりぴりし、子供たちは勝ち誇っていたというのに、わたしは一度もかれらに腹を立てたことがありませんでした。本当に、よほど可愛い子供たちだったのでしょう――あの頃でさえ、憎む気持ちが起きなかったのですから。それでも、救いが訪れるのがもっと遅かったら、しまいには癇癪を起こしていたでしょうか？　そんなことは、もうどうでもいいことです――どのみち救いはやってきたのですから。救い、とわたしは言っていますが、それは張りつめた糸がプッツリ切れたり、息詰まる日に雷雨が来たときの救いにすぎませんでした。少なくとも変化ではあり、いちどきに押し寄せてきました。

十四

とある日曜日の朝、わたしは小さいマイルズと並んで教会への道を歩き、フローラはグロースさんと一緒に前の方――目のとどくところ――を歩いていました。からりと晴れ上がった一日で、そんな天気はひさしぶりでした。夜の間に薄霜がおり、明るく肌寒い秋の空気は、教会の鐘の音をなにやら楽しげに響かせていました。

奇妙な偶然というべきでしょうが、わたしはその時、子供たちの従順さにいつになく感心していました。わたしがうるさく片時もそばを離れないことを、あの子たちはどうして嫌がらないのでしょうか？　ふと思ったのですが、わたしはまるで少年をピンで肩掛けに留めているようでしたし、他の二人に前を歩かせているのは、反逆の危険に備えているかのようでした。わたしはさながら不意打ちや脱走に目を光らせる看守でした。ですが、これも――子供たちの素晴らしい従順さも――底知れぬ異様な事実の一環にすぎなかったのです。

少年は伯父上の仕立屋がつくったよそ行きを着ていました。その仕立屋は腕が良く、きれいなチョッキがどんなものであるかも、少年の子供ながら堂々とした様子も心得ていたので、マイルズはもう一人前の男性、良い家柄の子弟の風格をそなえていました。ですから、彼が突然自由を要求したら、わたしは何も言えなかったでしょう。そうなったらどうしようと考えていると、ふしぎな偶然によって、革命がたしかに起こったのです。革命と言いますのは、今になってわかったことですが、少年の口にした一言をきっかけに、この恐ろしい劇の終幕がはじまり、大詰めに向かってまっしぐらに突き進んでいったからです。

「ねえ、先生」マイルズは可愛らしく言いました。「一体、いつになったら学校に行ってもいいの？」

　こうして文字に書きますと、なんら悪気のある言葉とも思えないでしょう。しかも、可愛らしい高い声で、さりげなく言ったのですから。マイルズは誰に対してもそうでしたが、とりわけ、この厄介な家庭教師には薔薇の花を投げるような口調で物を言いました。その言葉にはつねに人をはっとさせるものがありましたが、この時もわたしははっとして、まるで庭の木が倒れて道をふさいだように、立ちどまってしまいました。

　この瞬間、二人の間に何か新しいものが生まれたのです。わたしがそれに気づいたことを、マイルズは十分承知していました。しかも、わたしに気づかせるためにふだんよりよそよそしくするとか、魅力をふりまくのをやめる必要はありませんでした。彼はわたしがすぐに答えられなかったので、自分が優位に立っていることを悟ったようでした。わたしが返す言葉をさがしていると、少し間をおいてから、思わせぶりな、しかし曖昧な微笑を浮かべて、言葉を続けました。

「だって、ねえ、先生、男がいつもいつも女の人と一緒にいるなんてね——！」

　彼は何かというとすぐに「ねえ、先生」というのでしたが、この親しみをこめた調子ほど、わたしが生徒たちに吹き込みたかった感情をそのまま表わしているものはありません。心安く、しかも敬意がこもっていました。

ですが、そんなことより、わたしは言い返す言葉を探さなければなりませんでした！　時間を稼ぐために笑おうとすると、こちらを見つめる少年の美しい顔に、自分の顔が醜く滑稽に映っているように思われました。

「しかも、いつも同じ女の人といるときてはね？」とわたしは言いました。

彼はたじろがず、瞬《また》き一つしませんでした。二人の間では、事実上すべてがあからさまになっていました。

「もちろん、その人は素敵な〝非の打ちどころのない〟女性だけどね。でも、なんていっても、ぼくは男でしょう？　――これから一人前になってゆく」

わたしは一瞬、彼と共に立ちどまって、しみじみと思いました。「そうね、一人前になってゆくのね」ああ、自分が何と無力に感じられたことでしょう！

マイルズはわたしの心を見透かして、なぶっているようでした。そう思ったときの悲しい気持ちを今も忘れられません。「ぼくがあまり良い子じゃなかったなんて言わないでしょう？」

わたしは彼の肩に手をかけました。歩きつづけた方が良いとは思っていたのですが、足が前に進まなかったからです。「ええ、そんなこと言わないわ、マイルズ」

「あの晩だけは別としてね――！」

「あの晩？」わたしは、彼のようにまっすぐ見つめることができませんでした。

「ほら、ぼくが下におりて――家から出たときのことだよ」

「ああ、そうね。でも、どうしてあんなことをしたんだったかしら？」

「忘れたの？」――彼は子供が甘えて大袈裟に咎め立てる調子で、言いました。「あんなこともできるって、わかってもらうためだよ！」

「そう――そうだったわね」

「またやろうと思えば、できるよ」

わたしはどうやら正気を保っていられそうでした。

「ええ、もちろん。でも、やらないでしょう」

「うん、あれはもうやらない。あんなの、つまらないもの」

「そうね。でも、歩きましょう」

マイルズはわたしの腕に手をかけて、また一緒に歩きはじめました。「それじゃ、いつ学校に戻るの？」

わたしは思案しながら、なるべく責任者然とした風を装いました。「学校はすごく楽しかった？」

彼は少し考え込みました。「うん、どこにいたって楽しい！」

「だったら」わたしは震える声で言いました。「ここにいても、楽しいのなら――！」

「でも、それだけじゃないよ！　もちろん、先生は物知りだけど――」

「あなたも同じくらい物知りだって言いたいのね？」彼が口ごもったので、思いきって言ってみました。

「知りたいことの半分も知らないよ！」マイルズは正直に言いました。「でも、そういうことじゃないんだ」

「じゃあ、何なの？」

「ぼく――もっと世間を見たいんだ」

「そう、わかったわ」

わたしたちは教会が見えるところに来ていました。そこには色々な人がいて、ブライの者も何人かおり、わたしたちが中に入るのを見とどけようとして、入口にかたまっていました。わたしは歩を速めました。この問題がこれ以上先へ進まないうちに、教会に入ってしまいたかったのです。そうすれば、あの子も一時間以上黙っているしかないのだ、とそればかり思っていました。信徒席の仄暗《ほのぐら》さと、跪くときに敷く膝布団がほとんど霊的な助けを与えてくれることなどを一心に考えていました。少年がわたしを陥れようとしている混乱と、文字通り競走しているようでしたが、教会の敷地にも入らないうちに、彼がこう言ったとき、わたしは先を越されたのを感じました――

「ぼくみたいな友達が欲しいんだ！」

わたしは文字通り前方に跳ねあがりました。「あなたみたいな子は、そうそういないのよ、マイルズ！」わたしは笑いました。「フローラちゃんくらいのものね」

「あんな赤ん坊と一緒にするの？」

わたしは痛いところを突かれました。「可愛いフローラのことが好きじゃないの？」

「好きじゃなかったら――それにもし、先生のことも好きじゃなかったら――！」

彼はあたかも跳躍に備えてあとずさるように繰り返しましたが、考えを最後まで言わなかったので、わたしたちは門の中に入ってから、また立ちどまらねばなりませんでした。マイルズが腕を押さえて引きとめたのです。グロースさんとフローラはもう教会に入り、他の会衆もそのあとに続き、わたしたちは古い墓標の立ちならぶ中で、しばらく二人きりになりました。門から来る径《みち》の途中、低い方形の台座のような墓石の傍らで立ちどまったのです。

「ええ、もしそうだったら――？」

わたしが答を待っている間、マイルズはあたりの墓を見まわしました。

「わかってるくせに！」

けれども、彼はそこを動かず、やがてこんなことを言い出したので、わたしはふと休みたくなったかのように、墓石に坐ってしまいました。

「伯父様は、先生と同じことを考えてるのかな？」

わたしは休んでいるふりをしました。

「わたしの考えていることがどうしてわかるの？」

「もちろん、わからないよ。だって全然話してくれないんだもの。でも、ぼくが言いたいのは――伯父様は知ってるのかな？」

「知ってるって、何を？」

「ぼくがどうしているかを」

わたしはすぐ気づいたのですが、この質問に答えようとすると、どうしても、わたしの雇い主を悪者にすることになります。でも、ブライにいるわたしたちはみな相当の犠牲を払っているのですから、それくらいは許されると思いました。

「伯父様はあまり気にかけていらっしゃらないんだと思うわ」

すると、マイルズはわたしを見つめました。

「じゃあ、気にするようにさせられない？」

「どうやって？」

「ここへ来てもらうんだよ」

「誰が来てくれとお願いするの？」

「ぼくがする！」

少年はいやに明るく、きっぱりと言いました。そして、本気だよという顔でもう一度わたしを見ると、一人で教会に入っていきました。

十五

わたしがあとを追わなかったので、この件には事実上、決着がついてしまいました。情けないことに、わたしは心の動揺に負けたのですが、それを自覚していたのに、どうすることもできませんでした。わたしは墓石に腰を下ろしたまま、幼い友が言ったことの真意を読み取ろうとしました。それがすべてつかめた頃には、礼拝に出ない口実も見つけていました。わたしの生徒や他の人々に遅刻のお手本を示しては恥ずかしい、と自分に言い訳したのです。何より、マイルズはわたしから何かを嗅ぎとっていて――こうも無様《ぶざま》に落ち込んだ様子を見せては、いっそう見透かされてしまうだけだ、と。

彼が嗅ぎつけたのは、わたしが何かをひどく怖れていること、その怖れを利用すれば、もっと自由が得られるだろうということです。わたしの怖れとは、彼がどんな理由で放校になったのかという耐え難い問題に取り組まねばならないことでした。この問題の背後には、さまざまな恐ろしいことが隠されているからです。本当のことをいえば、伯父上に来てもらって、一緒に対処してもらうという解決法を求めるべきでした。でも、わたしにはそのような不面目と苦痛に立ち向かう勇気がなく、ただ問題を先送りして、その日暮らしをしていたのでした。困ったことに、マイルズの言うことはまったく正論で、彼はわたしにこう言える立場だったのです。

「ぼくが勉強を中断している理由を、伯父様と二人で説明してください。さもなければ、あなたと一緒に、こんな、男の子にとって不自然な生活をいつまでも続けていると思わないで下さい」わたしが聯わりを持ったこの少年について、いとも不自然なことといえば、こんなに急に意識や計画を持ちはじめたことが、そうでした。

わたしはこうしたことを考えると本当に参ってしまい、中に入る気がしなかったのです。ためらいながら、教会のまわりをうろうろと歩きまわりました。わたしはすでにマイルズのために、立ち直れないほどの傷を負ってしまいました。ですから、取り繕うこともできないし、少年の隣の席に割り込むなどは論外でした。マイルズはきっと自信たっぷりにわたしの腕に腕をすべり込ませて、さきほどの話に関する無言の批評を小一時間も押しつけてくるにちがいありません。

マイルズが屋敷に戻ってきて以来、わたしは初めてあの子から逃げたいと思いました。東側の高窓の下に佇《たたず》んで礼拝の声を聞いていると、わたしはしだいにある衝動の虜《とりこ》となり、少しでも気を許せば、それに完全に負けてしまいそうでした。ここから出て行けば、苦しみを簡単に終わりにできる。今こそ、絶好の機会だ。誰も止める者はいない。何もかも放り出せばいい――背を向けて、逃げ出せばいい。そのつもりなら急いで邸に戻って、わずかばかりの旅仕度をすれば良いのでした――大勢いる召使もほとんどが教会に来ており、家は空家も同然でしたから。要するに、わたしが夢中で逃げ出しても、咎める者はいないということです。午餐までの間だけでも、いなくなったらどうでしょう？　お昼まではあと二時間ほどありますが、その時がきたら――わたしにはありありと予見できました――小さな生徒たちは、どうして礼拝に出なかったのか、と無邪気そうな顔で訊くに決まっています。「先生、どうしたの？　いけない子ね。あんなに心配させて――わたしたち、気が気ではなかったのよ――どうして入口でいなくなってしまったの？」

このような質問に――またかれらがそれを言うときの、見かけはいかにも可愛らしい瞳に――立ち向かうことはとてもできませんでした。しかし、それを避けられないことがはっきりわかってきたので、わたしはついに逃げ出したのです。

少なくともその瞬間は逃げていたのです。教会墓地からとび出し、思いつめて、邸庭をもと来た方へ戻りました。家に着く頃には、すっかり逃げるつもりになっていたようです。出入口も、誰もいない家の中も、日曜日の静けさにつつまれていて、この機を逸してはならないと思いました。このままさっさと出て行けば揉《も》め事もないし、人と言葉を交わすこともないでしょう。それでも、うんと急がなくてはなりませんし、乗り物をどうするかという大問題も残っていました。そうした困難や障害に頭を抱えて、わたしは玄関の階段の下にへたり込んでしまいました――一番下の段にフラフラとくずおれて、それからハッと思い出したのです――一月《ひとつき》以上前、夜の闇の中で、邪まなもののために挫《くじ》けそうになっていたわたしが、あの世にも恐ろしい女の姿を見たのは、まさにその場所ではありませんか。

おかげでわたしは急にしゃんとなり、階段を上がって、あたふたと勉強部屋に向かいました。そこには置いてゆけない持ち物があったからです。ところが、扉を開けた瞬間、わたしは自分の目がふたたび開かれたことを知ったのです。わたしは目の前にいるものを見て、よろよろと後ずさりながら、やっと踏みとどまりました。

明るい真昼の光の中で、わたしの机に向かっていたその人物は、これまでの経験がなかったなら、留守番をしていた女中かと思ったでしょう。人に見られぬこの機会を幸いに、勉強部屋の机とわたしのペンとインクと紙を使って、恋人への手紙を一生懸命書いているのだろう、と。机に両肘をつき、疲れたように頬杖を突いているその姿には、何かを懸命にやっているようなようすがありました。けれども、わたしはそのことと同時に、わたしが部屋に入ってきても、彼女が姿勢を全然変えないことに気づいていたのです。

その時、女は——まるで名のりをあげるように——身体を動かしたので、とたんに正体がわかりました。彼女は立ち上がりましたが、わたしの入ってきた物音は聞こえなかったらしく、無関心で超然とした、言葉に言いつくしがたい深い憂愁をたたえて、わたしから十フィートばかりのところに、ふしだらな前任者として立ちました。恥辱を負った悲痛な姿で、わたしの前に現われたのです。けれども、わたしが目を凝《こ》らし、記憶に焼きつけているうちに、恐ろしい姿は消えてしまいました。黒服をまとった姿は、やつれた凄惨な美しさと、言うにいわれぬ悲しみをたたえて、真夜中のように暗く見えました。彼女はわたしを見つめて、こう訴えていたようでした——あなたがわたしの机を使うのと同じように、わたしもあなたの机を使う権利があるのだ、と。わたしは見つめられている間、むしろ自分の方が闖入者《ちんにゆうしや》であるような異様に寒々した気分になりました。それにさからって、こんな言葉が口をついて出たのです——「あなたは恐ろしい、惨めな女だわ！」――その声は開け放した扉から長い廊下をつたって、無人の屋敷に響き渡りました。彼女はそれが聞こえたかのようにわたしを見ましたが、わたしはすでに我を取り戻し、あたりの邪気を払っていました。次の瞬間、部屋の中にあったのは、ふりそそぐ日射しと、自分はここに残らねばならないという使命感だけでした。

十六

　みんなが帰ってきたら何か言われるにちがいないと思っていたのに、かれらはわたしがいなくなったことについて黙っているので、わたしはかえって不安にかられました。子供たちは得意になってわたしを責めたり、甘えたりするどころか、わたしがずるをしたことはおくびにも出しません。そういえばグロースさんも何も言わないのに気づいて、わたしは彼女のどことなく変な顔を観察していました。子供たちに頼まれてだんまりを決め込んでいるのかどうかを確かめたかったのです。二人きりになったら、さっそく口を割らせようと思いました。

　その機会は、お茶の時間の前にめぐってきました。わたしは女中頭の部屋で五分間だけ彼女をつかまえることができました。黄昏時で、その部屋にはパンを焼いた匂いが漂っていましたが、清められ、飾られて（『ルカ伝』一一・二五）いて、グロースさんは暖炉の前に難しげな顔で静かに坐っていました。あの姿は今も目に浮かびます。わたしが一番はっきりと憶えているグロースさんの姿です。彼女は薄暗い部屋の中で、背もたれのまっすぐな椅子に腰かけ、暖炉の火に向かっていました。部屋はピカピカに磨かれ、〝整頓〟という観念を――閉めて鍵のかけられた抽斗、万事問題なしの情景を――一幅の大きな絵に描いたようでした。

「そうなんです。何も言うなと言われたので、二人の気のすむように――あの子たちのいる前では、と――ええ、約束しましたよ。でも、あなた、どうなさったの？」

「わたしは散歩に出ただけだったの。それから、友達に会いに戻ったのよ」

グロースさんは驚いた様子でした。「お友達――先生のですか？」

「ええ、二人ほどいるんです」わたしは笑いました。「でも、子供たちは何か理由を言ってたかしら？」

「先生がいなくなったことを言ってはいけない理由ですか？　ええ――その方がお気に召すと言っていました。先生、本当にそうなんですか？」

彼女はわたしの顔色を読んで憂鬱になっていたのでした。

「いいえ、とんでもない！」けれども、わたしはすぐに言いそえました。「どうしてわたしの気に入るかを説明した？」

「いいえ。マイルズ坊ちゃまはただ『先生の気に入ることだけをしなくちゃ！』とおっしゃいました」

「本当にそうしてくれるといいのにね。フローラは何て言ったの？」

「お嬢さまは、そりゃもう素直です。『ええ、もちろんよ！』とおっしゃって――わたしも同じことを言いました」

わたしは一瞬考えました。「あなたもほんとうに素直な人ね――その時のみんなの話し声が聞こえるようよ。でも、マイルズとわたしの間は、もうおしまいなのよ」

「おしまいですって？」わたしの相手はきょとんとした顔をしました。「何がです？」

「何もかもよ。そんなことは、いいの。わたしはもう心を決めました。わたしがここに戻ってきたのは、ジェスル先生と話をするためなのよ」

わたしはこの種の話題にふれる時には、まえもってグロースさんを手で押さえておく習慣をつけていましたので、彼女は今度もわたしの言葉を聞くと、しきりに眼をしばたたきましたが、さほどフラフラとはしませんでした。「話ですって！　あの女が口を利いたとおっしゃるんですか？」

「そういうことね。帰ってきたら、教室にいたの」

「で、何と言いました？」善良なグロースさんの呆気にとられた声が今も耳に残っています。

「責苦にあっているって――！」

彼女はわたしの言ったことを頭に描いてみて、口をあんぐり開けました。

「つまり……地獄の？」

「地獄の、救われない魂の責苦よ。だからそれをあの子たちにも――」わたしも自分が言っていることの恐ろしさに、それ以上先を続けられませんでした。

ですが、わたしほど想像力のない相棒は先を聞きたがりました。「あの子たちに――？」

「あの女はフローラが欲しいの」

この時、わたしが用心していなかったら、グロースさんは倒れてしまったでしょう。でも、わたしは彼女をちゃんと支えていました。「だけど、言ったでしょう。それはどうでもいいの」

「心をお決めになったからですか？　何を決めたんです？」

「全部よ」

「〝全部〟とおっしゃいますと?」

「伯父様に来ていただくの」

「先生、是非そうなさって下さい」わたしの友は大声をあげました。

「ええ、もちろん! そうするしかないもの。マイルズのことを〝おしまい〟だと言ったのはね、わたしが伯父様を呼ぶのを怖れているとあの子が思っているんだったら――そこにつけこめると思っているんだったら――間違いだっていうことを教えてやるの。そうよ、この場で(なんなら、あの子の前で)伯父様に言ってやるわ。もし学校を続けることについて、わたしが何もしなかったと咎められたら――」

「そうしたら?」グロースさんは先を急《せ》かしました。

「恐ろしい理由があるからだって言うわ」

理由といっても色々なことがありすぎたので、わたしの朋輩がピンとこないのも無理はありませんでした。「でも――ええ――どの理由で?」

「ほら、学校から来た手紙よ」

「旦那様にお見せするんですか?」

「あの時すぐに、そうするべきだったわ」

「いけません!」グロースさんはきっぱりと言いました。

「旦那様に言ってやる」わたしは断固として言いました。「放校になった子供のために問題を片づけることなんて、お引き受けできませんって――」

「でも、放校の理由は何一つ知らされていないんですよ！」

「理由なら〝不道徳〟よ。他に何があるっていうの――あんなに賢くて、きれいで、非のうちどころのない子なのよ？　馬鹿でもない。だらしなくもない。身体も虚弱じゃない。性格だって良いわ。素敵な子――だから、それしかあり得ないじゃない。そう考えれば、すべて説明がつくでしょう。結局のところ、悪いのは伯父上よ。ここにあんな人たちを置いておけば――！」

「旦那様は何も御存知なかったんです。悪いのはわたしです」グロースさんは真っ青になっていました。

「あなたに罪はかぶせないわ」わたしは言いました。

「子供たちにもかぶせてはいけません！」彼女は強く言い返しました。

わたしはしばらく黙っていました。そうして見つめ合ったのです。

「だったら、旦那様に何を言えっていうの？」

「何もおっしゃらなくてようございます。わたくしから申します」

わたしはそのことを考えてみました。「手紙を書くっていうの――？」彼女にはそれができないことを思い出して、あわてて口をつぐみました。「どうやって、お伝えするの？」

「土地の管理人に頼んでみます。あの人に書いてもらいます」

「こんな話を書いてもらうつもり？」

わたしの問いは思いがけず痛いところを突いたようで、次の瞬間、彼女はがっくり肩を落としてしまいました。涙がふたたびその目に浮かびました。「ああ、やっぱり先生が書いて下さい！」

「わかったわ——今夜にでも」

わたしはしまいにそう答え、それをしおにわたしたちは別れました。

十七

わたしはその晩、手紙を書きはじめました。天気がまたぶり返し、外には風が吹き荒れていました。わたしの部屋ではフローラが傍らにすやすやと眠っていて、わたしはランプの下で長いこと白紙と向かい合ったまま、吹きつける雨風の音に耳を傾けていました。しまいに蠟燭を持って部屋を出ると、廊下を横切ってマイルズの部屋の前でしばらく聴き耳を立てました。果てしのない妄想にとり憑かれていたわたしは、いても立ってもいられなくなって、彼が起きている気配はないかと耳を澄ましたのです。やがて聞こえてきたのは、しかし、わたしが期待したような物音ではありませんでした。少年の鈴を振るような声が聞こえてきたのです。

「先生でしょう?――どうぞ、入って」

暗闇の中で、何とはれやかな声!

明かりを手に中に入ると、少年はベッドにいて、はっきり目は醒めていましたが、くつろいでいるようすでした。

「ねえ、何をしているんです?」彼はじつに愛想よく声をかけたので、グロースさんがもしこの場にいたら、何が〝おしまい〟なのかと首をひねったでしょう。

わたしは蠟燭を持って、枕元に立ちました。

「どうして、わたしがいるとわかったの？」

「だって音がしたもの。先生は全然音を立てないとでも思ったの？　まるで騎兵隊みたいだよ！」

　彼は優雅に笑いました。

「じゃあ、寝ていなかったのね？」

「あんまりね！　起きて考え事をしてたんだ」

　わたしは蠟燭をわざと少し離れたところに置きました。すると、マイルズが人なつっこく手を伸ばしてきたので、ベッドの縁《へり》に腰をかけました。「それで、何を考えていたの？」

「先生のことにきまってるじゃない」

「ああ、あなたに良く思ってもらえるのは嬉しいけど、そうまでしなくてもいいわ！　ちゃんと眠ってくれる方が、ありがたいわ」

「そのほかにね、ぼくたちの変な事についても考えてたんだ」

　わたしは握りしめた小さな手が冷たいことに気づきました。「変なことって何かしら？」

「先生のしつけの仕方だよ。それからほかのことも！」

　一瞬、わたしは息を呑みました。蠟燭の仄明かりでも、彼が枕の上からわたしを見上げて微《わ》笑《ら》っているのが十分にわかりました。「ほかのことって、どんなこと？」

「先生、わかってるくせに！」

　わたしはしばらく何も言うことができませんでしたが、少年の手を握り、目を合わせているうちに、黙っていては相手の言い分を認めるようなものだと感じました――それに、たった今現実世界のどこをさがしても、わたしたちの関係ほど途方もないものはないだろう、ということも。

「もちろん、あなたは学校に戻るのよ」とわたしは言いました。「もし、そのことで悩んでいるのならね。でも前のところじゃなくて――別の、もっと良い学校を探さなくちゃいけないわ。それにしても、あなたがこの問題で悩んでいたなんて、知らなかった。一度もそう言ってくれないし、話題にもしなかったじゃない」

落ち着いてわたしの言葉に聴き入る彼の顔は、なめらかな白い輪郭を浮きあがらせて、あたかも小児病棟にいるさびしげな患者のように同情をさそうものがありました。わたしはそんなことを考えると、看護婦か慈善会の修道女になってこの子の看病ができるなら、この世の全財産をなげうってもいいような気がしてくるのでした。でも、今の状況でもわたしなりに助けられるかもしれません！

「あなたは学校のことを一言も話してくれなかったわね――前の学校のこと。何一つ言わなかったわ」

少年は不思議そうな顔をして、さっきと同じ愛らしい笑顔を浮かべました。けれども、それは明らかに時間稼ぎでした。指示を受けるのを待っていたのです。「そうだっけ？」彼に助け舟を出すのは、わたしではなく――わたしが出会ったあいつなのです！

彼の声や表情のうちの何かが、わたしの胸にかつて味わったことのない痛みを与えました。

少年が魔に魅せられながら小さな頭を悩ませ、精一杯の知恵を絞りだして、無邪気な役柄を矛盾なく演じきろうとしているのを見ることは、何ともいえずやるせないことでした。

「そうよ――家に帰ってきてから、一度も話したことがないわ。先生のことも、お友達のことも、学校であったちょっとした出来事も、なんにも話してくれなかった。一度もよ、マイルズ――そう――学校でどんなことがあったか、これっぽっちも教えてくれなかったのよ。だから、わたしには何もわかりっこないでしょう。今朝ああして言い出すまで――初めて会った時から一ぺんも、今までの生活のことを話さなかったのよ。あなたは現在《いま》の生活にすっかり満足しているのかと思っていたわ」途方もないことですが、わたしはマイルズが実は早熟――あの、はっきりとは申し上げなかった悪《あ》しき影響の結果を、何と呼んでもかまいませんが――だと信じていましたから、彼が内なる悩みに弱々しい息をついても、大人同様に接することができるように思われ、知的に対等な相手として扱わざるを得ませんでした。「このままでいたいんだと思っていたわ」

　そう言うと、少年はうっすら頬を赤らめたようでした。ともかく、少し疲れた病人のように物憂げに首をふりました。

「違う――違う。ここから出て行きたいんだ」

「ブライが嫌になったの?」

「そうじゃないよ。ブライは好きだもの」

「じゃあ、どうして――?」

「男の子が望むものを、先生ならわかるでしょう！」

わたしはマイルズほどそのことをよく知らなかったので、一時しのぎに言いました。「伯父様のところへ行きたい？」

すると彼はまた愛らしい、皮肉な顔をして、枕の上の頭を動かしました。

「ああ、そんなこと言って逃げようったって、だめだよ！」

わたしはちょっと口をつぐんでしまいました。今度は、わたしの方が顔色を変えたようです。

「逃げようなんて思っていないわ！」

「思ったとしても、だめだよ。だめ、だめ！」――少年は横たわって、美しい目でわたしを見つめています。「伯父様に来てもらって、先生と一緒にすっかり解決してもらわないと」

「そうしたら」わたしは少し勢いをつけて言い返しました。「あなたはきっと、遠くへやられることになるわよ」

「わからないの？　そうしたいから言ってるんじゃない。先生はどうせ伯父様に言わなきゃならなくなるよ――こうして放っておいたことをね。ものすごくたくさんのことを言わなきゃいけないよ！」

彼がこう言った時の得意げな様子が、その時はなぜかわたしを力づけて、わたしはまだ受けて立つことができるという気になりました。「じゃあ、マイルズ、あなたはどれだけ伯父様に言うことがあって？　きっといろんなことを訊かれるわ！」

少年は考えました。「そうだろうね。でも、何を訊くの？」

「わたしに話してくれなかったこと。それを聞いて、あなたをどうするか、お考えになるのよ。学校に戻すことはできないし――」

「ぼく、戻りたくはない！　新しい場所が欲しいんだ」

マイルズは感心するほど冷静に、非のうちどころのない明るさを見せて言いました。それだからこそ、わたしには思いやられたのでした――彼が三か月後、同じような虚勢といっそうの恥辱を背負ってここに戻って来たとしたら、その時の胸の痛み、不自然な幼な心の悲劇はどれほどだろうと。わたしはそんなことには耐えられないと思い、自分を抑えきれなくなってしまいました。少年の上に身を投げかけ、同情を込めてやさしく抱きました。「ああ、可愛いマイルズ、マイルズ――！」

わたしが顔を近づけると、彼は大目に見るといったふうにキスをさせてくれました。「ねえ、どうしたの、先生？」

「ほんとにないの？――わたしに言いたいことは何もないの？」

彼はわずかに顔をそむけて壁の方を向くと、病気の子供がするように、さしあげた手をじっと見ました。「もう言った――今朝、言ったじゃない」

ああ、ほんとうに、わたしは彼が可哀想でたまりませんでした！「かまって欲しくないっていうこと？」

彼はわかってもらえて嬉しいとでもいいたげにこちらを向くと、優しく言いました。「放っておいてほしいんだ」

その口調には奇妙な威厳さえ感じられ、わたしは思わず彼を放して、ゆっくりと立ち上がりましたが、まだそばを離れてはいませんでした。わたしとしてもマイルズをうるさがらせる気はないのですが、ここでただ背を向けたのでは彼を見捨てることになる――いいえ、もっと正確にいえば、失うことになると思ったのです。

「伯父様にお手紙を書きはじめたところなの」とわたしは言いました。

「じゃあ、早く書いてしまいなよ!」

わたしは少し黙って待ちました。「以前《まえ》にどんなことがあったの?」

マイルズはまたわたしを見上げました。「何の前?」

「ここに戻って来る前。それから、ここを出て行く前」

彼はしばらく黙りこみましたが、視線を外《そ》らしませんでした。「何があったかって?」

わたしはこの言葉の響きの中に、我《が》を折ろうとする意識のかすかな震えを初めて聴きつけたような気がしました――それで、わたしはベッドのかたわらに膝をつき、もう一度彼を自分の物にする機会《チャンス》にしがみつきました。

「ねえ、可愛いマイルズ、わかってもらえたらいいのに――わたしはどれだけあなたの力になりたいと思っているか! ただそれだけ、ほかには何もないの。あなたを苦しめたり、ひどいことをするくらいなら、死んだ方がましなの――あなたに毛ほどの傷でも負わせるくらいなら、死んだ方がまし。可愛いマイルズ」――ああ、わたしはたとえやりすぎたとしても、言わずにはいられませんでした――「あなたを救いたいから、手を貸してほしいの!」

けれども、すぐに、やりすぎたことがわかりました。わたしの哀願への返答《こたえ》はただちに返ってきましたが、それは凄まじい突風と冷気という形でやってきたのでした。凍てつく風が吹き込み、風の勢いで窓が押し開かれてしまったのではないかと思うほど、部屋が激しく揺れました。少年は金切り声をあげましたが、他の激しい音にまぎれて、そば近くにいたわたしにさえ、それが歓喜の叫びだったのか、恐怖の悲鳴だったのか、判然としませんでした。慌てて立ち上がると、あたりは真っ暗になっていました。それで、わたしたちはしばらくじっとしたまま目を凝《こ》らしてまわりを見ると、引いてあるカーテンはコソリとも動かず、窓はしっかり閉まっていました。

「まあ、蠟燭が消えてる！」わたしは叫びました。

「ぼくが吹き消したんだよ、先生！」とマイルズが言いました。

十八

あくる日、勉強の済んだあとに、グロースさんがひまを見てそっと話しかけてきました。

「お書きになりましたか、先生？」

「ええ――書いたわ」

ですが、封をして宛名を記したその手紙が、まだわたしのポケットに入っていることは――この時は――言いませんでした。使いの者が村へ行くまでには、まだたっぷり時間がありましたから、そうあわてて渡さなくても良かったのです。

一方、わたしの生徒たちは、今朝はかつてないほどに出来が良く、模範的でした。まるでこのところの些細《ささい》な軋轢《あつれき》を塗り隠そうと思っているかのようでした。わたしがとてもかなわないほど見事に算数を解いてみせ、いつもより上機嫌に地理や歴史についての冗談を飛ばしました。とりわけマイルズは、わたしをやっつけることなんか簡単だということを見せたくてたまらないようでした。

わたしの記憶の中にいるこの子は、どんな言葉にも言い表わせない美と悲惨さの背景に生きています。彼が示す衝動のひとつひとつに、まったく独自の個性が光っていました。事情を知らない者の目には天真爛漫に見える自然児が、これほど利発で非凡な少年紳士だったためしはないでしょう。内実を知っているわたしは、彼を見ていると讃嘆の念をおぼえずにいられないので、その気持ちに対して絶えず警戒していなければなりませんでした。こんな小紳士が一体何をして放校になったのかという謎を解こうとするたびに、不用意な視線や落胆のため息が出るのを抑えねばなりませんでした。仮に、わたしの知っている闇の怪物によって、あらゆる悪の想像力がこの子に植えつけられたとしましょう。そうだとしても、わたしの正義感は、それが行為としてあらわれた証拠を見なくては納得しないのでした。

ともかく、この恐ろしい日の午餐のあとにマイルズがわたしのところへやって来て、半時間ほどピアノを弾いてあげましょうか、と言ったとき、彼はこれまでにないほどの完璧な紳士でした。サウルのために琴を弾いたダヴィデ（『サムエル記』上。神のもとから来る悪霊がイスラエル王サウルを悩ましたとき、ダヴィデが琴を弾くと気が鎮まり、悪霊は去ったという）すら、これほど機を見るに敏ではなかったでしょう。それは文字通り、気転と鷹揚さを魅力的に示したのであり、こう言ったも同然でした。「物語に出てくる本物の騎士は、優利な位置に立っても、それにつけこまないよね。ぼくは先生の言いたいことがわかった。先生は――自分も放っておかれたいから、つきまとわれたくないから――ぼくのことをうるさく見張るのはやめるし、年中そばに置いておくのはやめて、自由に行ったり来たりさせるっていうんでしょう。そう、ぼくは〝来る〟けれど――でも、行きはしないからね！　時間はまだたっぷりあるんだもの。ぼくは先生と一緒にいるのが本当に楽しいんだよ。だから、主義を訴えるために言い争ったんだってことをわかってほしいの」

わたしがこの訴えにさからったか、少年とまた手に手をとって教室に戻って行ったかは、言うまでもないでしょう。マイルズはピアノの前に坐り、今までにないほど上手に弾いてくれました。それよりもフットボールをするべきだったとお考えになる人がいたら、ごもっともと申し上げるしかありません。彼に心を奪われて時の経つのも忘れていたわたしは、ふと、持ち場で眠り込んでしまったような、妙な感覚に襲われました。昼食の後、教室の暖炉の火にあたっていたといっても、全然眠ってなどいませんでした。ただ、もっとまずいことをしてしまったのです――忘れていたのです。こうしている間、フローラは一体どこにいたのでしょう？ マイルズに訊くと、彼はしばらくピアノを弾きつづけてから、「ぼくがどうして知ってるの？」と答えるだけでした――そして愉快そうに笑い出し、まるで声楽伴奏のようにその笑い声を引きのばして、脈絡のない、出鱈目な歌をうたいました。

わたしはすぐ自分の部屋に行きましたが、少女はいませんでした。それで、階下《した》におりる前に他の部屋ものぞいてみました。それでも見あたらないということは、きっとグロースさんと一緒なのでしょう。そう思うといくらかほっとして、グロースさんを捜しに行きました。彼女は昨夜《ゆうべ》と同じ場所にいましたが、わたしがだしぬけにフローラのことを訊くと、怯えたような顔をして、知らないというのです。わたしが子供たちを二人とも連れて行ったと思っていたのだそうです。無理もありません。食事の後、わたしが特別な用意もなしに少女から目を離したのは、これが初めてだったのですから。

もちろん、女中たちのところにいることも考えられましたので、まずは騒ぎ立てずに捜してみることが先決です。二人はそう手筈《てはず》を決めて十分後に玄関で落ち合いましたが、それとなく訊いてまわっても、少女の行方はつかめなかったことを、お互いに報告し合っただけでした。二人はしばらく黙りこくって、人知れず危惧《きぐ》の視線を交わしたのですが、わたしは、これまでグロースさんに与えてきた不安が、うんと高い利息をつけて返ってきたのを感じたのでした。

「二階にいるんでしょう」やがてグロースさんは言いました――「先生がお捜しにならなかった部屋に」

「いいえ、遠くにいるのよ」わたしの考えは決まっていました。「外に出て行ってしまったの」

グロースさんは目を丸くしました。「お帽子もかぶらずに？」

わたしの顔にも当然、色々な事が書いてあったでしょう。「あの女は、いつも帽子をかぶらなかったんじゃない？」

「彼女と一緒にいるんですか？」

「彼女と一緒なのよ！」わたしは言い切りました。「何としても捜し出さなくちゃ」

わたしは友の腕に手をかけましたが、グロースさんはとまどって、すぐには反応を示しませんでした。それどころか、その場で不安に沈んでしまったのです。「それで、マイルズ坊ちゃまは？」

「ああ、彼ならクウィントと一緒よ。教室にいるでしょう」

「先生、何てことでしょう！」

わたしの考えは――したがって、わたしの声の調子も――かつてないほど静かな自信に溢れていました。

「策略よ。まんまと計画を実行したんだわ。フローラが出て行く間、わたしを静かにさせておくために神業をやってのけたの」

「神業？」グロースさんは当惑して、鸚鵡返しに言いました。

「地獄の業といってもいいわ！」わたしはほとんど嬉しがっているような声で答えました。「あの子は自分のためにも都合のいいことをしたのよ。でも、来てちょうだい！」

彼女はひどくむずかしい顔をして、上の方を見上げていました。

「坊ちゃまをほうっておくんですか――？」

「クウィントと一緒にしておいてもいいかっていうの？――もう、かまわないわ」

彼女はこういう時、しまいには必ずわたしの手を握るのでした。この時もそうして、わたしを引き留めていました。けれども、わたしが急に匙を投げたようなことを言ったので、一瞬息をつまらせてから、強い口調で言いました。「手紙を書いてしまったからですか？」

わたしは返事の代わりに素早くポケットを探り、手紙を取り出して見せました。それから彼女の手をふりほどいて、玄関の大テーブルに手紙を置いてきました。「ルークが持って行ってくれるでしょう」

わたしはそう言うと、戸口に行って扉を開け、次の瞬間には、もう石段の上に出ていました。

わたしの相棒はまだぐずぐずしています。夜半から早朝にかけて吹き荒れた嵐はもう止んでいましたが、午後の空気は湿っていて、空はどんより曇っていました。わたしが車寄せに下りても、彼女はまだ戸口に立っていました。

「帽子も何も要らないんですか？」

「あの子がかぶっていないんだから、かまわないわ。身づくろいしている時間がないもの」わたしは大声で言いました。「あなた、着替えたいのなら、先に行っています。ついでに二階のようすを見てきてちょうだい」

「あの二人のようすをですか？」

ああ、そう言うと、この女《ひと》は慌ててわたしに随いて来たのでした！

十九

　わたしたちはまっすぐ湖に向かいました。ブライでそこを湖と呼んでいたのは、たぶん間違っていなかったと思います。もっとも、方々《ほうぼう》を旅したことのないわたしの目に映ったほど、実際には大きくなかったのかもしれませんが。わたしは海や湖といったものをあまり知りませんでした。ですから、ブライの湖は——一、二度子供たちに付き添われて、わたしたちのために舫《もや》ってある古い平底舟に乗り、おっかなびっくり水面に乗り出した時の印象では——広くて、波高い感じでした。

　ふだん舟を繋《つな》いであるのは、家から半マイルほど離れた場所でしたが、わたしは、フローラは家の近くにはいないという確信を持っていました。あの子はどんなささやかな冒険をしても、行方がわからなくなることはありませんでしたし、湖のほとりで大変な冒険をしたあの日以来、わたしは彼女が散歩するとき、どのあたりに一番行きたがるか注意していました。ですから今、グロースさんにはっきりと行くべき先を示したのですが——彼女は行先を知ると、二の足を踏みました。腑に落ちないで迷っているのでした。

「湖のほとりへ行くんですか、先生？——水の中にいるとでも——？」

「かもしれないわ——あそこには、あまり深い場所はないと思うけど。でも、一番いそうなのは、いつかわたしたちが例のものを見たところよ」

「お嬢様は見えないふりをしていたという――？」

「驚くほど落ち着き払った様子でね。次はあそこへ一人で行きたいんだってこと、わかってたの。それで、今日はマイルズが妹のために一肌ぬいだのね」

　グロースさんは立ちどまった場所から動きませんでした。

「あの子たちは、本当にあいつらのことを話しているんだとお思いですか？」

　その点には自信をもって答えることができました！「わたしたちが聞いたら、ふるえあがるようなことを言っているのよ」

「すると、お嬢様があそこにいるんでしたら――」

「だとしたら？」

「ジェスル先生も？」

「もちろんよ。行ってみればわかるわ」

「御免こうむります！」

　わたしの友は悲鳴をあげました。彼女は足に根が生えたようにそこを動かないので、わたしは一人で歩きはじめました。それでも、湖に着く頃は、後ろにぴったりと随いて来ました。わたしの身に何が起ころうと、一緒にいた方が自分にとってはもっとも危険が少ないと考えているようでした。

　ようやく湖のほぼ全体が見渡せるところに来て、子供がいないことがわかると、グロースさんは安堵の声を洩らしました。わたしがまえにフローラのようすを観察して愕然とした岸のこちら側にも、水際の二十ヤードばかりを残して、こんもりした木立が湖に迫っている向こう側にも、少女の姿はありません。この湖は形が細長く、両端が見渡せないほど奥行きのあるわりには、幅が狭くて、見ようによっては短い川のようでした。わたしたちは何もない水面をながめていましたが、そのうち、わたしは友人の目が何かを訴えているのを感じました。言いたいことがわかったので、わたしは首を横に振りました。

「駄目よ、待って！　舟に乗って行ったのよ」

　わたしの相棒は空っぽの繫留所を見つめ、それからまた湖の向こうに目をやりました。

「じゃあ、舟はどこにあるんです？」

「見えないのが何よりの証拠だわ。舟で向こう岸に渡って、それから、どこかに隠したのよ」

「たった一人で——あんな子供が？」

「あの子は一人でもないし、こういう時は子供でもないわ。老猾《ろうかい》なお婆さんなの」

　わたしがそこから見える限りの岸辺を隈なく調べている間に、グロースさんはわたしが示した奇妙な世界に、ふたたび随《つ》いて来てくれたようです。やがて、わたしは舟が湖の陰になっている場所に隠してあるのだろうと指摘しました。突き出た岸と水際に茂る灌木のおかげで、こちら側からは見えない入江のどこかにあるはずだ、と。

「でも、舟がそこにあるなら、お嬢様は一体どこにいるんでしょう？」わたしの朋輩は心配そうに尋ねました。

「それを今から確かめるんです」

わたしはそう言って、歩き出しました。

「あちらまで、ぐるっと廻って行くんですか？」

「もちろんよ、遠いけれどね。わたしたちの足なら十分で行けるけれども、子供にしてみれば、歩くのは嫌でしょうね。だから渡って行ったのよ」

「何てこったろう！」

グロースさんはまた叫びました。わたしの論理の展開はいつも彼女にとって強引すぎるようでしたが、彼女は今もその強引な論理に引きずられて、すぐ後ろからついて来ました。道を半分ほど行った頃――骨の折れる、曲がりくねったでこぼこ道で、ぼうぼうにのびた草木が行手をふさいでいました――わたしは彼女に一息つかせようとして、立ちどまりました。感謝を込めた腕で彼女を支え、あなたがいてくれるとどんなに心強いかしれない、といって元気づけました。それからまた歩き出し、数分も経たないうちに、思っていた通りの場所に舟が見つかりました。

舟は極力人目につかないようにして、柵の杭に繋いでありました。その柵というのは、舟を下りる時つかまることができるように、ちょうどそのあたりの水際にこしらえてあったのでした。短く太い櫂の一組がちゃんと舟の中に引き上げてあるのを見て、幼い女の子にしては驚くべき手際《てぎわ》だと感心しました。しかし、わたしはもう長い間不思議なことに馴らされていて、もっとハラハラするようなやり口にさんざん悩まされてきたのです。柵には門があり、そこを抜けて少し行くと、広々した場所に出ました。その時、わたしたちは口をそろえて「あそこにいる！」と叫びました。

フローラは前方の、少し離れた草原《くさはら》に立ち、これで演技は終了したとでもいいたげな微笑を浮かべていました。ところが、彼女が次にやったのは、その場にしゃがみ込み――さも、そのためにここへ来たかのように――大きな、格好の悪い羊歯《しだ》の枯葉を摘むことでした。わたしは彼女がたった今林から出てきたのだと直感しました。少女は一歩も動かずにわたしたちを待ちうけ、やがてわたしたちはいつになく厳粛な足取りで近づいてゆきました。フローラはただニコニコしているばかりでした。わたしたちは面と向かいましたが、すべては覆いようのない不吉さが漂う沈黙につつまれていました。

呪縛を最初に破ったのは、グロースさんでした。彼女は身を投げ出して跪き、少女を胸にかき寄せて、小さくしなやかな身体を長いこと抱きしめていました。この無言の抱擁がつづいている間、わたしはただ見ているだけでした――フローラの顔が、グロースさんの肩越しにこちらを窺っているのに気づいてからは、いっそう気をつけて観察しました。その顔はもう真面目で――仄見えた明るさは消えていましたが、それを見たわたしの苦しみは増すばかりで、グロースさんがこの子たちと結んでいる純粋な関係を羨まずにはいられませんでした。けれども、それ以上わたしたちの間にかよいあうものは何もなく、フローラがあの馬鹿げた羊歯を地面に落としただけでした。彼女とわたしがお互いに伝え合ったことは、もう言い訳などしても無駄だということでした。グロースさんはようやく立ち上がりましたが、子供の手を放さなかったので、二人は依然わたしの前に立っている格好になりました。フローラがこちらに向けたあからさまな視線には、わたしたちの交渉の奇妙な寡黙さがいっそう際立っていました。「死んだってしゃべるものか！」とその視線は語っていたのです。

最初に口を開いたのはフローラの方でした。彼女はさも不思議そうにわたしをじろじろ見ていましたが、わたしたちが被《かぶ》り物をしていないのに目をとめたのです。

「お帽子や何か、どうしたの？」

「あなたと同じ場所に置いてきたのよ！」わたしは即座に答えました。

少女はいつもの快活さに戻っていて、この答で十分と思ったようでした。「じゃあ、マイルズはどこ？」

そう言った小さなふてぶてしさに、わたしを踏み切らせるものがありました。この一言は、抜身の剣がキラリと光るほどの間に、わたしの手が何週間も高く掲げていた、縁《ふち》まで満たされた杯を一突きし、その中身は、あっという間もなく、もう洪水のようにこぼれ出ていたのでした。

「教えてあげるわ、あなたが教えてくれたら――」

わたしは思わずそう言いました。その声はやがて震え、途切れました。

「でも、何を？」

グロースさんは気が気でないようすでわたしをじっと睨んでいましたが、時すでに遅く、わたしはあっさり口に出してしまいました。

「ねえ、あなた、ジェスル先生はどこにいるの？」

二十

教会の墓地でマイルズとやりあった時のように、すべてがわたしたちの上にのしかかってきました。わたしは、この名前を一度として子供たちの前で口にしたことがないという事実を重んじてきましたが、それを言ったとたん、フローラの顔に浮かんだ憎々しげな目つきは、沈黙を破ったことが、さながら窓ガラスを粉々に割ったようなものであることを思い知らせたのです。同時にグロースさんは、まるで打撃を食い止めようとするかのように、悲鳴をあげて、わたしの乱暴な言葉を掻き消そうとしました――それは怯《おび》えた動物というより、傷を負った動物の悲鳴でした。ところが、それから二、三秒と経たないうちに、今度はわたしが声をあげました。わたしは朋輩の腕をつかみました。

「あの人が、あの人がいる！」

ジェスル先生が向こう岸に、この前とまったく同じように立っていたのです。奇《き》態《たい》なことに、この時最初にわたしの心に湧き上がった感情は、証拠がここにあるというワクワクするような喜びでした。彼女がそこにいる――だから、わたしの言うことは正しいのです。そこにちゃんといるのですから、わたしが意地悪なわけでも、気が狂っているわけでもないのです。彼女がそこに現われたのは、怯えたグロースさんのためでもありましたが、何よりもフローラのためでした。そしてこの異様な一幕のうちでも、とりわけ常軌を逸した瞬間は、わたしが彼女に向かって——蒼ざめた飢えた魔物でも、それを理解してくれると感じながら——言葉にならぬ感謝の念を投げかけた時にほかならなかったでしょう。

彼女は、わたしとグロースさんがさいぜんまでいた場所にすっくと立っていました。その欲望のとどく限り、邪悪におおわれぬところは一インチたりとありませんでした。あの女が姿と感情をこうして初めてはっきりとあらわしたのは、ほんの数秒のことでしたが、その間、グロースさんは呆気にとられたように、わたしの指差す方を向いて目をパチクリしていましたので、わたしはやっと彼女にも見えたのだと思い、急いで子供の方に目をやりました。ところが、フローラの素振りを見て、わたしはハッとしました。彼女がただ興奮していたのなら、そんなに驚きはしなかったでしょう。もちろん、露骨に狼狽《うろた》えることはないだろうと思っていました。わたしたちに追いかけられているうちに心構えもでき、警戒もしていたでしょうから、動揺はすべて押し隠そうとするでしょう。ですから、予期に反した彼女の態度を見た瞬間、わたしは愕然としました。

彼女は小さなピンクの顔を引きつらせもせず、わたしが指差した怪物の方を見ようともせず、ただわたしに厳しい、静かな、真剣な顔を向けたのです。それは今までに見たこともない表情で、わたしの心を読み、非難し、裁こうとしているようでした——その表情によって、少女自身が、なにかおそるべき存在に変わっていました。わたしはこの子にもはっきり見えていることを、あれほど強く確信したことはなかったのですが、彼女の冷静さに怯《ひる》んでしまいました。

すぐにも自分を弁護しなければならないのを感じて、必死で彼女に証言させようとしました。

「ほら、あそこにいるじゃないの、可哀想なフローラ――ほら、ほら、あそこよ。あなたはあいつを、わたしを知っているくらい、よく知っているんでしょう！」

　少し前にわたしはグロースさんに向かって、こういう時のフローラは子供ではなく、老獪なお婆さんなのだと言いましたが、この時の彼女の態度は何よりもそれを裏づけていました。彼女はわたしの言葉を聞いても、譲るとか認めるとかいった気色を見せず、ただ表情にだんだんと非難の色を深め、ついにその表情のまま凍りついてしまいました。この時まで――仮に、すべてをひとくくりに申し上げるとすれば――わたしを一番驚かせたのは、彼女の振舞いでした。しかし同時に、グロースさんという手強《てごわ》い人も相手にしなければならないことに気がつきました。とにかく、この年嵩《としかさ》の相棒は次の瞬間、真っ赤な顔と抗議の大声、堰《せき》を切った不満の叫びによって、他の一切を掻き消してしまったのです。

「まあ先生、何て恐ろしいことを！　どこに何が見えるというんです？」

　わたしはあわてて彼女の腕をつかむだけでした。彼女がこう言っている間も、あの忌まわしい存在は瞭然《はっきり》とそこに、消えも薄れもせず、不敵に立っていたのですから。そいつはすでに一分間も立っていましたが、わたしが朋輩の腕をつかみ、無理矢理その方を向かせて、指さしている間も消えませんでした。

「わたしたちに見えているのに、あなた、見えないの？――これでも――これでも見えないって言うの？　燃えさかる炎のように大きいじゃないの！　ねえ、見てちょうだい。お願い、見て――！」

　グロースさんはわたしと同じように目を凝らしていましたが、やがて、否定と嫌悪と同情の入り混じった深い唸《うな》り声をあげました――そこには同情と、自分は見ずに済んだという安堵の心が相半ばしていて――できることなら、あなたの味方をしたいのだという気持ちが伝わってきましたので、わたしはこんな時でしたが、うれしいと思いました。たしかに、わたしには彼女の支えが必要だったのかもしれません。彼女の目が救いようもなく閉ざされている証拠を前にして、きびしい打撃を受けたわたしは、足もとが脆《もろ》く崩れてゆくのを感じたからです。土気色をした前任の家庭教師がその場所から、こちらの敗亡《はいもう》に乗じてのしかかってくるのを感じて――見て――いたからです。それに何より、たった今から、小さいフローラのおそるべき態度に立ち向かっていかねばならぬ厄介さも感じていました。少女のそんな態度にグロースさんは俄然同調しだして、わたしが敗北感のうちにも一抹の不思議な勝利感をひそかに味わっていたというのに、息せき切ってこんなことを言い出しました。

「ジェスル先生なんかいませんよ、お嬢様。誰もいません――何も見えやしないんです！　どうしてお気の毒なジェスル先生が――亡くなって、お墓に入っていらっしゃるというのに――わたしたち、みんな知ってるじゃありませんか？」――それから、こんなことまで言って、子供の御機嫌を取りました。「みんな、ただの勘違いですよ。取り越し苦労、おふざけです――さあ、急いでおうちにもどりましょう！」

　すると少女は急に取り澄ました様子でこれにこたえ、グロースさんは立ち上がり、二人はわたしに脅された者同士で手を結んだのでした。フローラは小さな顔に不平の表情を浮かべ、じっとわたしを睨んでいました。わたしはその瞬間も、神に許しを求めて祈っていました——少女がグロースさんの服にしがみついて立っている時、その比類のない、子供らしい美しさが急に翳《かげ》り、消えてしまうのを見たような気がしたからです。そのことはすでに申しました——彼女は文字通り憎々しい、きつい顔をしていました。下品で醜いといっても良いくらいになっていたのです。

「先生の言ってること、わからないわ。誰も見えない。何も見えない。そんなもの、一度も見たことないわ。先生は酷い。先生なんか、嫌い！」

　彼女は巷の粗野な生意気娘のような調子でこう言うと、グロースさんにひしと抱きつき、そのスカートに恐ろしい小さな顔を埋《うず》めました。そのまま凄まじい勢いで泣き出しました。

「ここから連れてって、わたしを連れてって——ねえ、あのひとのいるところから連れてって！」

「わたしのこと？」わたしは息を呑みました。

「そうよ——あんたのいるところからよ！」

　グロースさんもさすがに困惑の体《てい》でこちらを見、わたしの方は、ふたたび向こう岸にいる人物を相手にするしかありませんでした。その人物は、遠くからわたしたちの声を聴いているかのように、身じろぎもせず立ち尽くして、わたしを助けるためではなく、窮地におとしいれるため、そこにありありと姿を現わしていました。哀れな少女は、まるで外部から入れ知恵をされたかのように棘《とげ》のある言葉を言ったので、わたしは絶望と共にすべてをみとめ、彼女に向かって悲しく首を振るだけでした。

「仮に今まで疑っていたとしても、疑いはこれで消えました。わたしは惨めな真実と共にずっと暮らしてきたの。今はそれが身動きもならないほどに差し迫ってきただけ。もちろん、わたしはあなたを失った。わたしは干渉しようとしたけど、あなたはあの女の指図をうけて」――と言って、わたしは湖の向こうにいる魔性の傍観者をふたたび見やりました。「ものの見事に出し抜く方法を見つけたのね。出来る限りのことをしたけれど、あなたを失ってしまった。さようなら」

わたしはグロースさんに向かっては命令的な、取り乱したような声で、「行って、行って！」と叫びました。彼女は困り果てていましたが、黙って少女を抱え、見ることはできないながらも、何か恐ろしいことが起こって、自分たちを呑み込んでしまったのだとはっきり悟り、来た道を大急ぎで引き返して行きました。

一人になってから最初に何があったかは憶えていません。たぶん十五分ほど経ったあと、匂いのある湿り気とざらざらした感触が苦しみの中にひんやりとしみ込んできて、それでようやく気がつきました――わたしはどうやらうつ伏せに地面に倒れ、はげしく嘆き悲しんでいたのでした。長い間うっ伏《ぶ》して、泣いたり叫んだりしていたに違いありません。顔を上げると、もう日は暮れかかっていました。わたしは立ち上がり、夕闇に沈んだ灰色の湖と、今は誰もいない憑かれた岸辺を一目見渡してから、家までの物淋しい難儀な道を歩きだしました。柵の門まで来ると、驚いたことに舟はなくなっていて、わたしはフローラが状況を手中におさめている事をあらためて思いました。

少女はその晩、暗黙の——この言い方がさほど奇怪に響かなければ「幸福な」というところですが——取り決めにより、グロースさんの部屋で寝ました。わたしは屋敷に戻ってから、二人のどちらとも顔を合わせませんでしたが、そのかわり、まるで奇妙な埋め合わせのようにマイルズとは長く一緒にいました。わたしは——他に言葉を思いつかないのですが——今までの分を足し合わせたよりも、もっとたくさん彼と会っていたのです。

ブライで過ごしたどんな晩も、この晩ほど不吉な気配をおびてはいませんでした。それにわたしの足元には、さらに深い驚愕の淵が口を開けていたにもかかわらず——翳りゆく現実の中に、文字通り、尋常《ただ》ならぬ甘美な物悲しさがありました。

わたしは家に着いた時、少年を探しもしませんでした。服を着替えにまっすぐ部屋へ行くと、フローラがわたしと不和になったことを示す物質的な証拠が、一目で見てとれました。彼女のささやかな持ち物は全部運び出されていたのです。その後、教室の暖炉の前でいつもの女中にお茶をいれてもらった時、わたしはもう一人の生徒についても、何も尋ねませんでした。彼はもう自由でした——しまいまで自由にすれば良いのです！

じっさい、そうでした。その自由の中《うち》には——少なくともその一部として——八時頃、部屋に入ってきて、黙ってわたしの傍らに腰かけることも含まれていたのでしょう。お茶を下げてもらうと、わたしは蠟燭を吹き消し、椅子を火に寄せていました。凍えるほど寒く、身体が温まることはもう二度とないような気がしました。ですから、彼があらわれた時、わたしは暖炉の火にあたって物思いに耽っていました。彼はわたしの様子をうかがうように戸口に立ち止まり、それから――一緒に考え事をしようとでもいうように――暖炉の向こう側にまわって、椅子に深々と腰かけたのです。わたしたちはまったく無言でそこに坐っていました。それでも、彼はわたしと一緒にいたいのだと感じました。

二十一

　翌朝、部屋の中がまだすっかり明るくならないうちに、わたしは眠りから醒まされました。グロースさんが枕元に悪い知らせを持ってきたのでした。フローラが熱を出して、どうも病気になりそうだというのです。彼女は昨夜ひどく興奮して、怖い、怖い、としきりにいったのですが、それは前の家庭教師ではなく、今の家庭教師のことなのでした。ジェスル先生がまた戻って来るのを怖がっているのではありません――彼女はわたしがふたたび顔を見せることに、はっきりと、激しくおそれを抱いていたのです。わたしは飛び起きて、山ほど質問をしました。グロースさんが身構えた様子をしているのでなおさらでした。そのことを感じたのは、わたしと子供とどちらが本当のことを言っていると思うか、と彼女に問い詰めた時でした。

「あの子は何も見なかった――見たことがないって、今もそう言ってるの？」

　グロースさんは本当に困り果てているようでした。

「ああ、先生、そんなこと、わたしには訊けません！　でも、言わせていただければ、訊く必要があるとも思えません。そのためにお嬢様は、すっかり老け込んでしまわれたんですから」

「ええ、それはここにいても目に見えるようだわ。あの子はまるでどこかのやんごとないお姫様みたいに、自分の信頼と体面を傷つけられたといって怒っているんでしょう。『ジェスル先生ですって――まさか！』って。ええ、〝御立派〟よ、あの小娘は！　昨日、あそこでわたしに与えた印象は一番変だったわ。どんな時よりも――わたしはどじを踏んでしまったんだわ！　あの子は二度とわたしと口を利いてくれないでしょうね！」

忌まわしい曖昧な話だったので、グロースさんはしばらく口をつぐんでいました。それから、わたしの言ったことをはっきりと認めましたが、それには何か裏があるような気がしてなりませんでした。

「ええ、きっと、そうでしょうと思います。そのことになりますと、高飛車な態度をなさるんです！」

「その態度が」――わたしは結論として言いました――「今はあの子の問題だと言っていいわね！」

ああ、その態度――わたしはグロースさんの顔を見ていて、それが想像できましたが、彼女の顔にはほかにも色々なことが書いてあったのです！

「三分おきにお尋ねになるんです。先生が来るだろうか、って」

「そうでしょうね」わたしの方も、それくらいはお見通しでした。「あの子は昨日《あれ》から、ジェスル先生について――そんな恐ろしいもののことは知らないって言うほかに――何か一言でもしゃべった？」

「いいえ、全然。それにわたくしは、もちろん」わたしの友は言い足しました。「湖のほとりであの子のようすを見たところでは、少なくともあの時、あの場所には誰もいないと思ったんです」

「そうでしょうね！　当然、今もあの子のいうことを信じているんでしょう」

「お嬢様に言い逆らいはしません。他にどうしようがあるんです？」

「どうもしなくていいわ！　相手はものすごく利口な子供ですからね。あいつらがあの子たちを――つまり、あの二人のお友達が――仕込んだので、もともと頭の良かった子がよけい利口になってしまったのよ。だって、申し分のない素材だったんですもの！　フローラは不平の種を見つけたから、しまいまでそれを利用するわ」

「しまいまでとはどういう事ですか？」

「わたしのことを伯父様に訴えるの。きっと、最低の人間みたいに言うでしょうね――！」

　グロースさんの顔にその場面がありありと映しだされたので、わたしは少したじろぎました。彼女はまるで二人が一緒にいるのを目のあたりに見ているかのようでした。

「あの方は先生のことをあんなに買っていらっしゃるのに！」

「風変わりなやり方で――今になって、思うんだけど――それをお示しになるのね！」わたしは笑いました。「でも、そんなことはもういいの。フローラの望みはもちろん、わたしを追い払うことよ」

　わたしの相棒も、勇気を出してそれに同調しました。「二度と先生のお顔を見るのも嫌だそうです」

「だから、あなたはこうして、わたしに早く出ていけといいに来たんでしょう？」しかし、相手が返事をしないうちに、わたしは先手を打ちました。「もっといい考えがあるの――色々と考えた末の結論よ。わたしがここを出て行くのは正しいことのように思えるでしょうし、日曜日は実際、そうしようかと思ったわ。でも、それじゃ駄目なの。行かなければならないのはあなたなのよ。フローラを連れて行って」

グロースさんは考え込みました。「でも、一体どこへ――？」

「ここ以外の場所よ。あいつらのいないところ。それに、こうなったら何よりも、わたしのいないところよ。伯父様のところへお行きなさい」

「先生のことを告げ口しにですか――？」

「いいえ、それだけじゃないわ！　わたしを救いの手と一緒に置いて行ってもらうためでもあるの」

彼女にはまだピンと来ないようでした。

「救いの手って、何です？」

「第一に、あなたの誠実さ。それからマイルズの」

彼女はまじまじとわたしを見つめました。「先生は、坊ちゃまが――？」

「何かの機会に、わたしに向かってくるとは思わないのかって？　ええ、それも考えているわ。でも、やってみたいの。フローラを連れて、なるべく早くここから出て行ってちょうだい。わたしと彼を二人きりにして」

わたしは自分にこれほどの気力がまだ残っていたのかと驚きました。ですから、こんな立派な手本を示しているのに、グロースさんがぐずぐずしているのを見て、苛立ちました。

「一つ言っておくけど――もちろん、ここを出て行く前に、あの子たちを会わせないでちょうだい。たとえ三秒でもだめよ」

そう言ってから、わたしは思いました――フローラは湖から戻ってくると、すぐ部屋に閉じこもったかもしれませんが、あるいは、もう手遅れだったかもしれません。

「もしかして」わたしはおそるおそる尋ねました。「もう会ってしまったの？」

グロースさんは顔を真っ赤にしました。

「先生、わたくしもそれほど馬鹿じゃございませんよ！　三、四回お嬢様のそばを離れましたが、その時は必ず女中をつけておきましたし、今だってお一人ですが、部屋には鍵をかけてあります。でも――でも！」問題は手に余るほどあったのです。

「でも、何なの？」

「坊ちゃまのことを、それほど信じておいでなのですか？」

「わたしが信じているのはあなただけよ。でも、昨夜《ゆうべ》から新しい希望が見えてきたの。彼はきっかけを作りたがっているんだと思うの。きっと、そう――あの繊細な子は――話したいのよ。昨夜だって、炉端で一言もしゃべらずに二時間もわたしと坐っていたのよ。今にも何か言いたそうな様子でね」

グロースさんは白々と明けかかった東空を、窓越しにじっと見ていました。「それで、何か言いましたか？」

「いいえ。今か今かと待っていたけど、何も言わないし、妹の様子だとか、彼女がいないことにも全然触れないで、結局、おやすみのキスをして別れたの。それでも」わたしは続けて言いました。「フローラを伯父様に会わせるのはいいけれど、マイルズにはまだ会ってもらいたくないわ――こんなひどいことになってしまったんだし――もう少し、あの子に時間を与えなければ」

わたしの友はこの点について、理解しかねるほど渋い顔をしました。

「もう少しって、どのくらいです？」

「そうね。一日か、二日――話をさせるだけの時間よ。そうすれば、あの子はわたしの味方になってくれるわ――それがどんなに大事なことか、わかるでしょう？　もし何も言わなかったら、わたしの負けだけど、その場合も、あなたがロンドンに着いて何か出来ることをしてくだされば、助かるじゃない？」

わたしはこう説明しましたが、彼女は他の理由から、まだ途方に暮れたような顔をしていたので、もう一度助け舟を出しました。

「もちろん、本当に行きたくないというなら、別ですけれど」

グロースさんの考えがやっと決まったことが、顔を見てわかりました。彼女は約束のしるしに片手を差し出しました。

「行きます――行きます。今朝のうちに発《た》ちます」

わたしはあくまで公正でありたいと思いました。「でも、もう少し待ちたいとおっしゃるんなら、わたしはあの子の前に出ないようにするわ」

「いいえ、悪いのはこの家なんです。お嬢様はここを出ていかなくてはいけません」彼女は一瞬、物憂い目でわたしを見て、それから残りを言いました。「正しいお考えです。先生、わたくしも――」

「何？」

「わたくしも、ここにはいられません」

グロースさんの顔を見て、わたしはもしやと思いました。

「ということは、あなた、昨日、あれから見たの――？」

彼女は重々しく首をふりました。「聞いたんです――！」

「聞いた？」

「あの子の口から――おそろしいことを！　まったく！」彼女は悲痛なため息をつきました。

「誓って申しますが、お嬢様は色々なことを言うんです――！」

けれども、その途端、彼女は感情の抑えが外《はず》れてしまいました。わっと泣きだしてわたしの長椅子に坐りこみ、いつかもそうしたように苦しみの限りを吐き出しました。

わたしの方も、全然ちがった形で我を忘れてしまいました。「まあ、有難い！」

グロースさんはこれを聞くと、また跳び起きて、涙を拭いながらうめきました。「〝有難い〟ですって？」

「わたしの正しいことが証明されたからよ！」

「ほんとにその通りです、先生！」

これほどの賛同を得られるとは思ってもみませんでしたが、わたしはあわてずに相手の話を待ちました。「あの子はそんな恐ろしいことを？」

わたしの朋輩は何と説明したら良いのかわからない様子でした。「ほんとうに、もうぞっとしました」

「わたしのことを言ったのね？」

「そうです、先生――どうせお聞かせしなければなりませんから、申し上げてしまいますが、年端《としは》もいかないお嬢様が口にするようなことじゃないんです。一体、どこでおぼえてきたのか見当もつきません――」

「とんでもない言葉でもって、わたしの悪口を言ったのね？　それなら、どこでおぼえてきたかわかるわ！」

わたしはそう言って笑いましたが、言いたいことは十分伝わったでしょう。

実際、わたしの友はさらに深刻な口ぶりになりました。「ええ、わたくしにも心当たりはございます――前に聞いたことのある言葉もまじっておりましたから！　でも、我慢できません」気の毒な婦人はそう言いながら、わたしの化粧台にのっている時計をチラと見ました。

「ですが、もう戻りませんと」

わたしはそれでも引きとめました。「もし我慢できないんだったら――！」

「どうしてお嬢様と一緒にいられるのか、とおっしゃりたいんでしょう？　いえ、それだからこそなんですよ——お嬢様を遠ざけるんです。このおそろしいことから——あいつらから離れたところへ」

「あの子は変わるかしら？　自由になれるかしら？」わたしは嬉しくなって、グロースさんの手をつかみました。「じゃあ、あなたは昨日のことがあっても信じるのね——」

「そういった仕業をですか？」

言い方は簡潔でしたが、彼女の表情に照らし合わせて見れば、それ以上訊くまでもありませんでした。グロースさんは初めて、一切をわたしに委ねてくれたのです。

「信じますとも」

ええ、それは嬉しいことでした。わたしたちは今でも味方同士なのです。そのことさえ確かなら、他に何が起きようと平気です。以前、信頼を必要とした時と同じように、このことは困難に直面した時、わたしを支えてくれるでしょう。友がわたしの誠実さを請け合ってくれれば、他のことは全部わたしが引きうけましょう。

それでも、彼女と別れる時、わたしはいくらか戸惑いを感じていました。

「そういえば、ひとつ忘れちゃいけないことがあるわ。わたしの危急を知らせる手紙が、先にロンドンに届いているはずよ」

わたしはその時、いっそうハッキリと感じたのですが、グロースさんは今まで遠まわしに探りを入れようとして、ほとほとくたびれてしまったのでした。

「手紙は着きません。出さなかったんですから」

「じゃあ、どうしたの?」

「知りません! マイルズさまが――」

「彼が持っていったというの?」わたしは息を呑みました。

グロースさんはためらっていましたが、思い切って言いました。

「昨日、フローラさまと一緒に戻ってきた時、手紙は先生の置いた場所にありませんでした。晩になってルークに訊いてみましたら、そんなものは見かけなかったし、触ってもいないというんです」

わたしたちはお互いに胸の内を探り合うしかありませんでした。最初に探りの糸を引き揚げて、「おわかりでしょう!」とほとんど得意そうに言ったのは、グロースさんの方でした。

「わかったわ。もしマイルズが盗《と》ったんだとすると、読んで捨ててしまったでしょうね」

「おわかりになったのは、それだけですか?」

わたしは一瞬、悲しく微笑みました。

「どうやら、今となってはあなたの方が目が開《あ》いているようね」

実際そうだったのですが、彼女はやはり、明察のほどを示すのに顔を赤らめるのでした。

「あの子が学校で何をしたか、今やっとわかりましたよ」そう言って、この一途《いちず》な人は、まるで滑稽役者のように大袈裟にうなずきました。「盗みをやったんです!」

わたしはそのことをよく考えてみました――もっと公平に判断したかったのです。「ええ――もしかしたらね」

グロースさんは、わたしの冷静さが心外だという顔をしました。「手紙泥棒をしたんですよ！」

彼女はわたしがうわべだけは冷静にしている理由に思い及ばないようでしたので、わたしはできるだけはっきりと言いました。

「その時は、今度みたいな骨折り損じゃなかったんでしょうね！　昨日わたしがテーブルに置いた手紙を読んでも、マイルズの得になることはなんにもないわ――ただ面会したい、としか書いてなかったんですもの――あの子はつまらないことをして恥ずかしくなったんでしょう。昨夜《ゆうべ》は、そのことを告白したいと思っていたにちがいないわ」

わたしはその瞬間すべてを把握し、見通したような気持ちになりました。

「さ、お行きなさい。わたしたちを置いて」――わたしは早くも戸口でグロースさんを追い立てていました。「あの子に白状させるわ。あの子はわたしの頼みに応えて、告白する。告白すれば救われるでしょう。そして、彼が救われれば――」

「先生も救われるということですね？」

愛すべき女性はわたしに接吻し、わたしは別れを告げました。

「坊ちゃまがいなくとも、わたくしが先生をお救いします！」

グロースさんはそう叫んで出て行きました。

二十二

ですが、彼女が行ってしまうと、急に心細くなりました――本当の危機が訪れたのでした。わたしはマイルズと二人きりになれば得るものがあると思っていたのですが、少なくとも、ある程度はそうであることをすぐに実感しました。じっさい、階下《した》におりて、グロースさんとフローラを乗せた馬車が門から出て行ってしまったことを知った時ほど、さまざまの意識や不安に襲われたことはありません。これからいよいよ嵐に立ち向かうのだ――わたしはそう自分に言い聞かせ、終日弱気の虫と闘いながら、一方で、自分はひどく軽率だったとも考えました。わたしはこれまで以上の窮地に嵌《はま》り込んでしまったのでした。今は屋敷の者たちの様子に、危機が混乱として反映《うつ》し出されているだけに、なおさらでした。無理もないことですが、誰もが事のなりゆきに目を丸くしていたのです――わたしたちが何を言おうと、グロースさんの唐突な振舞いには説明のつかぬところがありましたから。女中も下男もみなぽかんとしており、わたしはいよいよ神経が苛立ってきたのですが、しまいに、それを逆手《さかて》にとるべきだと思いはじめました。わたしはつまり、ただひたすら舵にしがみついて完全な難破を免れているようなものでした。ですから、あの朝のわたしはへこたれるまいとして、尊大な、とりつく島のない態度をとっていたと思います。なすべきことがたくさんあるのを歓迎し、たった一人になっても断固として頑張っていることを、まわりの者に示しました。グロースさんたちが行ってしまった後の一、二時間、わたしはそうやって屋敷中を歩き廻っていましたから、きっと矢でも鉄砲でも持って来いという風に見えたことでしょう。内心は弱りきっていたのですが、これも誰かのためと思って、一生懸命練り歩いたのでした。

午餐の時間まで、我関せずという様子をしていたのは、当のマイルズ少年でした。わたしは歩き廻っている間、一度も彼の姿を見かけませんでしたが、それがかえって、わたしたちの関係に変化が起きたことを明らかにしていました。前日、彼がフローラのためにピアノを弾いて、わたしをものの見事にだました故の変化です。もちろん、フローラが部屋に籠もり、この家を出て行った時から、周囲は何かが起こったことに十分気づいていたわけですが、わたしたちが教室で勉強するいつもの習慣を破ったことが、それをいっそう際立たせたのでした。

階下《した》へおりるついでに部屋をのぞいてみた時、すでに少年の姿はありませんでした。一階で訊いてみると、マイルズは——二、三人の女中のいる前で——グロースさんと妹と一緒に朝食を済ませたということでした。それから、散歩するといって出かけたそうです。わたしの役目が急に変わってしまったことを少年がどう思っているかは、歴然としていました。彼がこれからわたしに何をさせてくれるかは、まだわかりませんでした。ともかく、見せかけだけの務めを一つ捨てたことは——特にわたし自身を——不思議にほっとさせました。これまでに多くのことが表面《おもて》に顕われてきましたが、一番あらわになった事実は、わたしが彼にまだ何か教えられるという虚構を演じつづけることの馬鹿馬鹿しさだといっても、過言ではないでしょう。わたしの体面を本人以上に気遣ってくれる彼のさりげないやり方によってはっきりしたのは、あの子の真の能力に張り合おうとする無駄な努力から解放してくれるように、もっと早く頼むべきだったということです。

ともかく今、彼は自由を手に入れました。わたしはもうそれについて干渉しないつもりでした。そのことは彼に十分伝わったはずです――前の晩、彼が教室にやってきた時、今まで何をしていたのかと問いただしもしなければ、それを話題にもしなかったのですから。この時以来、わたしには他に考えることが山程ありました。けれども、彼が戻ってくると、そうした考えを実行する難しさ、山積する問題の重さが痛感されたのでした。少年の美しい姿には今のところ、これまでの出来事が――見た目には――汚点も影も残していなかったのですから。

わたしは自分が築き上げた高い地位を家中に示すため、食事は少年と一緒に〝階下《した》〟でとると言ってありました。ですから、堂々たる立派な部屋で彼を待っていたのでした。思えば、あの最初の恐ろしい日曜日、わたしは他ならぬこの部屋の窓の外でグロースさんから聞かされた話に――光明というまではゆきませんが――ある閃きを得たのでした。

ここで今、あらためて感じたのは――それ以前にもしばしば感じたのです――わたしが心の平衡を保てるかどうかは、断固たる意志にかかっているということでした。すなわち、わたしは自然に真っ向からさからうものを相手どっているという事実に、なるべく固く眼を閉ざすということです。わたしがどうにかやっていくには〝自然〟と通じ、味方につけるしかないのです――わたしのおそるべき試練はむろん尋常でない、嫌な方向への一押しではあるけれども、つまるところ、普通の人間的美徳というもうひとひねりを加えるだけで格好をつけられるのだと考えて。とはいっても、自分で自然のすべての役をひきうけようというこの試みほど、機微を要するものはありません。これまで起こったことに口を閉ざしながら、どうして自然だなどということができましょう？　かといって、それを口にしてしまえば、あの忌まわしい暗闇の中にふたたび飛び込んでゆくことにならないでしょうか？

でも、やがて、答らしきものが頭に浮かびました。わたしの幼い連れの持っているたぐい稀《まれ》な美点が、いっそう鮮やかに見えてきたことからも、その考えは間違っていないように思われました。彼は今も――勉強の時間、よくそうしてくれたように――わたしの気持ちをほぐすために細やかなやり方を見つけたようでした。わたしたちがこうして水入らずになった今、かつてなく美しい輝きを放っている事実にこそ、光明があるのではないでしょうか？――というのは、（このような願ってもない機会がやって来たのですし）あれほど天分にめぐまれた子供なのですから、絶対の知性から得られる助けを見逃す手はないという事実です。彼が知性を与えられたのは自分を救うためでなくて何でしょう？　彼の心に触れるためには、その人格の前にぎこちない腕を伸ばしても許されるのではないでしょうか？

食堂で差し向かいになった時、少年自身が文字通り、そのやり方を示してくれたように思われました。食卓《テーブル》には羊のローストが用意され、給仕はなしで済ましていました。マイルズは席に着く前、両手をポケットに入れて立ったまま、しばらく肉を見つめていたので、何か滑稽な批評めいたことでも言うつもりかと思いました。ところが、彼の口から出てきたのは「ねえ先生、病気はひどく悪いの？」という言葉でした。

「フローラのこと？　それほどじゃないから、じきによくなるわ。ロンドンにいれば治るでしょう。ブライがあの子の身体に合わなくなったのよ。さあ、こっちへ来て羊をお取りなさい」

少年は言われた通り、皿をゆっくりと自分の席に運んで、椅子に坐ると、また言い出しました。

「この家がそんなに急に身体に障《さわ》ったの？」

「あなたが思うほど急にではないわ。その兆候がありましたもの」

「だったら、どうして前によそへやらなかったの？」

「前にって？」

「旅行できないほど悪くなる前に、だよ」

わたしは即座に答えていました。「旅行ができないほど悪いわけじゃないのよ。ここにいたら、そうなったかもしれないけれど。ちょうど良い頃合だったの。ロンドンに行けば悪い影響も」――わたしは平然と言ってのけました！――「薄らいで消えてしまうわ」

「なるほど、そうだね」――マイルズの方も平然としていました。彼は素敵な〝食事作法《テーブル・マナー》〟で食べはじめました。これについては、彼がやって来てから一度もうるさく注意する必要はありませんでした。彼が放校になった理由が何であれ、食べ方が汚ないせいでなかった事はたしかです。今日も非の打ちどころがありませんでしたが、明らかにふだんより意識的になっているようすでした。人に手助ってもらわなければうまく出来ないことまで、何げなくやれるふりをして、自分の陥った状況を悟ると、しだいに無口になりました。

食事はあっというまに済みました――わたしは食べるふりをしただけで、すぐに食卓を片づけさせました。その間、マイルズはまた両手をポケットに入れ、こちらに背を向けて立っていました――立って、いつぞやわたしがぞっとする光景を見たあの広窓から、外をながめていました。女中がいる間、わたしたちは沈黙を守っていました――まるで新婚旅行の宿に泊まった若夫婦が、給仕の前で照れて黙っているようだ、とわたしは変なことを考えました。給仕が行ってしまうと、マイルズはやっとこちらをふり向きました。

「さあ――これで二人きりだね！」

二十三

「そのようね」わたしの微笑みはきっと弱々しいものだったでしょう。「でも、完全に二人きりではないわね。そうなったら嫌でしょう！」

「うん——そうだね。もちろん、他の人もいるしね」

「ほんとに——他の人たちがいますものね」わたしは調子を合わせました。

「でも、いることはいても」彼はポケットに手を入れたまま、わたしの前に突っ立っていました。「ものの数に入らないでしょう？」

わたしは精一杯頑張ったのですが、血の気が失せるのを感じていました。「〝ものの数〟という言葉の意味にもよるわ！」

「うん」——とわたしに賛同して——「何だってそうさ！」

しかし、彼はそう言うとまた窓の方をふり返り上《うわ》の空で何かを考えているような、落ち着かない足取りでそちらに歩いて行きました。窓辺で額をガラスに押しつけ、例の没趣味な灌木と十一月の冴えない風景を、しばらくじっと眺めていました。わたしにはいつも〝手仕事〟をするという口実がありましたから、今度もその手を使って長椅子に坐り込みました。子供たちが何かに夢中になっているのを知りながら、わたしだけ閉め出されて苦しんだ時のことは前にもお話しいたしましたが、そんな時いつもやっていたように、わたしは編物を持って長椅子に腰を落ち着けると、最悪の事にそなえる習慣に従いました。

　ところが、少年のなにか戸惑ったような後姿を見ているうちに、一つの意味がそこに読み取れ、それとともに途方もない印象が湧き起こったのです――それは他でもありません。自分はもう閉め出されていないのだ、という印象です。この思いはたちまち強い確信に変わり、閉め出されているのは彼の方なのだという直感と一つになっていました。あの大窓の枠や格子は彼にとって一種のしるし、一種の敗北の象徴だったのです。ともかく、彼は閉じ込められているか閉め出されているんだとわたしは感じました。立派に振舞っているけれども居心地が悪いのだ――わたしの胸は希望に高鳴りました。

　あの子は今、取り憑かれた窓ガラスの向こうに、何か見えないものを探しているのではないでしょうか？――そして、このような手ちがいが起こったのは、これが初めてなのではないでしょうか？　初めて――まったく初めてなのです。素晴らしい前兆だと思いました。自分を制しているけれども、彼は不安でならないのです。一日中不安だったのです。テーブルに着いて、ふだん通り可愛らしいお行儀で食事をしている時でさえ、うわべを繕《つくろ》うのに、幼い不思議な才能のすべてを傾けなければならなかったのです。ようやくふり返ってわたしを見た時には、この才能も潰《つい》えてしまったように思われました。「ブライはぼくには合ってるみたいで、よかった！」

「あなたはこの二十四時間のうちに、今まで見なかったところもずいぶん見て来たんでしょう。

きっと――」わたしは思いきって言いました。「さぞや楽しかったでしょうね」

「うん、楽しかった。うんと遠くまで行ったんだ。ぐるっと一周してきた――何マイルも何マイルも。こんなに自由だったことは今までになかったよ」

彼には本当に独特の物の言い方があって、わたしはついてゆくのがやっとでした。

「それが、お気に召して？」

マイルズは微笑みながら立っていました。そして、しまいにこう言ったのです――「先生はどう？」――たったこれだけの短い言葉が、我と人とをこんなにも隔てるものでしょうか。けれど、わたしが答える間もなく、彼は生意気なことを言った埋めあわせをするように、言葉を継ぎました。

「何よりも、先生がここで我慢している姿が素敵だよ。僕たち二人だけだといっても、一番ひとりになったのは先生だからね。でも、先生はあまり気にしないでくれるだろうね！」

「あなたのことを？」わたしは尋ねました。「マイルズ、どうして気にしないでいられるの？いつも一緒にいろと言うのは、もうあきらめたけど――わたしは、とてもあなたには及ばないわ――少なくともわたしは、一緒にいるとすごく楽しいのよ。でなかったら、ここにいないわ」

彼はわたしをまっすぐに見ました。真剣になったその表情は、かつて見たことがないほど美しいものでした。

「それだけの理由で、ここにいるの？」

「ええ。あなたの友達として——あなたにとても関心があるから、いるの。何かもっとためになることをしてあげられるまではね。べつに驚くことはないのよ」わたしは声の震えを抑えることが出来ませんでした。「憶えている？　嵐の晩、あなたのベッドに腰かけて、あなたのためなら何でもするって言ったのを？」

「うん、憶えてる！」

彼の方もしだいに落ち着きをなくし、声が上《うわ》ずってきました。それでも、わたしよりはずっとうまくごまかして、真剣な表情の下から笑い声をあげ、楽しく冗談を言っている風を装いました。

「でも、それは先生が自分のために何かをさせる手なのかと思ったよ！」

「そのつもりもあったけど」わたしは認めました。「でも、あなたはしてくれなかったわね」

「そういえば」彼は表面《うわべ》だけはいかにも生き生きと言いました。「僕に何か話をさせたかったんでしょう？」

「ええ。正直に言ってほしかったの。あなたの考えていることを」

「ああ、そうか。そのためにここに残ったんだね？」

彼は明るくそう言いましたが、その裏で憤りの感情《こころ》がかすかに震えているのがわかりました。でも、ほんのかすかであっても降伏のきざしが見えてきたのを、わたしがどんな気持ちでうけとったかは言いあらわしようがありません。長い間待ち焦がれていたものがついにやってきて、わたしを驚かしたような感じでした。

「ええ、そう――わたしも白状してしまうわ。残ったのは、まさにそのためだったの」

マイルズは長いこと黙っていたので、わたしのしたことはお目あてちがいだったとでも言うつもりかと思いました。ところが、彼はしまいにこう言ったのです。

「今、話すの――ここで？」

「こんな良い機会はないわ」

彼は不安げにあたりを見廻しました。それは稀有《けう》な――ああ、何とも奇妙な――印象でしたが、わたしは彼に直接の恐怖が迫ってくる兆候を初めて目にしたのです。彼は急にわたしのことが怖くなったようすで――わたしは怖がらせておく方が、むしろ一番良いかとも思いました。ですが、彼に厳しくしようとしても、それは無理だと苦しさのうちに悟って、次の瞬間、気味の悪いほど優しい声を出していました。「そんなに、また出て行きたいの？」

「それはもう！」

彼はわたしに雄々しく微笑みかけました。苦痛に赤らんだ頬が、この胸をうつ小さな勇気をいっそう際立たせていました。少年は持ってきた帽子を取り上げてくるくる回していましたが、その様子を見ていると、わたしは、もう一息《ひといき》というところなのに、自分のやっていることが奇態に恐ろしくなりました。それはどんなやり方をしても乱暴な行為なのです。美しい交わりの可能性をわたしに啓示してくれたいたいけな子に、野卑と罪の観念を突きつけることに他ならないのですから。こんなにも素晴らしい子供に、まるで異質な無様なものをなすりつけるとは、何とも卑劣ではないでしょうか？

今となってあの状況をふりかえると、あの時にはわからなかったことがはっきり読み取れるように思います。わたしたちの目は早くも、やがて訪れる苦悩の前触れに光っていたような気がするのです。二人はこうして、中々打ちかかろうとしない戦士のように、恐れと疑念を抱きながらその場をぐるぐると廻っていました。でも、わたしたちはお互いのために怖がっていたのです！　おかげで、しばらくはどちらも傷つかずに済みました。

「何でも話すよ」とマイルズは言いました——「先生の聞きたいことを何でも言ってあげる。先生はこれからも僕と一緒だし、僕たちは仲良しなんだから、話してあげる——きっとね。でも、今は駄目なんだ」

「どうして？」

詰め寄ると、彼はわたしから顔をそむけて、また窓辺に立ちました。わたしたちの間には、ピンが落ちても聞こえるほどの沈黙が張りつめていました。やがてマイルズはわたしの前に戻ってきましたが、そのようすは、誰か放っておけない人が外で待っているというふうでした。

「僕、ルークに会わないと」

こんな見え透いた嘘をつかねばならないまでに彼を追い詰めたことはなかったので、わたしはいささか自分を恥じました。けれど、恐ろしいことでしたが、彼の嘘がわたしの真実を補ってくれたのです。わたしは考え込みながら、編物の目をいくつかこしらえました。

「それじゃ、ルークのところへ行ってらっしゃい。約束はいつか果たしてもらうわ。そのかわり、行く前にほんのちょっとしたお願いをきいてちょうだい」

彼はうまく切り抜けたので、多少の譲歩はするという顔をしました。

「ちょっとした――?」

「ええ、ほんの小さなことよ。ねえ」――ああ、わたしは編物に心を奪われ、無造作に言ってしまったのです!――「昨日の午後、玄関のテーブルから、わたしの手紙を持っていかなかったかしら?」

二十四

彼がこの言葉をどう受けとったか、一瞬わからなかったのは、注意力がその瞬間、真二つに裂かれたからだとでも言うよりありません――衝撃をうけたわたしは、最初、勢いよく立ち上がると、無我夢中のうちに手を伸ばしてマイルズをつかまえ、抱き寄せ、それから支えを求めて手近の家具にもたれかかりました。そうしながら、本能的に少年の背を窓に向けていました。わたしがすでにこの場所で立ち向かったあの幻影が、またやってきたのです。ピーター・クウィントが牢獄の見張りのように姿を現わしたのです。わたしが次に見たのは、彼が外側から窓に向かって身をのばしているところでした。それから、ガラスに顔を近づけて部屋を覗き込み、呪われた白い顔をまたしても見せつけたのです。その瞬間に決心がついたといったら、わたしの心の中で起こったことを、いささかぞんざいに言い表わすことになるでしょう。ですが、あれほど驚きに圧倒された女が、あれほど短い間に行動力を取り戻したためしはないと思います。幻影を目の当たりにして震えあがりながら、わたしは思ったのです――今、わたしのするべきことは――自分だけがあのものに直面し、少年に気づかせないことだと。

霊感によって――というより他の言い方はできません――わたしは自発的に、超越的にやってのけられると感じました。あたかも一人の人間の魂をめぐって、魔物と戦っているようでした。そして、そのことをしっかり見定めてしまうと、その人間の魂が──すぐ近くに、わたしの震える両手の中で──子供らしい美しい額に、玉の汗を浮かべているのがわかりました。わたしの顔の近くにあるその顔は、窓ガラスの向こうの顔のように蒼白で、やがてそこから声が出ました。低い声でも弱々しい声でもありませんでしたが、どこか遠くから聞こえてくるような感じで、わたしはそれをかぐわしい微風《かぜ》のように嗅ぎました。

「うん──取ったよ、ぼく」

　わたしは喜びの声を洩らし、彼を抱き寄せました。そうして胸に抱きかかえていると、小さな身体が急に火照《ほて》ってきて、小さな心臓が激しく鼓動を打つのが感じられました。わたしはその間も、窓辺にいるものから目を離しませんでしたが、そいつはやがて動きだして姿勢を変えました。先ほどは牢獄の見張りと申しましたが、それがゆっくり向きを変える様子は、むしろ、獲物を取り逃がした獣がうろつきまわるという感じでした。けれども、わたしの胸に燃えさかった勇気はたいそうなもので、それをあまり表に出さないように気をつけねばなりませんでした。

　そうこうするうちに、あの憎々しい顔がふたたび窓にあらわれました。ならず者は機会をうかがうように、そこでじっと動かなくなりました。わたしにはもう負けるものかという自信と、今のところ少年はまだ気づいていないという確信がありましたので、話し続けました。

「どうして盗《と》ったの？」

「ぼくのことを何て書いてあるか見たかったの」

「封を開けたのね？」

「開けたよ」

わたしは抱く手を少しゆるめて、マイルズの顔を見ました。そこからはふざけるような表情は消えて、不安の虜になっていることを示していました。驚いたことに、わたしの努力がとうとう効を奏して、彼の感覚は封印され、交感が途絶えたのです。彼は自分の前に何かがいることはわかっていても、それが何なのかわからないのです。ましてや、そいつがわたしの前にもいて、わたしがその正体を知っていることなど知らないのです。これまでの苦労も今は取るに足らないことに思われました。窓の方に目を戻すと、空はまた澄み渡り――わたし個人の勝利によって――悪しき影響力は消えていたのですから。そこには何もありませんでした。大義はわたしにあり、わたしは必ずすべてを手に入れられると感じました。

「でも、何も書いてなかったでしょう！」――わたしは思わず明るい声を出してしまいました。

マイルズはいとも憂鬱そうに考え込んで、小さく首を振りました。

「何にも」

「何にも。何にも！」わたしは喜びのあまり叫び出しそうでした。

「何にも。何にも」彼は悲しく繰り返しました。

わたしは彼の額にキスしました。額はぐっしょり濡れていました。

「それで、手紙はどうしたの？」

「燃したよ」

「燃した?」言うならば、今しかありませんでした。「学校でもそれをやったの?」

ああ、この一言が何という結果をもたらしたことでしょう!

「学校で?」

「手紙を盗ったの?――それとも他の物を?」

「他の物?」

彼は何か遠い昔のことを考えているかのように見えました。不安に迫られて記憶を手繰らなければ思い出せないようでしたが、それでも思い出しました。

「僕が泥棒したっていうの?」

わたしは自分が髪の付根まで真っ赤になったのがわかりました。と同時に思ったのは――紳士にこんな質問をするのが変か、それとも紳士がこのような質問に腹を立てないことで零落ぶりをさらけ出す方が、もっと変だろうかということでした。

「学校に戻れなくなったのは、そのせいなの?」

少年はむしろ寒々しい驚きをわずかに感じただけのようでした。

「僕が戻れないことを知ってたの?」

「先生は何でも知ってるわ」

すると、彼は長い間、奇妙な目つきでわたしを見つめました。

「何でも?」

「何でもよ。だからおっしゃい。あなた――?」

しかし、わたしには二度も言うことはできませんでした。

マイルズはさらりと答えました。「盗んでなんかいないよ！」

わたしがそれを心から信じたことは、顔を見ればわかったにちがいありません。それでもわたしの手は——まったく愛情からだったのですが——彼を揺さぶって、問い質そうとしました——大した理由もなかったのなら、なぜ何か月もわたしを苦しめ続けたのか、と。

「それじゃ、一体何をしたの？」

彼は何となく辛そうに天井をぐるりと見渡し、二、三度苦しげに息を吸いました。あたかも海底に立って、かすかな緑色の薄明かりを見上げているようでした。「うん——ちょっとしたことを言ったの」

「それだけ？」

「先生たちは、それで十分だと思ったんだ！」

「あなたを追い出すのに？」

どこかを〝追い出され〟ながら、その理由がこれほど少ししか見あたらない人間は、この少年の他にいなかったでしょう！　彼はわたしの質問について考えているようでしたが、まるで他人事《ひとごと》のように、困ったものだという顔をしていました。

「うん、きっと、言っちゃいけなかったんだよ」

「でも、それを誰に言ったの？」

少年は思い出そうとしましたが、駄目でした——忘れてしまったのです。「わからない！」

彼は白旗を揚げた寂しさに、微笑みかけようとさえしました。じっさい、勝負はもう完全についていたのですから、わたしもそこでやめておくべきでした。けれども、わたしはのぼせ上がって――勝利に目が昏《くら》んでいたのです。彼をこれほどわたしに近づけたはずの効果が、その時にはもう、ふたたび遠ざける働きをしていたというのに。

「みんなに言ったの？」とわたしは尋ねました。

「ちがう。言ったのは、ただ――」ですが、彼は気分が悪そうに小さく頭《かぶり》をふりました。「名前は憶えてないや」

「そんなに大勢だったの？」

「ちがう――ほんの二、三人。好きな子にだけ」

好きな子に？　わたしは謎が解けるどころか、ますます暗い闇の中にのめり込むような気がしました。そのうち、同情心の中からおそるべき考えが浮かんできて、ひょっとしたらこの子は何も悪いことはしていないのかもしれないと思いはじめると、一瞬、底なしの混乱に陥りました――もしこの子が無実だとしたら、わたしは一体何をしているのか？　考えただけで全身が麻痺してしまい、わたしは抱いていた手を緩めました。すると彼は深く息をついて、またわたしに背を向けました。そして窓の方を向いたのですが、もう彼に見せたくないものは何もないので、放っておきました。

「そのお友達があなたの言ったことを他人にしゃべったのね？」

わたしは、ややあってから言いました。

彼はやがてわたしから少し離れたところに行きました。まだ苦しげな息をしていて、いやいや閉じこめられているようすを見せましたが、そのことに腹を立てているふうではありませんでした。ふたたび、前と同じように、空の薄い日射しを見上げ――まるで、これまで自分を支えてきたものが、言いようのない不安を残して消えてしまったというふうでした。

「うん、そうだね」と、それでも答えてくれました――「みんながしゃべったんだよ、きっと。あの子たちが好きな友達にね」

その答はわたしの期待したものには足りませんでしたが、わたしは考えてみました。

「それがまわりまわって伝わったのかしら――？」

「先生方に？　そうさ！」とてもそっけない返事でした。「でも、言いつけるとは思わなかった」

「先生方が？　いいえ――何もおっしゃらなかったのよ。だから、あなたにきいているの」

彼はまた、美しい熱っぽい顔をわたしに向けました。

「そうだね、あんまりひどいことだったから」

「ひどい？」

「僕が時々言ったことだよ。ひどすぎるから、手紙になんか書けなかったのさ」

こういう子がこんな話をするというちぐはぐさが醸し出す痛切な悲哀を、何にたとえたらよいかわかりません。わたしに言えるのは、次の瞬間、無遠慮に言い返していたということだけです。

「馬鹿おっしゃい！」

けれども、その次に言った言葉はずいぶん厳しく響いたに違いありません。

「一体、どんなことだったの？」

わたしの語気の厳しさは、彼を裁き、罰した人に向けられたものでした。けれども、マイルズはまたそっぽを向いてしまいました。その時、わたしはとび上がって思わず悲鳴をあげ、彼に跳びかかりました。なぜなら、またも窓ガラスの向こうに、まるで少年の告白を汚《けが》し、返事をさせまいとするかのように、わたしたちの悲しみの元凶である忌まわしい人物が——その蒼白い、呪われた顔があらわれたからです。

わたしの勝利が糠《ぬか》喜びだったこと、まだ戦い続けなければならないことを知って、わたしは目眩《めまい》がしました。それで乱暴に、文字通りマイルズに跳びかかったことは、多くを露呈する結果になってしまいました。わたしがとびついた時、マイルズは直感的にあいつを迎えようとしたのですが、それでも、あいつが来たことを推測しているだけで、窓辺には何も見えていないのでした。わたしはそのことがわかると、衝動に駆られて、彼の狼狽を解放の証《あかし》に変えようとしたのです。

「もう終わりよ！　終わり、終わりよ！」

わたしはやって来た者に向かって叫びながら、彼を胸に抱きしめようとしました。

「彼女が来てるの？」

マイルズは塞がれた目でわたしの言葉の向けられた方向をとらえ、ぜいぜい息を切らして言いました。わたしは「彼女」という思いがけぬ言葉に動揺し、息を呑んでそれを繰り返すと、彼は突然怒り狂ったように、わたしに向かってこう言ったのです。

「ジェスル先生、ジェスル先生さ！」

わたしは彼の考えていることを悟って、呆然としました——彼は、わたしたちがフローラを連れ出したためにこうなったのだと考えているのです。でも、まだそれほどひどい事にはなっていない、と教えてやりたくなりました。

「ジェスル先生じゃないわ！　でも、窓のところにいる——わたしたちの真正面に。あそこよ——卑怯者の化物。もう、これで最後だわ！」

彼は一瞬、獲物の匂いを失った犬のように首を振り、空気と光を求めて狂おしく身体を震わせると、怒りに燃えてわたしに向かってきました。途方に暮れ、ギラギラと光る目であたりを見廻しましたが、探しているものは見えません。ですが、わたしにはそいつが毒気のように部屋中を満たし、大きくのしかかってくるのが感じられました。

「彼なの？」

わたしは証拠をすべておさえようと腹をくくっていましたから、急に冷淡な口調で言いました。

「〝彼〟って誰のこと？」

「ピーター・クウィントのことだよ——畜生！」少年の顔はふたたび引きつり、助けを求めて部屋中を見まわしました。「どこにいるの？」

彼がとうとう降参してその名を明かし、わたしの献身に報いてくれたあの時の言葉は、今も耳に残っています。

「そんな人、もうどうだっていいでしょう？——この先何ができるっていうの？　わたしはあなたをつかまえた」わたしは獣《けだもの》に向かって浴びせかけるように言いました。「でも、彼は永久にあなたを失ったのよ！」それから自分の手柄を見せびらかそうとして、「ほら、そこにいるわ！」とマイルズに言いました。

けれども、少年はすでに身体をねじり、もう一度目を皿のようにして睨みつけていました。しかし、彼に見えたものは静かな日の光だけでした。彼はわたしを有頂天にさせている喪失のために打ちのめされて、底なしの淵に投げ込まれる生き物のような悲鳴をあげました。わたしが抱き起こしたとき、その手は、落ちてゆく彼を受けとめていたのかもしれません。ええ、そうです。わたしは彼をつかまえて抱きしめたのです——どれほどの情熱をこめてそうしたかはおわかりになっていただけるでしょう。でも、しばらくすると、自分が何を抱きしめているのかわかってきました。わたしたちは静かな日の光の中に二人きり——そしてマイルズの小さな心臓は、魔を祓《はら》われて、止まっていました。

古衣装の物語《ロマンス》

The Romance of Certain Old Clothes (1868)

一

十八世紀の中頃、マサチューセッツ州に、とある上流の未亡人が住んでいた。三児の母親で、名をヴェロニカ・ウィングレイヴ夫人といった。若くして夫と死に別れ、それからは子育てに専心していた。子供たちは立派に成長して母の愛に報い、大きな期待にこたえてくれた。最初の子は男の子で、父の名をとってバーナードと名づけられた。下の二人は女の子で——年は三歳《みっつ》違いだった。器量良しの家系だったが、この若い三人もその伝統を絶やさずにすみそうだった。男の子は白皙《はくせき》の肌で血色がよく、筋骨隆々とした体つきで、そのことは当時（今日《こんにち》でもそうだが）、英国の名家の血筋《ちすじ》をひく証《あかし》とされていた——率直で情《じょう》のある青年、親思いの息子、頼れる兄、忠実な友人だった。しかし目から鼻に抜ける方かというと、そうではなかった。一族の頭の良さは、主として妹たちにうけつがれたようだ。亡きウィングレイヴ氏はシェイクスピアの愛読者だったが、その頃、かかる趣味をもつことは、今日我々が考える以上の自由な思想を意味していたし、たとえこっそりとでも演劇を支持することには、大変な勇気の要る社会だった。氏は大詩人への敬慕の念を世に知らしめたいという思いから、娘たちの名をお気に入りの劇からとった。上の娘にはロザリンド（『お気に召すまま』の主人公）というロマンチックな名前をつけ、下の娘はパーディタ（『冬ものがたり』の登場人物）にした——これは二人の間に生まれ、数週間で亡くなった女の子を偲《しの》んで名づけたのである。

バーナード・ウィングレイヴが十六歳になると、母親は気丈に夫の臨終《いまわ》の言いつけを守ろうとした。それは正式な遺言であって、息子が適齢に達したら英国にやり、父親が高尚な文学趣味を身につけたオックスフォード大学で教育を修了させせよ、というのだった。両半球《せかい》のどこをさがしたって息子のような若者はいないとウィングレイヴ夫人は信じていたが、彼女は完全服従という昔のしきたりに従う人だった。涙を呑んで息子の荷物を旅行鞄につめ、お郷《くに》流の地味な服装《いでたち》をととのえて、海外に送り出した。バーナードは父と同じ学寮に入り、英国で五年を過ごした。さして優秀な成績はおさめなかったが、思う存分楽しんで、悪い評判も立てなかった。大学を出るとフランスへ旅行した。二十四歳の時帰郷したが、ちっぽけなニュー・イングランド（ニュー・イングランドは当時じつに小さかった）は、さだめし退屈で野暮ったい場所だろうと覚悟していた。しかし、故郷は変わっていて、バーナードの考えも変わった。母の家は中々住みやすく、妹たちもじつに素敵な淑女になって、英国の若い女性に劣らぬたしなみと魅力をそなえていた。そのうえに、当地で育った者独特の個性と奔放さを持ち合わせていて、それはたしなみとは言えないにせよ、間違いなく大きな魅力だった。うちの妹たちは、本国の良家の娘たちと較べてもたいがいひけをとりませんよ、とバーナードは蔭で母親に太鼓判を押した。それを聞いたウィングレイヴ夫人は、果たして、娘たちに誇りを持つように言った。バーナードはこのような意見だったし、それを十倍も強調したのがアーサー・ロイド氏の意見だった。この紳士はバーナードの学友で名家の若者であり、風采《ふうさい》もよく、かなりの財産を相続していた。かれはその三番目の恵みを、繁栄の途にある植民地に投資しようと考えていたのである。かれとバーナードは盟友だった。二人は同じ船に乗って大西洋を渡り、若いアメリカ青年は友を早速母親の家に招いた。そこでかれは先程申しあげたような好印象を与えると同時に、自分の方も良い印象をうけたのだった。

妹の二人はこの頃まさに花の盛りを迎えたところで、めいめいが自分にもっともふさわしい形で、天来の輝きをまとっていた。二人は容姿も性格もちがった。姉のロザリンド——もう二十二歳になる——は長身で色が白く、涼しげな灰色の瞳ととび色のふさふさした髪を持っていて、シェイクスピア劇のロザリンドには、あまり似ていなかった。筆者が想像するに（御賛成いただけるかどうかしらぬが）シェイクスピアのロザリンドは黒髪の、しかしほっそりした花《きゃ》車《しゃ》な娘で、優しい情にほだされがちな性格である。ウィングレイヴ嬢はいくぶん腺病質な白い肌に美しい腕、堂々たる背丈をしており、物言いはゆっくりで冒険家向きではなかった。男物の上着や半ズボンなどはけして着なかっただろう。実際、とても肉づきの豊かな美女だったから、おちついた性格のほかにも、そうしたものを着られぬ理由《わけ》があったろう。パーディタもまた、やさしい憂いをおびたその名前を返上して、彼女の容貌と気質にもっとぴったりな名前をもらってもよかった。彼女はジプシー娘の頬と一途《いちず》な子供の目を持ち、この清教徒《ピューリタン》の国で一番かぼそい腰と速い足を持っていた。話しかけると、美しい姉はこちらを待たせるのがふつうであるのに（そしてその間、冷たい澄んだ瞳でじっと見つめているのだ）、パーディタの方は待たせるどころか、こちらが半分も言いたいことをいわないうちに、もう一ダースもの答を用意しているのだった。

娘たちは兄との再会をいたく喜んだが、それでも、注意の幾分かを兄の友人に向けるのは容易なことだった。かれらが知っている若い男性――友達や隣人、植民地の貴公子たちの中には素敵な連中も多く、情熱的な口説《くど》き屋も何人かいたし、どんな相手ものにすると評判の色男も二人や三人はいた。しかし、こうした実直な植民地人の垢抜けない手管《てくだ》や、どこか荒っぽい女性の扱い方は、アーサー・ロイド氏のととのった顔立ち、粋な身なり、折目正しい礼儀作法、優雅で完璧な物腰、幅広い知識を前にしては、まったく影が薄くなった。じつのところ、かれは稀代の傑物だったわけではない。ただ有能、高潔で礼儀正しい若者であり、ありあまる英貨を持ち、健康でおっとりしていて、まだどこにも投資していない愛情の蓄えがいささかあるばかりだった。それでもかれは紳士だった。魅力的な容姿を持っていた。学問を修め、旅もした。フランス語を話し、フルートを吹き、高尚な詩を朗読した。かかる非の打ち所のない世間人とくらべては、ウィングレイヴ嬢とその妹に他の男友達が見すぼらしく思われたのも、無理からぬことだった。ロイド氏が語るさまざまな逸話は、ヨーロッパの都会に住む流行人士の暮らしぶりについて、われらがニュー・イングランドの乙女たちに、語る本人が想像もしなかったほど多くのことを吹き込んでいた。かれとバーナードが自分たちの出会った洗練された人や物について語るのを、そばに坐って聞いているのは楽しかった。みんなはお茶の時間のあと、羽目板を張った小さな居間の炉端に集まり、二人の青年は絨毯の両端に坐って、あんなこともあった、こんなこともあったと冒険談に花を咲かせた。ロザリンドとパーディタは、それがどんな冒険だったのか、どこで起こったことか、誰がそこにいたのか、女の人は何を着ていたかをつぶさに知りたくて、かぶりつきで聴いていたかったが、しかしこの時代には、育ちの良い若い女性が年長者の会話に割って入ることも、あまり多くの質問をすることも許されなかった。だから二人はさほど話に熱心ではない——あるいはもっと慎み深い——母親の蔭にかくれ、胸をどきどきさせているだけだった。

二

二人がじつに良い娘たちだとアーサー・ロイドが気づくまでに、そう時間はかからなかった。しかし姉と妹のどちらが好きなのかを決めるには、しばらくかかった。かれははっきりした虫の知らせ——胸騒ぎというよりはもっと明るい性質のものだった——を感じていて、二人のうちのどちらかと一緒に牧師の前に立つ運命だと思っていた。だが相手を選ぶのに迷ったのだ。結婚にはぜひ相手を選ばなければならなかった。というのも、ロイドの身のうちにはまだ若い血がたぎっていたから、籤で決めて、恋に落ちることの満足感を奪われるのも嫌だった。かれは成行きにまかせることにした——自分の感情に従おうと思った。一方、かれはまことに恵まれた立場にいた。ウィングレイヴ夫人は青年の〝心づもり〟に対しても厳然として無関心を装っており、娘の体面を気にかけぬわけではないが、せっついて結論を急がせようとする様子もなかった――ロイドのように財産のある若い男としては、利欲にさとい母親のそうした態度を、故国でうんざりするほど見てきたのである。バーナードが友に求めたのは、二人を自分の妹のように扱ってくれということだけだった。そして当の娘たちはというと、どちらも内心では、この訪問客が〝それらしい〟言動を示してくれないかと願っていたかもしれないが、相変わらず控えめにおっとりと振舞っていた。

とはいえ、お互いに対してはいささかの対抗心を抱いていた。二人は仲がよく、枕を並べて（同じ四柱式ベッドに）寝ているほどで、この二人の間に嫉妬の種が芽をふき、実を結ぶには一日やそこらでは足りなかっただろう。しかしロイド氏が家にやってきた日、二人はその種が蒔《ま》かれたのを感じた。もし自分が袖にされても、悲しみは胸のうちに隠して、誰にも悟られまい、とそれぞれが心に誓った。二人は胸に抱く望みも大きければ、自尊心も強かったのだ。それでも、選ばれるのが――誉れを得るのが自分でありますように、と二人ともひそかに祈っていた。大そうな忍耐力と自制と、猫かぶりが必要だった。その時分、良家の子女というものは自分から積極的にはたらきかけてはならなかったし、相手の誘いかけに応じることもままならなかった。娘は椅子に坐り、絨毯に視線を落として、神秘のハンカチが落ちそうな場所をじっと見ているだけだった。気の毒にもアーサー・ロイドは羽目板張りの小さな居間で、ウィングレイヴ夫人とその息子、それに将来義理の姉か妹になる人を前にして、求愛を続けねばならなかった。

しかし若さと恋というのは器用なもので、百の合図やしるしが行き交っても、他の三人の目にはとまらないことがありうるのだ。二人の娘は四六時中一緒にいたから、うっかり自分の気持ちを漏らしてしまいそうな場面もたくさんあった。しかし、お互いに監視し合っていることは知っていても、相手のためにちょっとした用を足してやったり、一緒に家事をしたりする点においては、以前と少しも変わらなかった。姉妹《きょうだい》の眼が黙せる砲台のごとく光っていても、どちらもたじろいだり、びくついたりはしなかった。明らかに以前と変わったのは、会話が減ったことである。ロイド氏のことを話題にするのは不可能だったし、かといって、それ以外のことを話してもつまらなかった。二人は暗黙の了解によって選びぬいた服をまとい、殿方の心を勝ちとるためのささやかな小道具——リボンや髪飾り、スカーフなどに、慎みを欠かぬ範囲で工夫を凝《こ》らした。やはり言わず語らずのうちに、この胸躍るゲームで正々堂々と戦うことを宣誓した。「この方がいいかしら?」ロザリンドは胸にリボンの束を結びつけ、鏡の前から妹の方にふり向いて、たずねる。パーディタは手を休め、おもむろに面《おもて》をあげて飾りをつらつらと見る。「もうひとつ輪《わ》っかをつくったほうがいいと思うわ」彼女はまじめくさってそう言い、「請け合うわ!」と言いたげな眼差しを姉に向ける。こうして明けても暮れてもスカートに刺繍をし、縁《ふち》飾りをつけ、モスリンにアイロンをあて、化粧水やクリーム、化粧品に工夫をし、その様子はまるでウェイクフィールドの牧師(ゴールドスミスの小説(一七六六)の主人公)一家の女たちのようだった。三、四か月が過ぎた。季節は真冬に変わり、ロザリンドとしては、もしパーディタがいまだに自分を出し抜いていないとすれば、恐るるに足りないと思っていた。けれども、パーディタ——魅力的なパーディタ——の方は、自分の秘密が姉のより十倍も貴いものになったことを、すでに感じていた。

ある日の午後、ウィングレイヴ嬢は珍しく独りで化粧鏡の前に坐り、長い髪を梳《くしけず》っていた。手元が暗くなってきたので、彼女は鏡の枠についている燭台の蠟燭二本に火をともし、カーテンを閉めようとして窓に近づいた。どんよりした十二月の暮れ方だった。あたりの風景は荒涼と物寂しく、空には雪雲がたれこめていた。窓から見える広い庭の果てには、小さな裏戸のついた塀があり、戸の向こうは細径《ほそみち》に通じていた。扉は半開きで、夕闇の中でははっきりと見えなかったが、あたかも誰かが外の小径から揺すっているように、ゆっくりと前後に動いた。きっと女中が逢引から帰って来たにちがいない。しかし、カーテンを下ろそうとした刹那、ロザリンドは妹が庭に入ってきて、家に急いで向かってくるのを見た。彼女は覗《のぞ》き見する隙間を残してカーテンを下ろした。パーディタは径を歩きながら、何か手に持った物を目近《まぢか》にかざして見ているようだった。家まで来ると、彼女はふと立ちどまり、その物をしげしげと見て、唇に押しあてた。

ロザリンドはゆっくりと椅子に戻った。鏡の前に腰かけた時、もし、そんなにも心が乱れていなかったなら、美しい顔立ちが嫉妬にひどく歪《ゆが》んでいることに気づいただろう。しばらくすると背後の扉が開き、妹が部屋に入ってきた。息を切らし、冷たい空気にあたったせいで頬が紅潮していた。

パーディタはハッとした。

「まあ、あなた――お母さまと一緒だと思ってたのに」

この日、婦人たちはお茶会に行くことになっていて、そんなときは娘の一人が母親の着がえを手伝う習慣だった。パーディタは部屋に入らず、戸口に立ちどまっていた。

「お入りなさいよ」ロザリンドは言った。「まだ一時間以上あるわ。ちょっと髪を梳《す》いて下さらないかしら？」妹がこの場を離れたがっているのも、部屋の中では彼女の動きがすべて鏡に映って見えることも承知していた。「ねえ、髪を整えるのを手伝ってちょうだい。そしたら、お母さまのところへ行くから」

パーディタはしぶしぶ入ってきて、ブラシを取った。鏡に映った姉の眼が、自分の手元に釘付けになっているのがわかった。三度と梳かないうちに、ロザリンドは右手でやにわに妹の左手をつかみ、椅子から立ち上がった。「誰の指輪なの？」逆上してそう叫び、妹を燈火《あかり》の方に引き寄せた。

若い娘の薬指には小さな金の指輪が輝いていて、それにはごく小さなサファイアが一つ嵌《は》まっていた。パーディタはもう秘密を胸にしまっておく必要はないと感じたが、それでも何くわぬ顔で打ち明けた方が賢明だと思った。「わたしのよ」と彼女は誇らしげに言った。

「誰にもらったの？」

パーディタは口ごもった。「ロイドさんから」

「ロイドさんは気前が良いのね。だしぬけに下さるなんて」

「ちがうわ」パーディタは強く言った。「だしぬけなんかじゃないわ。一月《ひとつき》前に、くれるといったのよ」

「一月もおねだりして、やっともらえたのね？」ロザリンドはそう言って、小さな装身具を見た。とくに美しい指輪とはいえなかったが、それでもこの州の宝石屋で買えるものとしては最高級品だった。「わたしだったら二月《ふたつき》はうけとらないわ」

「指輪自体はどうでもいいのよ」パーディタはこたえた。「これが意味することの方が大事なの！」

「つまり、あなたが慎み深い娘じゃなかったということね」ロザリンドは叫んだ。「ねえ、お母さまはあなたの策略《たくらみ》を知ってるの？　お兄さまは？」

「お母さまは、お姉さまのいう〝策略《たくらみ》〟に賛成してくださったわ。ロイドさんがわたしに結婚を申し込んで、お母さまが認めたの。自分に申し込んでほしかったの？　大好きなお姉さま？」

ロザリンドは激しい嫉妬と悲しみを満面に浮かべて、長いこと相手を見つめた。やがて蒼ざめた頬にまつげを落とし、顔をそむけた。パーディタもさすがに愉快な気はしなかったが、悪いのは姉の方なのだ。それでも、姉娘はすぐに自尊心を取り戻すと、またこちらをふり返った。

「心からおめでとうを言います」そう言いながら、深く膝を曲げてお辞儀をした。「末永くお幸せに」

パーディタは苦笑した。「そんな言い方はよして！　悪態をつかれた方がましだわ。ねえ、お姉さま――あの人だって、二人と結婚するわけにはいかなかったのよ」

「楽しいことがたくさんありますように」ロザリンドは機械的に繰り返しながら、もう一度鏡に向かって腰をおろした。「そしていつまでも長生きして、子供をたくさん授かりますように」

その言葉の響きが、どこかパーディタの気に障《さわ》った。

「一年くらいは生きていてもいいかしら？　一年あれば男の子が――そうでなくても女の子が産めるから。さあ、ブラシを返してくれたら、髪を整えてさしあげてよ」

「ありがとう」ロザリンドは言った。「あなたはお母さまのところへ行きなさいよ。婚約者のいるお嬢さんが、相手もいない女の世話をするなんて、ふさわしくないわ」

「いいえ」パーディタは機嫌よく言った。「わたしはアーサーに手伝ってもらえるけど、お姉さまにはわたしの助けが必要よ」

しかし、姉が出て行けという身振りをしたので、妹は部屋から出た。彼女が行ってしまうと、ロザリンドは鏡台の前に両膝を突き、両腕に顔をうずめて、ぼろぼろと大粒の涙を流してむせび泣いた。悲しみを発散すると、だいぶ気分が楽になった。妹が戻ってくると、彼女は着付けを――一番きれいな服を身につけるのを――手伝うといってきかなかった。妹に自分のレースの飾りを無理やり押しつけて、結婚するからには、相手がこの人に決めてよかったと思うように、精一杯きれいにしなければ、と言った。ロザリンドは妹を手伝ってやる間、むっつりとおし黙っていたが、それでも、かれらはこういう姉妹《きょうだい》だったので、謝罪と償《つぐな》いのために義務《つとめ》を果たさねばならなかった。他には何もしなかったのだから。

さて、ロイドは婚約者として家族に迎え入れられたので、あとは婚礼の日取りを決めるばかりだった。式は来《きた》る四月にとり行われることになり、それまで着々と準備が進められた。ロイドの方は商売の手はずをつけたり、英国でつながりのあった有力な商館と取引を結ぶのに忙殺された。だから、どっちつかずで迷っていた頃に較べると、ウィングレイヴ夫人の家を訪ねる機会も減り、おかげでロザリンドは若い恋人たちがむつみ合うのをあまり見せつけられずにすんだ。ロイドは義理の姉となる人に対して、これっぽっちも疚《やま》しさを感じていなかった。口説き文句の一つも言ったことはなかったし、彼女にひどい苦しみを与えたなどとはゆめにも思わなかった。かれはまったく気楽だった。家庭的にも、経済的にも、人生の見通しはすこぶる明るかった。植民地の大反乱はまだ噂にものぼっていなかったし、結婚の幸福が悲劇に転ずることを心配するのは馬鹿げていて、罰《ばち》当たりでもあった。

一方、ウィングレイヴ夫人の家では絹ずれの音が常よりも大きく、鋏《はさみ》はいつもよりせわしなく鳴り、針は飛ぶように動いた。善良な夫人は自分の金で買える限りの、あるいはこの地方で手に入る限りの最も優雅な衣装を着せて、娘を嫁がせようと決めていた。州の賢婦人たちが一人残らず召集され、皆《みんな》の趣味を総まとめしてパーディタの衣装箪笥に詰め込んだ。この時のロザリンドの立場が羨むべきものでなかったことは疑いない。可哀相なこの娘は人一倍服が好きで、世界一趣味が良かった──それは妹もよく知っていた。ロザリンドは長身で、威風あたりを払うところがあって、富豪の奥方に似つかわしい高価な金襴や、手の込んだレースをふんだんにあしらった服を着るために生まれてきたような娘だった。しかし、ロザリンドは離れた場所にぽつりと坐って、美しい腕を組み、そっぽを向いていた。その間、母親と妹と前述の敬うべき御婦人たちは生地についてあれこれと悩み、迷っていた──あまりに材料の種類が多いものだから、頭をかかえているのだった。

ある日、空色と銀の紋織《もんおり》の入った美しい白絹がとどけられたが、差出人は花婿自身だった——当時は、花婿の選んだものを嫁入り衣装に着ても、不都合とは思われなかったのである。パーディタは、一体どんな服をつくったら、この輝くばかりの布地を生かすことができるか思いつかなかった。

「青はわたしよりもお姉さま向きの色だわ」彼女は姉に訴えるような目で言った。「お姉さまのじゃなくて残念ね。お姉さまなら、どうしたらいいかわかるでしょうに」

ロザリンドは立ち上がって、輝く美しい布が椅子の背にかかっているのを見た。それから布を両手に取って、触ってみた。愛《いと》しげに——パーディタにはそれがわかった——そしてそのまま、鏡に向かった。布を足元まで垂らして、一方の端を肩にかけ、肘まであらわになった白い腕で布の半ばをおさえて、腰のあたりに寄せた。頭《くび》をつんと上げ、鏡に映った自分の姿を見やると、とび色の髪の毛がひとふさ、華やかな絹地の上におちた。まばゆいばかりの姿だった。まわりにいた女たちが小声で「ごらん、ごらん！」と嘆賞の声をもらした。

「そうね、ほんとうに」ロザリンドは静かに言った。「青はわたしに似合うわね」

しかし、創意をかきたてられた姉は、すぐにもこの絹地の問題にとりくみ、解決してくれることが、パーディタにはわかっていた。果たして、彼女は見事にやってくれた——姉が服飾品を愛してやまないことを知っているパーディタとしても、認めるにやぶさかではなかった。何ヤードあるかしれぬ光沢《つや》やかな絹布と繻子《しゅす》、モスリン、天鵞絨《びろうど》、それにレースが彼女の巧みな手を通りぬけ、その唇《くち》から嫉妬《ねた》ましげな言葉は一言も出てこなかった。彼女のはたらきのおかげで、婚礼の日、パーディタはかつてニュー・イングランドの牧師から祝福をうけたどの花嫁よりもたくさん、この世の虚栄を身にまとって嫁《とつ》ぐことができたのだった。

若い二人は田舎に出かけ、新婚生活の初めの幾日かを、とある英国紳士の屋敷で過ごすことになっていた――その人は上流の紳士で、アーサー・ロイドの親友だった。かれは独身者《ひとりもの》だったので、ヒュメン（古代ギリシアの婚姻の神）の御威光に敬意を表し、喜んで家を明け渡そうと言ってくれた。教会での式――英国人の牧師によって執り行われた――が終わると、新妻のロイド夫人は母親の家にとって返し、婚礼衣装から乗馬服に着替えた。ロザリンドが着替えを手伝った――姉妹がかつて何のわだかまりもなく若い日々を過ごした、小さい質素な部屋で。それからパーディタは母親に別れを告げるため、ロザリンドを残して一足先に部屋を出た。別れの挨拶は短かった。馬は玄関に待っているし、アーサーは早く出発したがっている。しかしロザリンドが出てこないので、パーディタは急いで部屋に戻り、扉をいきなり開けた。ロザリンドはいつものように鏡の前にいたが、そのかっこうを見て妹はあっと息を呑み、立ち尽くした。彼女はパーディタが脱ぎ捨てた花嫁のヴェールと花冠をかぶり、頸には、妹が結婚の贈物に夫からもらった真珠の首飾りをかけていた。これらの品々はあわただしく放り出されて、持主が田舎から帰ってきたら片づけられるはずであった。ロザリンドはこの常ならぬ衣装に身を飾り、鏡の前に立ってその奥を覗きこみ、得知れぬ奇矯な幻に見入っていた。パーディタは怖《こわ》くなった。姉との以前の葛藤が、いまわしい形をとって蘇ったかのようだった。彼女はヴェールと花を剝《は》ぎとろうとするように、姉に向かって進み出た。だが、鏡の中で姉と目が合い、立ち止まった。

「さようなら、お姉さま。せめてわたしが家を出るまで待っていてくだされぱよかったのに！」

そう言うと、足早に部屋を出ていった。

ロイド氏がボストンに買った家は、当時の人々の趣味からすると、優美で広々とした住居だった。かれは早速新妻とここに腰を落ち着けた。従って、義母の家からは二十マイルも離れて住むことになったのである。二十マイル（約三十二キロ）という距離は、道路も乗り物も未発達だった時代には今日の百マイルに相当する遠さだったので、結婚後の一年間、ウィングレイヴ夫人は娘に会うこともめったになかった。夫人はパーディタがいなくなって随分寂しい思いをしていたが、それに加えて、ロザリンドがひどく鬱ぎ込んでしまったことも悩みの種だった。転地するか話し相手を替えでもしないかぎり、娘は明るさを取り戻しそうになかった。この令嬢の憂鬱の真因は、読者ならすぐお察しになれるだろう。しかし、ウィングレイヴ夫人とそのおしゃべり仲間たちは、これを単なる身体の不調と考えていて、先に述べたような治療法で良くなるものと信じて疑わなかった。そこで母は娘のために、ニューヨークに住んでいる父方の親戚の家へ遊びに行くことを提案した。この親類は前々から、ニュー・イングランドの従姉妹《いとこ》たちに会う機会がないといって不平をこぼしていたのだ。ロザリンドはしかるべき付添い人と共に、この親切な家族のもとへやられて、数か月をすごした。

その間に、弁護士の仕事をはじめた兄のバーナードは、妻を娶《めと》ることを決めた。ロザリンドは結婚祝いに家に戻ってきたが、胸の痛みはすっかり癒《い》えたようすで、顔には鮮やかな薔薇と百合の花が咲き誇り、自信たっぷりの微笑みを口元に浮かべていた。アーサー・ロイドも義兄《あに》の晴姿を見ようとボストンからやって来たが、妻は一緒ではなかった。彼女はもうじき跡取りの子を産んでくれるはずだったのだ。ロザリンドがアーサーと会うのは、およそ一年ぶりだった。彼女はパーディタが家に残っているときいて、何故か知らないが、嬉しかった。アーサーは幸せそうだったが、独身の頃よりも落ち着いて、威厳が出てきた。〝興味深い〟人に見えると彼女は思った――この言葉は当時、現代のような意味では使われていなかったのだが、それが意味するところの観念は昔からあったにちがいない（『オックスフォード英語大辞典』によれば、興味をそそるという意味での〝interesting〟の用例は一七六八年が最も古い）。じつのところ、かれはもっぱら妻のこと――彼女を待ちうけている苦痛《くるしみ》のことばかり案じていた。それでも、ロザリンドの美貌と輝きは見逃さなかったし、彼女を見ていると、小柄な新妻の面影が色褪《あ》せてゆくのを認めないわけにはゆかなかった。パーディタが服につぎ込んでいたお小遣いは、今では姉のものとなり、彼女はそれをみごとに活用していた。

婚礼の翌朝、ロイドはボストンからお供をした召使の馬に婦人用の鞍をつけ、若い娘と遠乗りに出かけた。寒く、空気の澄んだ一月の朝だった。雪のない地面は堅く、馬の調子も良かった――ロザリンドのことはいうまでもない。彼女は羽飾りのついた帽子をかぶり、毛皮で縁取った紺の乗馬服を魅力的に着こなしていた。二人は午前中いっぱい乗馬を楽しみ、道に迷って、よんどころなくとある農家で食事をとった。家に戻った頃には、初冬の夕闇があたりをおおっていた。

ウィングレイヴ夫人が暗い顔で迎えた。正午頃《ひる》、ロイド夫人の使いの者がやって来たのだ。産気づいてきたので、夫にすぐ帰ってきて欲しいとのことだった。青年は何時間も無駄にしてしまったこと――馬をとばせば今頃は妻のもとにいられたことを思い、呪いの言葉を発した。かれは勧められてやっと夕食を一口食べたが、すぐに使いの者の馬にまたがり、全速力で馬を駆った。

家に着いたのは真夜中だった。妻はすでに女の子を産んでいた。「ああ、どうしてそばにいてくださらなかったの?」枕元に近づくと、妻は言った。

「使いの者が来たとき、出かけていたんだ。ロザリンドと一緒だった」ロイドは正直に言った。ロイド夫人は悲しげにうめいて、寝返りをうった。しかし、産後の回復は順調で、一週間ほどはずっと快方に向かった。ところが、何か食べ物が悪かったのか、それとも風にあたりすぎたのか、回復はしまいに止まり、哀れな夫人の具合は急に悪くなった。ロイドは悲嘆にくれた。彼女は助からないことが、やがて明らかになった。ロイド夫人は最期が近づいたのを悟って、死ぬ覚悟はできていると言った。容態が急変してから三日目の晩、彼女は朝まで保《も》たないような気がする、と夫に告げた。召使たちを退《さが》らせ、母親――ウィングレイヴ夫人は前日に到着していた――にも遠慮してもらった。赤ん坊を自分のわきに寝かせていたが、横向きになって子供を胸に抱き寄せ、夫の手を握った。常夜灯は寝台の厚いカーテンの蔭に隠されていたが、暖炉で薪《たきぎ》が盛んに燃えているので、部屋は赤々とした光に照らされていた。

「あんなに火が燃えているのに、生きる力が燃えあがってこないなんて、おかしいわね」若妻は顔に弱々しい微笑みを浮かべようとした。「あの火がほんの少し、わたしの血の中に入ってきたらいいのに！　でも、わたしは自分の火を、みんなこの小さな命に捧げてしまったのね」そう言うと、赤ん坊に視線を落とした。それからまた目を上げて、射るように夫を見つめた。彼女の心に最後まで残っている感情は疑いの念だった。自分が苦痛にあえいでいるとき、ロザリンドと一緒にいたと夫に言われたショックから、まだ立ち直っていなかった。彼女は夫を愛しているのと同じくらい信頼していたが、永久《とわ》の旅路につこうとする今、姉に対して冷たい恐怖感をおぼえた。ロザリンドが自分の幸運をずっと妬《ねた》んでいることを、彼女は心の底に感じていた。つつがなく過ぎた幸福な一年も、あの時の姉の姿――自分の婚礼衣装を着て、かりそめの勝利の微笑《えみ》を浮かべた顔を脳裏から拭い去ってはくれなかった。アーサーが一人になったら、ロザリンドはどうするだろう？　彼女は美しく、人を引きつける魅力がある。どんな手管でもつかうだろうし、悲しみに沈む若い男の心にどんな印象でも与えられるだろう。ロイド夫人は黙って夫を見た。やはり、この夫が心変わりするとは思えなかった。かれの澄んだ目には涙があふれている。顔は泣いて引きつっている。握りしめる手はあたたかく愛情に満ちている。なんと気高く、優しく、誠実で一途な人に見えることか！「いいえ」パーディタは思った。「この人はロザリンドなんかにはふさわしくないわ。かれはけっしてわたしを忘れない。ロザリンドだって、かれのことを本当に思っているわけではない。あの女が好きなのはきらびやかなもの、美しい服と宝石なのよ」それから彼女は自分の白い両手に視線を落とした。気前の良い夫のおかげで、手には指輪がいくつもはめられていた――それから、寝巻きの袖を縁取るレースの襞《ひだ》飾りを見た。「ねえさんが欲しがっているのは、夫よりも、わたしの指輪やレースなんだわ」

この瞬間、姉の強欲さへの懸念が、彼女といたいけな赤ん坊との間に暗い影を落としたようだった。「アーサー」と彼女は言った。「わたしの指輪をはずしてちょうだい。つけたまま埋葬しないでほしいの。わたしの娘がいつか身につけるでしょう――わたしの指輪とレースと絹の服を。今日、ひととおり出して、見せてもらったの。大した衣装持ちだわ――この州にこれだけのものを持っている人は他にいないでしょう。わたしにはもう用のないものだから、自慢じゃなくてそう言えるのよ。この子が年頃になったら、きっと素晴らしい財産になるでしょう。中には一生に二度と買わないような品物もあってね、ああいうのは、手放したら二度と見ることはできませんわ。だから良く見張っていてくださいね。何十着かはロザリンドに遺《のこ》します。あれは彼女にどの服がそれか、母に言ってあります。青と銀の服はロザリンドにあげたの。あれは彼女にこそふさわしいわ。わたしは一ぺんしか着なかったけれど、あれを着ると顔色が悪く見えるの。でも、それ以外の服はこの小さい赤ん坊のために大事にとっておいてください。この子の髪の色がわたしと同じ色なのは、神様のおはからいだわ。わたしのドレスが着られる――母親と同じ眼をしているわ。流行は二十年ごとに繰り返されるでしょう。だから、わたしのドレスをそのまま着ることができますわ。わたしの服は、この子が大きくなるまで静かに待っているでしょう――樟脳《しょうのう》と薔薇の花びらに被われて、甘い香りのする暗がりで色褪せずにいるでしょう。この子は黒髪になって、わたしの淡《うす》い紅の繻子を着ますわ。アーサー、約束してくださる?」

「約束って、何をだい？」

「この哀れな妻の古衣装をとっておくって約束してほしいの」

「僕が売っ払《ぱら》うとでも思っているのかい？」

「いいえ。でも散り散りになってしまうかもしれないでしょう。母にちゃんと包んでもらいますから、あなたはそれをしまって二重鍵を掛けてちょうだい。屋根裏にある大きな衣装箱、あの帯金のついている箱を御存知？　あれなら、いくらでも入りますわ。着物を全部入れられます。母と女中頭《がしら》が整理して、あなたに鍵を渡します。だからその鍵を書物机にしまって、あなたの娘以外の誰にも渡さないで。約束してくれる？」

「ああ、約束するよ」ロイドは言ったが、妻がどうしてそんなことに固執するのか訝《いぶか》しく思っていた。

「誓ってくださる？」パーディタは念をおした。

「誓うとも」

「じゃあ――信頼します。あなたを信頼します」哀れな婦人は夫の目をのぞきこんで、そう言った。その時、もしかれが妻の漠たる不安に気がついていたら、安心と共に哀訴の念をそこに読みとっていただろう。

　ロイドは妻を失ったことに、理性をもって男らしく耐えた。彼女が死んで一か月後、仕事の都合でイギリスに行く機会が出来た。かれはこれを機に頭の中の思いを一新しようと思った。結局一年ほど家をあけ、その間、幼い娘は祖母のもとで大事に育てられた。帰国すると、ロイドはふたたび家を開け放って、これからは妻が生きていた時と同じようにすると宣言した。かれは再婚するだろうと言う者が早速あらわれたが、少なくとも一ダースの若い女性が候補にあがって、みなどこといって欠点はなかったにもかかわらず、帰国後半年経っても、憶測は現実とならなかった。そうこうする間も、かれは娘をウィングレイヴ夫人の手元にあずけたままだったが、それは、こんな幼弱な時期に引越しをしては身体に障《さわ》ると、夫人が言ってきかないからだった。しかしロイドとしてはやはり娘をそばにおいておきたいし、町で育てるべきだと言い張った。かれは娘をひきとるために、馬車と女中を迎えにやった。ウィングレイヴ夫人は、道々事故でもあってはと心配でならなかったので、ロザリンドはそれを察して、自分がついて行くと申し出た。自分は翌日《あくるひ》に帰ってくれればいいから、と。

こうして、ロザリンドは幼い姪につきそって上京し、ロイド氏は家の玄関で彼女を迎えると、その親切と父親としての喜びに感じ入った。ロザリンドは翌日になっても家に帰らず、一週間滞在した。ようやく戻ってきた時は、着替えを取りに来たのだった。アーサーは彼女を帰そうとしなかったし、赤ん坊も同じだった。ロザリンドが離れようとすると、泣いて息をつまらせるのだ。幼子の悲しげな姿を見るとアーサーは取り乱し、娘が死んでしまうと言いだした。結局、小さな姪が見知らぬ顔に慣れてしまうまで、伯母が留《とど》まるより仕方がなかった。

それまでには二月《ふたつき》かかった――この期間が過ぎるまで、ロザリンドは義弟《おとうと》の家を去らなかったのだ。ウィングレイヴ夫人は娘が居残っていることに渋い顔をした。それは適切なこととはいえないし、土地中の噂になると言った。それでも大目に見ていたのは、ロザリンドがいない間、家族がいつになく平穏な日々を過ごせたからだ。バーナード・ウィングレイヴは妻を家に連れて来たが、彼女と義理の妹は険悪な仲だった。ロザリンドは天使のような女性ではなかったかもしれないが、それでもふつうに暮らしている分には十分気立ての良い娘だったから、バーナードの妻との喧嘩は双方に原因があったのだ。しかし、喧嘩は対方《あいて》だけを悩ましたのではなく、やり合いを四六時中傍《はた》でながめている二人の人間も、ほとほとうんざりしていた。

だから、義弟の家に滞在することは、実家で不仲な人間と角《つの》突き合わせていなくてすむだけでも、彼女にとって有難かっただろう。また、その倍も――十倍も――嬉しかったのは、かつて恋した男のそばにいられることだった。ロイド夫人の鋭い疑念を現実はずっと越えていた。ロザリンドが胸に抱いていた感情は初めから激しい恋心であって、それは今も変わらなかった――その燃え盛る熱情は、ロイド氏の微妙な心境を思いやって抑えられてはいたが、かれはたちまちその熱にほだされた。前にもちょっと申し上げたが、ロイドは現代のペトラルカ（一三〇四―七四　イタリアの詩人）ではなかった。一徹な思いを貫くなどというのは、かれの性分ではなかった。義理の姉とひとつ屋根の下で暮らしはじめてまもなく、彼女が当時の言葉でいう〝悪魔のようにいい女〟だと確信するようになった。この姉ならやりかねないとパーディタが思った狡猾《こうかつ》な手管を使ったかどうかは、詮議するに及ばない。彼女が自分を出来るだけ魅力的に見せるやり方を知っていたといえば十分だろう。ロザリンドは毎朝食堂の大きな暖炉の前に坐り、刺し物をしながら、幼い姪を足元の絨毯や服の裾の上で遊ばせたり、毛糸玉であやしたりした。こうした麗しい情景を見て何も感じなかったとしたら、ロイドはひどい間抜けというものだ。かれは娘を猫可愛がりして、始終抱いたり、〝たかい、たかい〟をしては、子供をきゃっきゃと喜ばせた。けれども、この小さい淑女がまだ我慢できないような大胆なことをしょっちゅうやって、そんな時、子どもは急に火がついたように泣きだして、不快を表明した。するとロザリンドは刺し物を下におき、いけないわね、という笑顔を浮かべて、美しい両手を伸ばした。母親が子をあやす術《わざ》を乙女の想像力が教えているのだった。ロイドは子供を放し、二人の目が合い、手が触れ、ロザリンドは胸元をおおうネッカチーフの雪のように白いひだの中で、小さな女の子を泣きやませるのだった。彼女の勿体のつけ方は完璧で、義弟のもてなしをうけるに際しても、このうえなく慎重だった。その慎み深さには、いくらかとげとげしいところがあったと言えるかもしれない。ロイドは彼女が自分の家にいるのに、近づくことができないので、業を煮やした。

　冬の夜長が始まったばかりというのに、彼女は夕食後三十分もすると、きまって蠟燭に火を灯《とも》し、若い主人に膝をかがめて恭《うやうや》しくお辞儀をして、寝室にさがった。これが手練《てれん》なのだとしたら、ロザリンドは大した役者だった。しかし、その効き目は穏やかで緩慢で、若い男やもめの心に次第に盛り上がってゆく漸強音《クレッシエンド》をかなでるよう計算されていたから、数週間経つと、ロザリンドは自分の労苦が実ることを確信しはじめた。それがいよいよ間違いないと見定めると、荷づくりをして、母のいる実家に戻った。

　三日待った。四日目にロイド氏が現われた——丁重だが、熱烈な求婚者として。ロザリンドは慎ましやかに相手の言うことを最後まで聞くと、この上なく謙虚に申し出を受けた。ロイド夫人が夫のことを許しただろうとはとても思えない。だが、もしも彼女の憤りを和《やわ》らげるものがあったとすれば、それはこの面談が四角張った儀礼的なものだったことだろう。ロザリンドは恋人に少しばかりの猶予期間を求めた。二人は結婚したが、事情が事情なのでごく内々《うちうち》に――ほとんど隠すように――式を挙げた。たぶん、当時の滑稽な言い廻しを用いれば、あの世の人の耳にとどかないことを望んだのだろう。

二人の結婚は誰が見ても幸せそのもので、お互いが望んでいたものを手に入れたのだった――すなわち、ロイドは〝悪魔のようにいい女〟をものにし、ロザリンドは――しかしロザリンドの望みは、読者はいずれ御照覧あるだろうが、まだ大方《おおかた》秘められたままだった。じつをいうと、かれらの幸福には二つの瑕《きず》がついたが、それもきっと時とともに消えるであろう。結婚して三年間、ロイド夫人は母になることができず、夫の方は大金を失った。かれはそれ故、出費を切り詰めなくてはならず、ロザリンドはかつての妹ほど優雅な奥様然としてはいられなかった。それでも何とか工夫して、相当な上流夫人のように振舞った。彼女は妹のおびただしい服が愛娘のために保管され、埃っぽい屋根裏部屋の無情な暗がりに空しく横たわっていることを、大分前からたしかめていた。それらの素晴らしい衣装が、今はまだ子供用の椅子に坐り、木製の匙で牛乳にひたしたパンを食べている幼女の成長を待っていると思うと、くやしくてならなかった。

とはいえ、ロザリンドは分別を持ち合わせていたので、数か月間はそのことをおくびにも出さなかった。それから、おそるおそる夫に切り出した。あんなにたくさんの素敵な服を無駄にしてしまうのは、勿体ないじゃありませんか？——だって色は褪《あ》せてしまうし、虫には食われるし、流行も変わりますから、無駄になってしまいます。しかしロイドはけんもほろろに断ったので、当面は打つ手がないと彼女は悟った。それでも、また半年経つと、新たな必要と新たな幻想が生まれてきた。ロザリンドは妹の遺品に恋着していた。彼女は階上にあがり、それらがしまい込んである衣装箱を見入った。箱には三つの大きな南京錠が掛けられ、鉄の帯金がついていて、むっつりと人を拒むかのようだったが、それがかえって彼女の欲望をあおりたてた。その牢固とした不動の表情には、神経を逆撫でするものがあった。あたかも厳格な白髪の老僕が頑として口をつぐみ、一家の秘密を語るまいとしているかのようだった。箱はまた大きさからして相当の収納力がありそうだったし、ロザリンドが小さな靴の先でその脇を蹴ってみると、物がぎっしり詰まっている音がした。彼女は望みが叶《かな》わないくやしさで、真っ赤になった。

「馬鹿な話だわ。こんなの間違ってる。意地悪だわ」もう一度夫にかけあってみようと即座に決意した。あくる日、夕食が済み、夫が葡萄酒を飲み終えたところで、大胆に切り出した。しかし、夫は突《つ》っ慳貪《けんどん》に話をさえぎった。

「もうやめてくれ、ロザリンド。論外だ。もしこの話をもう一ぺん蒸し返したら、僕はひどく気嫌を悪くするからね」

「わかりました」とロザリンドは言った。「わたし、自分がどんなに思われているかわかって嬉しいわ。ほんとに——わたしはなんて幸せな女なのかしら！　他人《ひと》の気まぐれの犠牲になるというのも、楽しいものだわ」彼女の目には怒りと落胆の涙があふれた。

ロイドは優しい男なので、女の涙が苦手だった。それで説明を――下手《したて》に出て――してやった。

「気まぐれなんかじゃないんだよ。約束だ――誓いなんだよ」

「誓い？　こんなことをなぜ誓うの！　誰に誓ったの！　おっしゃって」

「パーディタさ」青年はそう言って一瞬視線を上げたが、すぐに目を伏せた。

「パーディタ――ああ、パーディタね！」ロザリンドの涙は堰《せき》を切ったように流れ出した。胸は激しい嗚咽《おえつ》に波打った。それは――ずいぶんと長い間があいたが――妹の婚約を知った晩に我を忘れて泣き狂った、あの激しい涙の続きであった。彼女は気分が晴れた時には、もう嫉妬などしないと思ったのだが、あの時、彼女の感情《こころ》には消し去ることのできぬ襞《ひだ》がつけられたのだった。

「それじゃ、何の権利があって、パーディタはわたしの将来にまで口を出そうというの？　何の権利があって、あなたに卑劣な残酷な真似をさせるの？　ああ、わたしはごたいそうなものになったわ、立派な奥様に！　パーディタが残したものはみんな好きにできる！　でも、何を残してくれたというの？　これっぽっちだなんて、今の今まで知らなかった。何《なん》にもない、ないじゃないの！」

筋の通らぬ理屈だったが、〝愁嘆場《しゅうたんば》〟としてはすこぶる見ごたえがあった。ロイドは妻の腰に手をまわし、接吻しようとしたが、彼女はさげすむように男の手をふり払った。気の毒な男だ！　かれは〝悪魔のようにいい女〟を望んで、手に入れた。彼女にさげすまれるのは耐えがたかった。耳ががんがん鳴り——心が揺らぎ、取り乱して、部屋の向こうに歩いて行った。目の前には書物机があり、中にはかれが自分の手で三重の錠にさしこんだ神聖な鍵が入っていた。近づいて机を開け、秘密の抽斗《ひきだし》から鍵を取り出した。それはかれが自分のささやかな知識で紋章を描いて封印した小さな包みにくるんであった。紋章の銘には「je garde」——「我は守る」とあった。しかし今さら元に戻すのも気が引けた。かれは妻のかたわらのテーブルに鍵を放《ほう》った。

「しまってちょうだい！」彼女は叫んだ。「そんなもの要らない。見たくもないわ」

「僕はもう手を引くよ」夫は声をあげた。「神よ、許したまえ！」

ロイド夫人は憤然と肩をすくめ、堂々と部屋を出て行った。夫も別の扉から出た。十分後にロイド夫人が戻ってくると、部屋には幼い継子《ままこ》と子守りがいた。鍵はテーブルの上にはなかった。彼女は幼子を見た。小さな姪は椅子にちょこんと坐り、手にはあの包みを持っていた。子供は小さな手でその封印を破っていたのだ。ロイド夫人は慌てて鍵を取り上げた。

アーサー・ロイドはいつも通り夕食の時間に、会計室から戻ってきた。六月のことで、夕食にはまだ明かりをつけなくてもよかった。食べ物がテーブルに並べられても、ロイド夫人は姿をみせなかった。召使を呼びにやると、戻ってきて言うには、お部屋にはおられませんし、女中たちは午餐のときからお姿を見ていないと申しています——じつは、女中たちは夫人が泣くところを見たので、部屋に閉じこもっているのだと思い、そっとしておいたのだ。夫は家のあちこちをまわって妻の名を呼んだが、返事はなかった。しまいに、屋根裏へ行ったら見つかるかもしれない、と思いついた。

そのことを考えたとたん、妙な胸騒ぎがしたので、召使たちには下で待っているように言いつけた。誰にもついてきて欲しくなかったのだ。かれは陸屋根のてっぺんに通じている階段の下まで来ると、立ちどまって手摺に触れ、妻の名を呼んだ。声が震えていた。さらに大きく声を張り上げた。水を打ったような静寂を破るものは、自分の声の微《かす》かな反響《こだま》が、大きな軒の下で呼びかけを繰り返す音ばかりだった。だが、どうしても階段を上がっていかなければならない気がした。階段は広い廊下に通じており、廊下の両側には木の納戸の扉が並び、つきあたりに西向きの窓があって、夕日の残照がさしこんでいた。窓の手前に、あの大きな衣装箱が立っていた。衣装箱の前に妻が跪いているのを見て、青年は驚き、恐怖にかられた。言葉を失って、とっさに妻のもとへ駆け寄った。衣装箱の蓋は開いており、香りのついた布の間から、秘蔵の織物や宝石がのぞいていた。ロザリンドは跪いた姿勢からあおむけにのけぞり、片手を床について身を支え、もう一方の手は胸を押さえていた。手肢《てあし》は死の硬直におおわれ、顔には、消えゆく夕光に照らされて、何か死ぬより恐ろしいものを見たような恐怖の表情が浮かんでいた。開いた唇は哀願し、うろたえ、苦悶するようだった。そして蒼白な額と頬には、死霊の両手が恨みをこめて食い込んだ醜い傷跡が十か所、黒々と残っていた。

幽霊貸家

The Ghostly Rental (1876)

あれはまだわたしが二十二歳、大学を出たての頃だった。わたしは職業を選ぶことになって、すぐひとつの仕事にとびついた。じつは後に、同じくらいいそいそと、その職を辞することになるのだが、戸惑いや興奮と共に楽しい実りある経験を得た、若い時の二年間を悔いたことは一ぺんもない。わたしは神学に興味があって、大学時代はチャニング博士（William Ellery Channing 一七八〇―一八四二 米国の神学者・牧師。ユニテリアン派の指導者）の本を愛読していた。この神学はさわやかでみずみずしい味わいのあるものだった。あたかも信仰という薔薇から棘を抜いてさし出してくれるかのようだ。それに当時（このことにも関係があると思うのだが）わたしはあの神学校が気に入っていたのだ。わたしはつねに人間の劇の舞台裏に注目していたのだが、あの世離れた静かな穏健派決疑論の本山でなら、己《おの》が役を演じて喝采を博す（少なくとも、自分自身からは）チャンスがありそうな気がしていた。大学の片側には立派な並木道が走り、もう一方の側からは青々とした野原が見渡せて、その先に何エーカーも森がつづいていた。

森や田野を愛する人間にいわせれば、ケンブリッジ（ハーバード大学のあるアメリカ・マサチューセッツ州ケンブリッジ）の様子は、あの時分からひどくなる一方であって、問題の敷地からも、田園と学びの庭のいり混じったような静かさは大分失われてしまった。当時はまだ森の中に学館があったのだ――素敵な取り合わせだった。しかし、現在のこの大学と、これからする話とは何ら関係がない。きっと今でも、教義を頭に一杯詰め込んだ若い最上級生たちが、夏の夕暮れにあのあたりをそぞろ歩きながら、いずれ自分も、ここの閑雅な学風の良さを味わうのだと楽しみにしていることだろう。

わたし自身は、ここに入って期待を裏切られることはなかった。わたしは正方形《ましかく》で入口の低い、大きな部屋に住み込んだ。窓辺に奥行のある腰かけがあった。わたしは壁にオーヴァーベック(Johann Friedrich Overbeck 一七八九―一八六九 ドイツの宗教画家)とシェフェール(Ary Scheffer 一七九五―一八五八 ロマン主義的画風のフランスの画家)の版画をかけた。念入りに分類した蔵書を高い炉棚の両わきのくぼみに並べ、プロティノスと聖アウグスティヌスを読みはじめた。友達の中には才能があり、つきあいの良い男が二、三人いて、時おり一緒に炉端の酒宴を開いたりした。そうして大胆な読書、深い議論、程をわきまえた飲酒、長い田園の散歩などをしながら、わたしは神学の奥妙《おうみょう》にこころよく踏み入った。

学友の一人とはとくに深い友情で結ばれ、かなりの時間を共に過ごした。不幸にもかれは片方の膝が弱かったので、引きこもりがちな生活を余儀なくされていたが、わたしはまめに出歩く人間だったから、二人の習慣はいささか違った。わたしは毎日散歩して、遠くまでよく足をのばした。握った杖か、ポケットの中の本だけが道連れだったが、脚を動かして爽快な野外の空気を吸っていれば、十分連れのかわりになった。それに、すこぶる視力の良いふたつの目に恵まれていたおかげで、社交的快楽もいくらか味わっていたことを言い添えるべきだろう。わたしの目とわたしとはとても良好な関係にあった。かれらは道端で起きるあらゆる事を疲れもせずに観察して、両目が楽しんでいる限り、わたしも満足だった。実をいうと、かれらの好奇心旺盛な習性のおかげで、これからお話しする奇妙な出来事とかかわり合いになったのだ。

古い大学街のまわりにひろがる田園地帯は今でもおおむね魅力的だが、三十年前にはもっと美しかった。今や安普請《やすぶしん》な住宅の爆発的増殖が、低く青いウォルサム丘陵一帯の景色を飾り立てているが、そんな現象はまだ起こっていなかった。貧弱な牧草地やいじけた果樹園に恥ずかしい思いをさせる、お上品な邸宅などもなかった――こういう対照的なものが隣り合わせになったことは、後々《のちのち》どちらにとっても不都合だった。思い返せば、あの頃のひね曲がった脇道のいくつかは、今よりもずっと、あるがままの田舎らしかった。路傍の草に覆われた長い斜面には、家がぽっつりと立っていて、おきまりの高い楡《にれ》の木がこれを見下ろし、束ねた麦の穂が垂れるように、こんもりとした枝葉を宙にしならせていた。家の板屋根は耳までかぶった帽子のようで、フランス屋根（下部が垂直に近く、上部がゆるやかな二重勾配屋根）の流行などはまだ少しも予感させなかった――いってみれば、日に焼けて皺の寄った田舎のお婆さんが素朴な頭巾をおとなしくかぶっているようで、ボンネットを頭にのせて、古さびた顔をさらすようなはしたない真似は思いもよらぬといった風情だった。

あの冬は世にいう〝おだやかな〟冬だった。寒気は厳しかったが、雪はほとんど降らなかった。道は堅くしまり、天候のために散歩をあきらめねばならぬことはめったになかった。十二月の、ある曇った午後、わたしは隣町のメドフォードの方に出かけて、ブラブラと戻って来るところだった。淡い寒々した色合いが――透明な琥珀色と褪《あ》せた薔薇色が――冬らしく西空をおおっているながめは、美しい女性の口元に浮かんだ懐疑的な微笑を思わせた。夕暮れが迫った頃、わたしは今までに一度も通ったことのない細道にさしかかった。そこは家への近道に思われた。家まではまだ三マイルもあり、時刻も遅くなったことだし、一マイルの節約ができればありがたいと思った。そこで小径《こみち》に入り、十分ほども歩くと、めったに人の訪れない道であることに気づいた。車の轍《わだち》はいかにも古そうだし、あたりがいやにしんとしている。それでも前方に家があるところをみると、多少は通行に使われているはずだった。片側には高い天然の土手があり、その上は林檎園で、からみ合った大枝が粗い黒のレース飾りさながら、冷たい薔薇色の西空にかかっていた。

ほどなく家のところにやってくると、わたしは俄然《がぜん》興味をかきたてられた。家の正面に立って、穴のあくほど見つめた。なぜかわからないが、好奇心と怖気《おじけ》が入り混じったような気持ちだった。家はそこいらにある他の家と似た造りだったが、その種のものとしては抜きんでて立派だった。傾斜した草地に立っていて、傍《かたわ》らには高い楡の木が均等に枝を垂らしている。斜面の上の方には、古びた黒い井戸の蓋がある。しかし家は堂々たる構えで、頑丈そうな木材で建てられていた。長《なが》の年月を閲《けみ》した建物らしく、玄関や軒下の木には入念な彫刻が施され、少なくとも前世紀半ばの建築と思われた。こうしたものはかつては白く塗られていたが、時間《とき》の大きい背中が百年間も玄関の側柱によりかかっていたせいで、木目が剝《む》き出しになっている。家のうしろには林檎園が広がり、木々はふつうの林檎の木よりも節くれだった異様な形で、深まる夕闇の中に、まるで毒気にあてられたような憔悴した姿を呈している。家の窓はすべて赤茶けた鎧戸でおおってあり、鎧板はないが、ぴったりと閉じられていた。人の気配はまったくない。がらんとした空家のようで、そのくせ近くに立ちなずんでいると、心安い言葉で何かを語りかけてくるようだった。わたしはあの灰色のコロニアル様式の家を初めて見た時のことを思うと、帰納的推理というものは時として直感と紙一重であると信ぜざるを得ない。というのも、結局のところ、わたしの導き出した重大な帰納的結論を裏づけるようなものは、表面上どこにもなかったからだ。わたしは退いて、道を横切った。夕陽が消え入ろうとする寸前に最後の赤い光が放たれ、この家の年古《としふ》りた正面を、ほんの一瞬うっすらと染めた。光は扉の上にある扇形の窓に嵌められたガラスを一枚一枚、いとも整然と照らしてゆき、幻想的に瞬《また》いた。やがてそれが消え果てると、家はいっそう陰鬱な闇につつまれた。この瞬間、わたしは深い確信をこめてつぶやいた――「これは幽霊屋敷なんだ!」

わたしはなぜかそう信じ込み、自分がこの家の中に閉じ込められているわけではないから、そのことを考えるとワクワクした。家の外観からしてもそうだ、それで納得できる。仮に今から三十分前に誰かがわたしに尋ねたとしたら、わたしは超自然について明朗な見解を育《はぐく》みつつある若者として、幽霊屋敷など存在しないと答えただろう。しかし、目の前にある屋敷は、空しい言葉にはっきりした意味を与えた――この家は、霊的に毒されているのだ。

ここには見れば見るほど深い謎が隠されているように思われてきた。わたしは家のぐるりを回って、あちらこちらの鎧戸の隙間から中を覗き込んでみたり、子どもっぽい満足感をおぼえつつ、扉の取っ手を握ってそっと回してみたりした。もし扉が開いたら、中に入っただろうか?――薄暗い静寂の中に踏み入っただろうか? 幸い、わたしの度胸が試されることはなかった。玄関の扉は素晴らしく頑丈で、揺することさえできなかった。しまいに、わたしは何度も後ろをふり返りながら、立ち去った。道を行って、思ったより長く歩いたあげく、大通りに出た。

くだんの長い細道から大通りに出て、しばらく行ったところに、住みよさそうなこぎれいな家が立っていた。幽霊など薬にしたくも出ない――暗い秘密はなく、咲き匂う繁栄しか知らない家の模範のようなものが。清潔な白塗りの壁が夕闇におっとりとたたずんでいて、蔦《つた》に覆われた玄関先は冬支度の藁をまとっていた。古い一頭立ての馬車が二人の訪問客を乗せて帰っていくところで、カーテンを開けた窓からランプに照らされた居間が見え、食卓にはお客のためにありあわせのもので用意した、早めの〝午後のお茶〟が並んでいた。家の女主人が門で友達を見送っていた。馬車が車輪を軋《きし》ませて去《い》ってしまっても、彼女はその場を去らず、遠ざかる馬車を見ながら、夕闇の中を歩いているわたしに訝《いぶか》しげな一瞥《いちべつ》をなげた。端正な顔立ちの若いきびきびした女性で、鋭く黒い眼をしていた。わたしは思いきって立ちどまり、話しかけた。

「あの脇道の先にある家ですが――ここから一マイルほど離れた――一軒家のことですが、誰の家か御存知ですか？」

彼女はわたしをじろりと見、少し顔を赤らめたようだった。

「このへんの者は、誰もあそこを通りません」

「でも、メドフォードへの近道じゃありませんか」

彼女はつんと顔をあげた。「かえって遠回りになるでしょう。ともかく、わたしどもはあの道を使いません」

これは面白い。まめまめしいニュー・イングランドの人間が時間を節約できる道を通ろうとしないのには、それなりの理由があるにちがいない。「それにしても、あの家は御存知でしょう?」とわたしは言った。

「ええ、見たことはあります」

「誰の家なんですか?」

彼女はちょっと笑って、そっぽを向いた。まるで他所者《よそもの》には自分の言葉が農民の迷信のように聞こえるかもしれないと思っているようだった。「あそこに住んでいる人の家だと思います」

「でも、人が住んでいるんですか? まったく閉めきってありますよ」

「いいんです。けして外には出てきませんし、誰も入っていかないんですから」

そう言って、彼女は背を向けた。

だが、わたしは相手の腕をそっとつかんだ。「つまり、あそこは幽霊屋敷だとおっしゃるのですね?」

彼女は顔を赤くして身を引くと、唇に指をあて、そそくさと家に入った。たちまち窓のカーテンが下ろされた。

わたしは数日間、このささやかな冒険のことを何度となく考えたが、それを自分ひとりの秘密にしておくことで満足していた。仮にあの家が幽霊屋敷でないとしたら、勝手な想像を人に話しても仕方がないし、幽霊屋敷だとしたら、他人の助けを借りずに恐怖の杯を乾す方が楽しい。むろん、あそこへはもう一度行ってみることにした。そして一週間後——大晦日の日——

に、ふたたび足を向けた。

今度は前と逆の方向から行って、同じくらいの時刻に家の前に着いた。日は暮れかかり、空は灰色にたれこめていた。堅いむき出しの地面を風がうなりをあげて吹き過ぎ、霜で黒ずんだ落葉がゆっくりと渦を巻いた。陰鬱な館は冬の黄昏を身にまとい、正体を隠す覆面をかぶっているかのように見えた。わたしは何をしに来たのか自分でもはっきりしなかったが、もしも今回、取っ手がまわって扉が開いたら、勇気を奮って中に踏み込むべきだというふうに思っていた。あの角《かど》の家の女性が仄《ほの》めかした謎の住人とは何者なんだろう？　どんなものを見聞きしたのか？——どんな話が伝わっているのか？　扉は以前《まえ》のように頑丈だったし、わたしが無作法に掛け金をいじっても、階上の窓が開いたり、怪しい青白い顔がぬっと出てくることはなかった。わたしは錆びたノッカーを上げて五、六ぺん叩いてみたが、鈍い音がするばかりで反響はなかった。

人間は慣れると図にのるものだ。その時、（わたしと同じ道を通って）遠くから一つの人影が近づいてくるのを見なかったら、わたしは次に何をしていたかわからない。わたしはこんな悪名高い家のまわりにいるところを見られたくなかったので、松の木蔭に身を隠した。そこからなら、こちらの姿を見られずにあたりを覗き見ることができた。やがて新来者は近くまでやって来た。まっすぐ家の方に向かっているのだとわかった。その男は小柄な老人で、軍服のようなブカブカの外套が異様に目立っていた。手に杖を持ち、ゆっくりと、よぼよぼした痛々しい足取りで歩いていたが、毅然《きぜん》たる意志を感じさせた。老人は道から外《そ》れると、かすかに残っている轍に沿って家から二、三ヤードのところへ来て、立ちどまった。そしてつくづくと何かを探すように家を見上げた——まるで窓の数でも数えているか、何か自分の知っているしるしをたしかめているかのようだった。それから帽子をとり、お辞儀をするように、ゆっくりと厳かに下を向いた。

わたしはこの人物が帽子を脱いで立っている間、つぶさに観察することができた。かれはさきほども言った通り小柄な老人だったが、生者か死者かといわれても見きわめがつかなかったろう。その頭はどことなくアンドルー・ジャクソン（一八二九—三七アメリカ第七代大統領）の肖像画を思わせた。ブラシのように堅い白髪まじりの毛は刈り込んであり、顔は痩せて蒼白く、髭はきちんと剃ってあって、いまだに黒々とした濃い眉毛の下にはキラキラ光る目がのぞいていた。その顔は外套と同様、老兵士のそれに見えた。さほど階級の高くない退役軍人のようだ。こういう人種は昔から変わり者と相場が決まっているが、かれはちょっとやそっとの変物《へんぶつ》ではないようだった。

老人は挨拶を終えると戸口に進み、後ろよりも前の方が長く垂れている外套の襞《ひだ》の中を手探りして、鍵を取り出した。それを注意深く錠にさし込んで、まわしたようだ。だが、扉はすぐには開かなかった。そのまえにかれは頭を垂れ、小頸を傾《かし》げてじっと耳をすまし、それから道の左右を見やった。満足したのか、安心したのか、かれは枠に深く嵌め込まれた扉板に老いた肩をあてて、ぐっと押した。扉が動き——真っ暗闇に向かって開かれた。老人は敷居のところでまた立ちどまり、もう一度帽子を脱いでお辞儀をした。それから中に入り、用心深く扉を閉めた。

一体何者なのか？　何の目的で来たのだろう？　まるで『ホフマン物語』から出てきた人物のようだ。幻影《まぼろし》か、本物の人間か——この家の住人か、それとも親しい訪問者か？　それにしても、あの不可解な最敬礼のしぐさは何だったのか？　あの真っ暗な家の中をどうやって動きまわるつもりなのだろうか？　わたしは木蔭から這い出て、いくつかの窓をつぶさに観察した。それぞれの鎧戸の隙間から、一定の間隔をおいて明かりが見えた。家の明かりをつけているのだ。パーティーでも始まるのか——幽霊の饗宴が？　わたしはつのりゆく好奇心をどうやって満足させたらよいかわからなかった。強引に扉を叩いてみようかとも考えたが、無作法だと思いなおし、魔法を——もしそこに魔法がかけられているなら——破る方法を考えた。家のまわりを歩いて、一階の窓のひとつが開くかどうかを無理やりにではなく試してみた。そこは駄目だったが、別の窓を試したら今度はうまくいった。もちろん、わたしのやっているいたずらには危険があった——中から見られる危険、あるいは（もっと悪いことに）見て後悔するようなものをわたし自身が見てしまう危険が。しかし、わたしは好奇心に駆りたてられて、危険何するものぞと思っていたのだ。

鎧戸の隙間から明かりのついた部屋を覗き込んだ——その部屋は二本の蠟燭に照らされ、蠟燭は炉棚に置いた真鍮の燭台にさしてあった。見たところ奥の間らしく、家具調度がひととおり揃っている。素朴な昔風の内装で、馬巣織を張った椅子とソファ、予備のマホガニーのテーブル、壁には額入りの刺繍見本がかかっている。しかし、家具が揃っているわりには、妙に人《ひと》気《け》のない感じがした。テーブルと椅子はあまりにも整然と並んでいるし、生活のにおいを感じさせるような小物はひとつも見あたらなかった。部屋の全部が見えたわけではないから推測にすぎないが、右手に大きな折り戸があるらしかった。その戸は開いていて、隣室の明かりがそこから漏れている。しばらく待ったが、誰も入って来なかった。しまいに、大きな影が折り戸の向かいの壁に映っているのに気がついた――隣の部屋にいる人物の影だ。背が高く奇怪な格好で、横向きに坐って身じろぎもしない人物の姿に見える。あの小柄な老人の逆立った剛毛《こわげ》と、鷲鼻がみとめられるような気がした。影は奇妙に不動の姿勢をとっていた。椅子に坐って、一心に何かを見つめているようすである。わたしは長い間見ていたが、コソリとも動かなかった。だが、そろそろ痺《しび》れをきらしそうになったとき、影はゆっくりと動き出し、天井まで伸びあがると、ぼやけて消えた。

そのまま見つづけていたら、次に何が見えたかわからないが、わたしは衝動的に鎧戸を閉めてしまった。慎みからか――臆病風に吹かれたのか？　何ともいえない。それでも、あの老人がまた出てくるのを期待して、家のそばから離れなかった。果たして老人は、入って行った時と同じ姿であらわれ、同じように仰々しく別れの挨拶をした（窓の隙間から漏れていた明かりは、もうすっかり消えていた）。老人は扉の前に立ち、帽子を取ると、恭《うやうや》しく一礼した。かれが家に背を向けたとき、わたしはどれだけ話しかけたかったかしれないが、邪魔をせずに行かせてやった。これは純粋に慎みからだったといってよかろう――今頃になって慎みをみせても遅いかもしれないが。老人には覗き見されたことを憤る権利があっただろうけれども、（幽霊のことに限れば）わたしにも観察する権利があると思われたのだ。わたしはかれがよぼよぼした足取りで土手を下り、淋しい道を歩いていくのを見送った。それから物思いに耽って、反対の方向に歩き出した。老人の跡をつけて、どうなるか見届けたいという誘惑に駆られたが、それも行儀の悪いことに思われたし、じつをいうと、この発見を――花びらを一枚一枚めくるように――しばらく弄んでいたい気持ちもあったのだ。

わたしはそれからも時折、この花の香りを嗅《か》いだ。風変わりな芳香に魅了されたからである。あの脇道にある家の前をもう一度通ってみたが、外套を着込んだ老人とも、他の通行人とも会うことはなかった。家は観察者を寄せつけないようだったし、わたしもこの話を人にしないようにしていた。秘密を探る者が一人なら、なんとかその秘密にたどりつけるかもしれぬが、二人となるとべつだと自分に言いきかせたのだ。もちろん、この一件に関して、何かひょんなところから手がかりがつかめれば有難いとは思っていた――どこからそんな手がかりがあらわれるかは思いも寄らなかったが。あの外套を着た老人とどこかで出くわさないかと思ったけれども、何日経っても姿を見かけないので、期待するのはやめてしまった。でも、老人はあの空家まで歩いて来たのであるから、近所に住んでいるはずだと考えた。遠くからやって来たのなら、深い幌のついた、黄色い車輪の〝二頭立て二輪馬車《ギグ》〟――御当人と同じくらい旧式な乗り物――にでも乗って来たろう。

ある日、わたしはマウント・オーバーン墓地を散歩していた――ここは当時まだ出来たばかりの施設で、今はすっかり変わってしまったが、森の緑を満喫できる魅力的な場所だった。柳や糸杉よりも楓や樺の木が多く植えられていて、眠れる者たちも、ゆったりと身をのばして横たわることができた。死者の町というより、せいぜい村といった感じで、思索に耽る散歩者は、死後の声望を求める人間のグロテスクな面をさほどしつこく見せつけられずに、そぞろ歩くことができた。わたしはといえば、春の最初の気配を楽しみたくて来たのだ。冬の終わりの穏やかな一日——長らく休んでいた大地が最初の深い呼吸をして、眠りの魔法が破れたことを告げる、そんな一日だった。太陽には靄がかかっていたが、それでも暖かく、地面の底に潜《ひそ》んでいた霜もじわじわと溶け出していた。墓地の曲がりくねった道を三十分ほど歩いてきたところで、南向きの常緑樹《ときわぎ》の生垣を背にしてベンチに腰かけている、顔なじみの人物に気がついた。顔なじみと言ったのは、記憶や想像の中で何度も会っていたからである——実際には一度しか会ったことがないのだが。

その人物はこちらに背中を向けていたが、ブカブカの外套は間違えようがなかった。やっと、あの幽霊屋敷のお仲間に会うことができた。近づくなら、今が絶好の機会だ！　わたしはまわりこんで、正面から近づいた。老人は通路の入口にあらわれたわたしの姿をみとめたが、じっと坐ったまま両手を杖の握りにのせて、黒い眉毛の下からわたしが近づくのを見守っていた。その黒々した眉毛は、遠くからは恐ろしげに見えた。顔の中でそこだけが目立っていたのだ。だが近づいて見て、安心した——この老紳士はとてつもなく凶暴に見えるが、実際にそんな凶暴な人間などいるはずがないと思ったからだ。かれの顔はあたかも軍人の獰猛さを諷刺画にしたようだった。

わたしは老人の前に立ちどまり、ベンチにご一緒してもよろしいでしょうか、と丁寧に尋ねた。かれは無言で威厳たっぷりに、「よろしい」という仕草をし、わたしは隣に腰をおろした。その位置から、こっそりとかれを観察することができた。かれは午前中の日射しの中でも、かはたれ時の薄明かりで見た時と同じくらい変わり者に見えた。顔の輪郭は、下手な木彫師が木をぞんざいに削ったように、ごつごつしていた。目は爛々と燃えるようで、鼻は恐ろしく、口元は情《じょう》が強《こわ》そうである。だが、しばらくして老人がこちらをおもむろにふり向いたとき、この人は恐ろしい御面相をしているけれども、いたって穏やかな老人なのだとわかった。きっと微笑みたいところなのだろうが、顔の筋肉がこわばっていて動かないのだ――違う表情をつくったきり、固まってしまったのだ。ひょっとして頭がおかしいのかと思ったが、そうではない。落ち着いた目の輝きは狂気のそれではない。かれの顔があらわしているのは、深い純粋な悲しみなのだ。たぶん、この人の心臓は破れてしまったのかもしれないが、頭はしっかりしている。服はみすぼらしいが清潔で、着古した青い外套は、半世紀の間きちんとブラシをかけられてきたようだった。


わたしは急いで、今日はいつになく穏やかな日和だといった。すると、老人は物優しい声でこたえた。あんなにも喧嘩の好きそうな口からそんな声が出てくるとは、驚きだった。

「ここはほんに気持ちの良い場所ですな」と老人は言い足した。

「ぼくは墓地を歩くのが好きなんです」わたしは慎重に答えた。何か話の糸口をつかめそうだったので、しめしめ、と思った。

案の定、かれはこちらを向き、鈍く光る目でじっと見つめた。それから、いとも重々しく

――「散歩か。うむ、運動は今のうち、たんとやっておきなさい。そのうち身動きもできん格好で墓場に籠もることになるんだから」

「おっしゃる通りです。でも、そうなってからも歩く人がいるそうですね」

老人はこれをきくと、顔をそむけた。

「わかりませんか？」わたしは丁寧に言った。

かれはじっと前の方を見据えていた。

「死んでからも歩きまわる人がいると申し上げたんです」

老人はようやくこっちを向き、重苦しい表情でわたしを見た。「君は信じちゃおらんのだろう」とぶっきら棒に言った。

「どうしてそうお思いになるんですか？」

「君は若くて愚かだからだ」その言葉にはべつに棘々《とげとげ》しい響きはなく、優しささえこもっていた。自分のおそるべき体験にくらべれば、他のことは一切取るに足らないと思っている老人の口調だった。

「ぼくはたしかに若いですが」とわたしは言い返した。「それほど愚か者だとは思いませんよ。でも、幽霊を信じないといったら――たいていの人はぼくに味方してくれるでしょうね」

「たいていの人間は愚かなのだ！」と老人は言った。

わたしはひとまず話題をそらした。相手は警戒しているらしく、挑みかかるような目でこちらを見、何を言っても短い返事をするだけだった。それでも、わたしと会ったことがまんざら嫌ではなく、むしろこの老人にとっては意義深い人との交わりだという印象をうけた。かれは明らかに孤独な人間で、人としゃべる機会もめったにないのだろう。何か厄介なことがあって世間を避け、自分の殻に引きこもってしまった。それでも、かれの年老いた胸には人を懐かしむ心の弦《いと》が切れてしまったわけではなく、それがまだ微《かす》かに鳴ることを知って、嬉しかったにちがいない。しまいに向こうの方から、学生かと尋ねてきた。

「神学の学生です」わたしは答えた。

「神学？」

「神様の学問を学んでいます。牧師の勉強をしているんです」

老人はまじまじとわたしを見た――そして、また視線をそらした。「ならば、君が知っておかねばならないことがある」

「ぼくは知識欲旺盛なんです。一体どんなことですか？」

老人はまたしばらくわたしを見つめていたが、わたしの質問にはこたえようとしなかった。

「君の貌《かお》つきは気に入った。まともな若者のようだ」

「そりゃまともですよ！」わたしはそう叫んだが――一瞬、落ちつきを失っていたのである。

「公正な人間にも見える」と老人は続けた。

「それじゃ、もう愚か者だとはお思いにならないんですね？」

「死者の霊に戻ってくる力がない、なぞというような連中について言ったことは、撤回するつもりはない。そういう連中は愚か者なのだ！」そう言って、杖で地面を激しく突いた。

わたしは一瞬ためらったが、唐突に切り出した。

「あなたは幽霊を見たことがあるんですね！」

老人は少しも驚いたそぶりは見せなかった。

「その通り！」と威厳をもってこたえた。「わしにとって冷たい理屈などではない――古い書物なぞ見んでも、何を信じたらよいかわかったのだ。わしは知っているんだよ！　死人の霊がわしの前に、それ、今いる君と同じくらいすぐそばに立っているのを、この目で見たのだ！」

老人の目は、たしかに何かただならぬものを見たことがあるようだった。

わたしはたまらなく心を動かされ――信じたい気になった。

「恐ろしかったですか？」

「わしは兵隊あがりだ――こわいものなんかない」

「それはいつのことでした？　どこで見たんですか？」

老人は不審そうな顔をしたので、わたしはあせりすぎたことに気づいた。

「こまかい話は勘弁してほしい。くわしく言うわけにはゆかないんだ。こんなことを聞かせたのは、この話題を軽々しく口にするのを聞いていられないからだ。憶えておくがいい。君は真っ正直な年寄りに出会って、その男は幽霊を見たと――名誉にかけて――そう言ったことを！」

言うべきことは十分言ったというふうに、かれは腰をあげた。慎み、用心深さ、自尊心、笑いものになることへの恐れ、おそらく以前にからかわれた記憶――こうしたものがかれに重しをかけていた一方で、老人特有の饒舌さ、孤独感、同情を求める心が口を開かせたのだろうか――そして、わたしに示してくれた好意とが。これ以上根掘り葉掘りきくのはどうみても賢明ではなかったが、もう一度会いたいものだと思った。

「わしの言葉を信用してもらうために」とかれは言い足した。「名のらせてくれ――わしはダイアモンド大尉だ。軍人だった」

「またお目にかかれると嬉しいです」

「こちらもな！」

かれは大げさに杖を振りまわし――精一杯の親しみを表わしていたのだろう――ぎこちない歩き方で威儀堂々と立ち去った。

わたしは二、三人の――慎重に選んだ知人に、ダイアモンド大尉について何か知らないかときいてみたが、誰も教えてくれる者はなかった。しまいに、馬鹿だなあ、と額をはたいて思い出したのは、きけば何でも教えてくれる情報源のことである。日頃わたしがその家で御飯を食べさせてもらっている御婦人、週にいくらの滞在費でもって学生たちの面倒をみている素晴らしい御婦人には、同じくらい親切な妹がおり、その人は彼女以上に話題が豊富だった。この妹はデボラ嬢と呼ばれていたが、文字通りの老嬢だった。生まれつき身体《からだ》が不自由なため、家からは一歩も外に出なかった。一日中、窓辺の鳥籠と植木鉢のあいだに坐り、小さな亜麻布に針を刺し――謎めいた帯や縁《ふち》飾りをつくっていた。彼女は針仕事の腕が良く、こしらえたものはたいそう評判がよかった。身体のせいで引きこもってはいたが、小さな丸い顔は溌剌《はつらつ》として、ちょっとやそっとのことには動じない精神を持っていた。それに頭の回転が速く、目はしが利《き》いて、うちとけたおしゃべりが大好きだった。人が日あたりの良い窓辺に椅子を引き寄せ、二十分も〝話〟につきあってくれたら、彼女には、これにまさる嬉しいことはないのだった――ことに相手が若い神学生なら、なおさらだ。

「さてと、あなた」彼女はいつもこう切り出すのだった。「聖書批評の一番新しい珍説を聞かせてちょうだい」――デボラ嬢は当世の合理主義的思潮に憤慨するふりをしていたのである。だが、そのじつ彼女は峻酷な哲学者であり、人一倍過激な合理主義者で、その気になれば、我々のうちで一番大胆な学生でもおそれをなすような問題提起をすることができたにちがいない。彼女の窓からは街全体――というより、この地方全体が一望できた。低い揺り椅子に坐り、かすれた声で鼻歌を歌っていれば、知識はひとりでに彼女のもとへ集まってきた。何でも真っ先に知るのは彼女であり、最後まで憶えているのも彼女だった。街の噂を熟知していて、会ったことのない人間に関してもすべてを知っていた。どうしてそんなに色々なことを知っているのですかと尋ねると、「観察するのよ！」とだけこたえた。

「じっくり観察しさえすれば」と、ある時彼女は言った。「あなたがどこにいようと問題じゃないわ。真っ暗な押し入れの中にいたっていいんだから。必要なのはとっかかりだけ。一つのことが次のことにつながって、何事も絡《から》みあっているんです。わたしを真っ暗な押し入れに閉じ込めてごらんなさい。しばらくすれば、その中にうんと暗いところと、そうでもないところがあるのを観察していますから。それから、もう少し時間を下されば、合衆国大統領が晩に何を食べるか、あててみせます」わたしはある時、つくづく感心して言った。「あなたの観察はあなたの針と同じくらい繊細で、おっしゃることは縫い目と同じくらい正確ですね」

もちろん、デボラ嬢はダイアモンド大尉のことも聞いていた。この人物は何年も前、街の噂にのぼったが、その名にまつわる醜聞も今は過去のものとなっていた。

「醜聞とは一体何だったんですか？」

「娘を殺したのよ」

「娘を？　どうしてまた？」

「拳銃だの短剣だの砒素《ひそ》を使ったわけじゃないの！　言葉で殺したんです！　女たちの間ではもっぱらの噂でしたよ。娘さんを呪ったんです――ひどい言葉をいって――それで彼女は死んでしまったんです！」

「娘が何をしたんですか？」

「自分を愛していた青年の訪問をうけたんですけれどね――父親はその青年を家に入れるなと言っていたんですって」

「家ですか――ああ、成程！　その家は町外れにあるんでしょう。ここから二、三マイル離れた人通りのない脇道に」

デボラ嬢は糸を嚙みながら、鋭い目でわたしを見た。

「あの家のことを知ってるの？」

「ええ、少し。見たことがあります。でも、もっとお話を聞かせて欲しいんですが」

だが、この時のデボラ嬢はめずらしく口が重かった。

「わたしを迷信家だなんておっしゃらないでしょうね？」

「あなたを？　純粋理性のかたまりみたいな人なのに」

「どんな糸にも弱い部分があるし、どんな針にも錆があります。あの家の話はあまりしたくないわ」

「そう言われると、よけいに興味を唆《そそ》られるじゃありませんか！」

「わかりますよ。でも、話したら、わたしがとても不安になってしまうの」

「何か悪いことでもあるっていうんですか？」

「わたしの友達には悪いことが起こりました」そういうと、デボラ嬢は頷いてみせた。

「お友達は何をしたんです？」

「ダイアモンド大尉の秘密をわたしにしゃべったんです。あの人は中々そのことを言わなかったんですよ。むかし彼女のことが好きだったから打ちあけ話をしたけれど、けして誰にも言ってはならない、もし口外したら必ず恐ろしいことが起こるぞ、と釘をさしたんですって」

「それで何が起こったんです？」

「彼女は死にました」

「でも、人はみんな死ぬものですよ！　お友達は他言しないと誓ったんですか？」

「冗談半分だったんです。信じていなかったのよ。わたしにその話をして、三日後に肺炎を起こしてね。一か月後、わたしは今坐っているこの場所で、あの女《ひと》の死装束を縫っていました。

それ以来、あの話はおくびにも出したことがないんです」

「不思議な話だったんですか？」

「不思議でもあり、滑稽でもありました。ぞっとするけれど笑ってしまうような話よ。でも、いくらせがんだって駄目ですからね。しゃべったら、きっとそのとたんに針が指にささって、来週には破傷風で死んでしまうわ」

わたしはあきらめて、デボラ嬢にはもう話をせがまなかった。それでも三日に一度は食事の後にやって来て、彼女の揺り椅子のとなりに腰を下ろした。ダイアモンド大尉のことはもう口に出さず、黙って坐り、鋏《はさみ》で紐を切っていた。しまいにある日、顔色が悪いわ、と彼女は言った。

「好奇心で死にそうなんです」とわたしは言った。「食べ物も喉を通らなくて、食事もしてないんです」

「青髭の奥さんの話を知ってるでしょう！」

「飢え死にするより剣で死んだ方がましです」

彼女はそれでも何も言わなかったので、しまいに、わたしは大袈裟に嘆息をついて立ちあがり、帰ろうとした。戸口に出たとき、デボラ嬢はわたしを呼びとめ、わたしが坐っていた椅子を指さした。

「わたしは意地悪になれないの。お坐りなさい。もし死ぬなら、一緒にあの世に行けることを祈りましょう」

それから、ダイアモンド大尉の秘密について、知っていることを言葉少なに語った。

「あの人はとてもきかん気の老人で、娘さんを可愛がってはいたけれど、自分でこうと決めたことは、てこでも変えなかったんです。娘の結婚相手も勝手に決めて、娘に言い渡しました。母親は先に死んで、父娘《おやこ》二人きりで住んでいました。その家はダイアモンド夫人の持参金がわりで、大尉の方はたぶん文無しだったんじゃないかしらね。結婚してからあそこに住むようになり、大尉は農場をはじめたんです。娘さんの恋人はボストン出の、頬髯を生やした若者でね、ある晩、大尉が家に帰ってくると、二人が一緒にいたんですよ。大尉は若者の胸倉をつかんで、娘にひどい悪態を浴びせました。ぼくらは結婚しているんだ、と青年は叫びました。父親は本当かと娘に訊《き》くと、娘は『いいえ』と答えました。それで、ダイアモンド大尉はいきり立って、さんざんに罵ったあげく、『この家から出て行け、勘当だ』って娘に言ったんですよ。彼女は気を失ってしまいましたが、父親の方は怒り狂って、出て行きました。

何時間かして帰ってみると、家は空《から》っぽになっていました。テーブルに青年の残した書置きがあり、それには、『あなたは娘を殺した。彼女はまぎれもなく自分の妻であるから、亡骸を埋葬する権利は自分だけにある』と書いてありました。青年はすでに馬車で遺体を運び去っていたんです！　それに対してダイアモンド大尉は、『娘が死んだとは信じないが、どっちにしろ自分にとっては死んだも同然だ』と血も涙もない返事を書いたんですって。その一週間後、真夜中に、あの人は娘さんの幽霊を見たんです。それでやっと信じたんでしょうね。亡霊は何度も姿をあらわして、ついには家に棲みついてしまったんです。それで老人もいたたまれなくなりました——怒りもしだいにおさまってきたので、悲しくなったんですね。とうとう家を出る決心をして、人に売るか貸そうとしたんですよ。でも、その頃にはもう噂が広まっていて、ダイアモンド大尉の他にも幽霊を見た人はいましたし、家は評判が悪くて処分することができませんでした。農場とその家は老人の全財産で、たったひとつの収入源でしたから、そこに住むことも人に貸すこともできないとなると、生活していけないんです。それでも幽霊には慈悲のかけらもなかったんです——父親がそうだったようにね。かれは半年間頑張りましたが、ついに音《ね》をあげました。着古した青い外套を羽織《はお》って杖を取り、遠くへ行って物乞いをしようとしたんです。すると幽霊は哀れに思って、妥協案を出したんですよ。『この家をわたしに明渡しなさい！　ここはわたしのものにするんです。どこかよそへ行ってお住みなさい。でも、あなたの生活が立ちゆくように、わたしが店子になってあげましょう——他に借り手が見つからないのだから。わたしがこの家を借りて家賃を払います』そう言って金額を提示したんです。老人は承知して、三か月ごとに家賃を取りに行ってるんですって！」

　わたしはこの話を聞いて笑ったと同時に、鳥肌が立ったことも白状しよう。それというのも、自分の目で見たことにいちいち思いあたるからだ。わたしは大尉が三月《みつき》に一度の集金に訪れるところを目撃したではないか？　かれの前で幽霊の店子が家賃を数え上げるところを、もう少しで見られたのではないか？　それに、老人が暗がりをとぼとぼと歩き去るとき、古びた青い外套の襞に隠していたのは、奇怪な方法で手に入れた硬貨の袋ではないのか？　わたしはデボラ嬢にそんなことは何も言わなかった。まだあの家の観察を続けるつもりだったから、事情がすっかりわかったら話してきかせようと思ったのだ。

「ダイアモンド大尉は、他に収入《みいり》はないんですか？」

「ありやしませんよ。労せず、紡《つむ》がず、ですから——幽霊に食べさせてもらってるんです。幽霊屋敷っていうのは重宝な財産ね！」

「一体、幽霊はどんなお金で家賃を払ってるんでしょう？」

「ちゃんとしたアメリカの金貨と銀貨ですよ。ただひとつ奇妙なことがあってね——みんな、娘さんが死ぬ前につくられたお金なんですって。物質と霊の不思議な混淆ね！」

「幽霊は滞納したりしないんですか？　家賃は高いんですか？」

「あのお爺さんはそこそこの暮らしをしてるみたいだし、パイプもお酒もやってますよ。川のほとりに小さな家を借りましてね——玄関が横を向いていて、その前にちょっとした庭があるんです。あの人はそこで毎日を過ごして、黒人のお婆さんに身のまわりの世話をしてもらっています。数年前まではよく出歩いて、街でも見かけたし、たいていの人があの人の話を知ってましたよ。でも、このせつは引きこもりがちで、暖炉のそばに坐ってばかりいるので噂にもならなくなりました。少し耄碌《もうろく》してきたんじゃないかしら。でも——」デボラ嬢はしめくくって言った。「歩く力がなくなったらおしまいでしょうね。だって、わたしの記憶が正しければ、本人が家賃をとりに行くという約束だったはずですからね」

デボラ嬢が秘密をもらしたために、わたしたちに罰《ばち》があたることはなさそうだった。彼女は毎日鼻歌をうたいながら針仕事をしていたし、相変わらず元気だった。わたしは大胆に観察を続けていた。あの広い墓地に何度も行ってみたが、ダイアモンド大尉の姿は見かけなかった。それでも先の見通しがあったので、さほど落胆はしなかった。老人が幽霊屋敷に出かけてゆくのは、三月目《みつき》の月末《つきずえ》だろうとわたしは推測した。初めてかれの姿を見たのは十二月三十一日だったから、次にあの家にやって来るのは、たぶん三月末日だろう。もうじきだ——そして、ついにその日が来た。

約束の刻限は黄昏時だろうとふんで、わたしは午後遅く、脇道の古屋敷に向かった。わたしの読みは間違っていなかった。少しの間うろうろして——まるでこっちの方がさまよえる幽霊になった気分でいると、この前のように、同じ服装《いでたち》で、大尉があらわれた。わたしはまた身を隠し、かれがお辞儀をして家に入ってゆくのを見守った。鎧戸のすきまから明かりが洩れ、それが順々に窓をつたっていった。わたしは前に開いた窓を開けた。ふたたび壁に映る巨きな影が見え、それはじっとしていておごそかだったが、他には何も見えなかった。老人はしまいに外へ出てきて、家の前であの奇妙な敬礼をし、夕闇に消え去った。

それから一月《ひとつき》以上経ったある日、マウント・オーバーンでまた老人とひょっくり出くわした。あたりは春の声に満ちていた。鳥が帰ってきて、冬の旅の話をにぎやかに囀《さえず》り聞かせている。優しい西風が新緑の間でそよそよとささやき声を立てる。大尉は例によって厚手の外套をまとい、日溜りのベンチに腰かけていた。わたしがそばに寄ると、すぐ気づいた。老人はこちらに向かって頷き、その仕草はまるで、わたしの打首を命じる年老いた土耳古総督《パシャ》さながらだったが、歓迎していることは一目でわかった。

「何度かお姿をさがしたんですよ」とわたしは言った。「ここへはあまりいらっしゃらないようですね」

「何の用があったんだね？」

「またお話がしたいと思って。前にお目にかかったとき、とても楽しかったものですから」

「わしといるのが愉快なのかね？」

「面白かったんです！」

「イカレた年寄りだと思ったんじゃないか？」

「イカレた？　とんでもない！」

「自分はこの国で一番まともだ――狂人は決まってそう言うものだがね。たいていはそのことを証明できんのだ。わしはできる！」

「信じますとも。でも、おうかがいしたいのですが、その種のことをどうやって証明するんですか？」

大尉はしばらく口をつぐんでいた。

「教えてやろう。わしは以前、故意にではないが、重大な罪を犯した。今その償《つぐな》いをしているんだ。人生をかけての償いだが、それから逃《のが》れようとは思わない。それがどういうものであるかを知った上で、正面から向き合っておる。虚勢を張ってはねつけもしなければ、許してくれと泣きを入れもしないし、逃げたりもしなかった。罰は恐ろしいものだが、受け入れたのだ。まるで悟りをひらいた人間だわい！

わしがもしカトリック教徒だったら、修道士になって、死ぬまで断食とお祈りをしたかもしれん。それは罰ではない、逃避だ。わしは銃で頭を撃ち抜いても、気が狂っても不思議ではなかったが、そうはしなかった。ただ自分が蒔《ま》いた種を刈っているんだ。ほんとうに恐ろしいことなんだよ！　年に四回、定められた日にその報いを受けるのだ。この二十年間そうやってきたし、死ぬまでずっと続くだろう。それがわしのつとめだ——仕事なんだ。わしはそんな風に思っている。理にかなったことだと信じている！」

「おっしゃる通りです。でもお話をきいて、好奇心と同情の念がわいてきました」

「とくに好奇心が、だろう」大尉は見透かしたように言った。

「そうおっしゃらないでください。あなたがどんな苦しみを受けているのか、くわしく知れば、もっと同情できます」

「御親切さま。同情は要《い》らんよ。ひとつもわしのためにはならんからね。君に話してやろうと思うが、それはわしのためではないぞ。君のためだ」

大尉は口を閉ざし、あたかも盗み聴きする者がいないかどうかをたしかめるように、まわりを見まわした。わたしはどんな秘密が明かされるかと一心《いっしん》に耳をすましていたが、かれが言ったのは期待はずれな言葉だった。

「君は今でも神学を勉強しているのかね？」

「ええ」わたしの返事には、いくらか苛立ちが滲《にじ》み出ていたにちがいない。「半年やそこらで学べるものじゃありませんから」

「たしかに、そうだろう――本だけで勉強するなら。こういう諺を知っているか――〝一粒の経験は一山の教訓に値する〟。わしは立派な神学者だ」

「あなたは経験を積んだんですね」わたしは同情してつぶやいた。

「魂の不滅について書いた本を読んだことがあるだろう。ジョナサン・エドワーズ（一七〇三―五八　米国のカルヴァン主義の神学者）やホプキンズ博士（サミュエル　一七二一―一八〇三　米国の神学者）がそれについて理屈をこね、いちいち出典をあげて、正しいと結論したのを知ってるだろう。だが、わしはこの目で見たんだ。この手でさわったんだよ！」そう言って、老人はごつい拳を挙げ、大袈裟に振った。「これに勝《まさ》るものはない！　だが、高い代償を払った。君は書物から学んだ方が良い――もちろん、そうするだろうがね。君は立派な青年だ。罪を犯して悩むことはあるまい」

わたしは青二才のうぬぼれから、こう答えた――自分は立派な青年で将来の神学博士かもしれないが、人並の感情は持っていると思う、と。

「ふむ。しかし、君にあるのは優しい穏やかな感情だよ。わしもそうだ――今はな。だが昔は随分ひどい――ひどい業つくりだった。世の中にはこういう奴もいることを知っておいた方がいい。わしはわが子を殺したんだ」

「自分の子供を？」

「娘を打ちのめして、死なせたんだ。絞首刑にはならなかった――手で打ったわけではないからな。汚ない、けがらわしい言葉で殺したのだったから、刑はまぬがれた。わしらはそういう御立派な法律の下《もと》に生きておるんだ！　それで、わしには断言できる――あれの魂は不滅だと。

わしらは年に四回会う約束をしている。その時、罰をくらうんだ！」

「許してはくれないんですか？」

「娘は天使のようにわしを許してくれた！　それがわしには耐えられないんだ――優しい穏やかな目でこちらをじっと見るんだよ。いっそ心臓をナイフで抉《えぐ》ってくれた方が、どんなにましか――ああ、神よ、神よ！」

ダイアモンド大尉はステッキの上に頭を垂れ、組んだ両手に額をあてた。

わたしは胸が熱くなった。かれの姿は、今はもう何も訊くなと言っているようだった。それ以上質問をしかねていると、老人はゆっくりと立ちあがり、外套の襟《えり》を正した。この人は自分の悩みを語ることに慣れておらず、過去の記憶に押しつぶされているのだ。

「もう行かねば――もう帰らんと」

「またここでお会いできるでしょうか」

「わしは身体のふしぶしが硬くなった年寄りだ。それに、ここまで来るのはちょっと遠い。元気をたくわえておかねばならん。どうかすると、一か月も椅子に坐ってパイプを吸っていることもあるくらいだ。だが、君にはまた会いたいな」そう言うと、ふと黙り込んで、わたしの顔を恐ろしいが優しい目で見つめた。「またいつか――若いまっすぐな人間に会えたら嬉しいな。友達ができると、何かしら得るところがあるものだ。君の名は何という？」

わたしのポケットにはパスカルの『瞑想録』の小型本が入っていて、見返しにわたしの名前と住所が記してあった。それを取り出して、年老いた友に渡した。「この本を持っていってください。ぼくの愛読書です。ぼくのことが少しわかっていただけると思います」

大尉は本を手に取ってゆっくりとめくり、顰《しか》め面に感謝の気持ちを浮かべて、わたしを見た。

「あまり本は読まんのだが――贈り物をもらうのは初めてだから、断りはしないよ。あの――例の一件以来初めての、最後の贈り物だ。ありがとう！」そう言って、小さな本を手に立ち去った。

その後数週間、わたしは大尉が肘掛椅子に坐って独りパイプをくゆらせている姿を想像するしかなかった。かれをふたたび見かけることはなかったのだ。それでもわたしは機会を待ち、六月の月末《つきずえ》、またひとつの四半期が過ぎたときに、その機会が訪れたと思った。六月の日は長く、わたしはじれったい気持ちで夕暮れを待った。美しい夏の一日がやっと終わるころ、ふたたびダイアモンド大尉の持家を訪れた。家のまわりは裏手の荒れた果樹園を除くと、今や一面の緑だった。それでも、家自体が放っている拭いがたい陰鬱さと悲哀は、十二月の空の下で初めて見たときと変わらなかった。

近づいてみると、わたしが来たのは遅すぎたことがわかった。わたしはダイアモンド大尉がやって来たら進み出て、一緒に家に入らせてくれと頼んでみるつもりでいたのだ。けれども大尉はわたしより先に来ており、窓からはすでに明かりが漏れていた。むろん、幽霊との会見を邪魔するつもりはないから、わたしは大尉が出てくるのを待った。やがて窓の明かりが消えた。それから扉が開き、ダイアモンド大尉が人目を忍ぶように出てきた。今宵、かれは幽霊屋敷に向かってお辞儀をしなかった。心根の良い若い友が入口の段のそばに、遠慮がちに――だがしっかりと立っているのが目に入ったからだ。かれは立ちどまって、わたしを見つめた。恐ろしい顰め面が、この時ばかりは状況に似合わしかった。

「ここにおいでになるのがわかっていました」とわたしは言った。「だから来たんです」

大尉はうろたえた様子で、不安げに家をふり返った。

「行き過ぎたまねをしたのなら、許してください」わたしは言い足した。「でも、お話をきいて、つい来たくなってしまったんですよ」

「どうしてここにいるとわかったんだ？」

「推理したんです。あなたが半分話してくださったから、残りの半分は想像しました。ぼくにはなかなか観察力がありまして、以前通りがかりにこの家に気づいたんです。何か秘密がありそうに見えました。あなたが幽霊を見たと打ちあけてくださった時、その場所はここ以外あり得ないと思ったんです」

「大した頭の良さだ」老人は声をあげた。「しかし、なぜ今晩来たんだね？」

この質問ははぐらかすしかなかった。

「実はよくやって来るんですよ。この家をながめるのが好きで――魅《ひ》かれるんです」

老人はふり向いて、自分の家を見やった。

「外には何も見るものはないが」

かれはこの家が風変わりな外観を呈していることにまったく気づいていないのだった。黄昏の中で、不気味な家の下で伝えられたこの奇妙な事実は、老人が家の中で見ている妖しいものに、いっそう真実味をあたえるようだった。

「一度、中を見る機会があったらいいと思っていたんです。ここであなたに会えば、一緒に中に入れてくれるかもしれないと考えました。あなたの見るものを見たいんです」

老人はわたしの大胆さに驚いたが、必ずしも不愉快ではないようすだった。わたしの腕をつかんで、言った。「わしが何を見るか、知っているのか？」

「知っているはずがないでしょう。このままおっしゃったように、経験しなくては。だから経験したいんです。お願いです、扉を開けて中に入れてください」

ダイアモンド大尉の輝く目が、黒い眉の下で真ん丸になった。かれは一瞬息を呑み、それから、わたしの前で初めて――そして、これが最後でもあった――厳しい顔を歪《ゆが》めて笑った。異様にグロテスクな笑顔だったが、少しも声は立てなかった。「君を中に入れるだって？」と低い声でうなった。「わしはたとえ千倍の金をくれるといわれたって、次の期日までは中に入らん」外套の襞から片手を突き出し、古い絹のハンカチにくるんだ一握りの硬貨を見せてくれた。

「取り決めは守る――だが、それ以上のことはしない！」

「でも、初めてお話をしたとき、そんなに恐ろしくないと言われたでしょう」

「恐ろしいとは言わん――今はな。だが、じつにけったくそが悪い！」

この形容詞にじつに力がこもっていたので、わたしはためらい、考え直した。そのうち、頭上の窓の鎧戸の一つが、かすかな音を立てたように思った。上を見たが、何も動くものはなかった。ダイアモンド大尉も考え込んでいたが、やにわにふり返って家を見た。

「ひとりで入るというのなら、わしは構わんよ」

「ここで待っていてくれますか?」

「ああ、そんなに長くはおらんだろうから」

「でも家は真っ暗です。あなたが入ってゆくときは、明かりがあるようですが」

大尉は外套に手をつっ込み、マッチをとり出した。

「これを持っていきたまえ。玄関の広間の机に燭台が二つ置いてある。それに火をつけて、両手にひとつずつ持って行くといい」

「どこへ行けばいいんですか?」

「どこでも——好きなところへ。幽霊は君を見逃しはせんから、安心したまえ」

わたしの心臓がすでにドキドキ鳴っていたことを隠すつもりはない。それでもわたしは十分に堂々とした仕草で、老人に扉を開けてくれとうながしたと思う。わたしはすでに幽霊がいることを信じていた。その前提を認めていた。だが、心の準備をして、不意打ちにあったりしなければ、落ち着いていられるだろうと自分を安心させた。ダイアモンド大尉は錠をまわして扉を開き、こちらに向かって深々とお辞儀をした。わたしは中に入った。暗闇に佇み、背後で扉が閉まる音を聞いた。しばらくの間、わたしは指ひとつ動かさず、文目《あやめ》もわかぬ暗闇を凝視していた。だが何も見えず、何も聞こえなかったので、しまいにマッチを擦《す》った。机の上には、使わないために錆びた古い真鍮の燭台が二つあった。蠟燭に火をともすと、探検を開始した。

目の前に広い階段があらわれた。時代がかった手摺りには、ニュー・イングランドの旧家でよく見かける、精細《こま》かい几帳面な彫刻がほどこしてあった。階段を上るのは後まわしにして、右手の部屋に入った。古めかしい客間で家具は少なく、人間《ひと》が住まないので黴臭かった。二つの明かりを高くかかげてみたが、見えたのは空っぽの椅子と飾りのない壁だけだった。奥には前に外から覗いた部屋がつづいていて、案の定、二つの部屋は折り戸でつながっていた。ここでも恐ろしい幽霊に出くわすことはなかった。もう一度玄関の広間を通り、反対側の部屋に行ってみた。手前は食堂で、大きな四角い食卓には、指で名前が書けそうなくらい埃が積もっていた。その奥には台所があり、永久に冷えたままの鍋や釜がおいてある。いずれも不快で気味悪かったが、恐ろしいというほどではなかった。

わたしはふたたび広間に戻ると、階段の下に行って蠟燭をかかげた。階上《うえ》に上がるには新規の努力が必要だった。わたしは上の方に広がる闇に目を凝《こ》らした。

突然、何ともいいようのない感覚と共に、暗闇が生きている気配を感じた。闇が動きだし、凝りかたまるように見えた。ゆっくりと――〝ゆっくり〟というのは、気を張りつめて見守っているわたしには、一瞬が永遠にも思えたからである。闇は大きなはっきりした人影となり、その人影が進み出て階段の天辺《てっぺん》に立ったのだ。正直なところ、わたしはこの時、〝おそれ〟という卑俗な名で呼ばざるをえない感情を抱いていた。詩的に表現して荘厳なる〝畏怖の念〟と呼んでもいいだろう。とにかく、それは人間《ひと》を屈服させる感情だった。その度合を測ろうとしているうちに、次第につのってきて、抑えられなくなった。なぜなら、その感情は内から湧いてくるのではなく、外から来て、階段の上の黒い像《すがた》に具現されていくようだったからだ。わたしはなんとか論理的に考えようとしたのを憶えている。わたしは自分に言った――「これまでずっと幽霊は白くて透明なものだと思っていた。こいつは黒い影で、まったく不透明だ」こんな機会はまたとないのだから、たとえ恐怖に打ち負かされるにしても、理性がまだ残っているうちに、印象をできるだけ心に刻みつけておくべきだと考えた。

わたしは一歩一歩後《あと》ずさり、くだんの影から目を離さず、蠟燭を台の上に置いた。思いきって階段を上り、あの姿と真っ向から対峙《たいじ》すべきだということはわかっていたが、靴の底が突然鉛のおもりに変わってしまったようだった。念願かなって幽霊を見ているのだ。あとで忘れてしまわないように――また、うろたえてはいなかったと自信を持って言いきれるように、影をはっきり見極めようとした。いつまでこうして見ていればよいのだろうか、いつになったら名誉ある撤退《てったい》ができるだろうか、などとも自問していた。こういった考えはもちろん、非常な速さで脳裡をよぎっていったのだが、人影の方が動いたので、思考は中断された。黒い縦長のかたまりの中に二つの白い手があらわれ、頭の高さまでゆっくりと上がった。そこで――顔の前のあたりで手は合わさり、それからその手が除《の》けられると、顔があらわれた。ぼんやりとして白く、奇怪な、どう見ても幽霊の顔だった。それが一瞬わたしを見下ろし、そのあとまた片手がゆっくりと上がって、顔の前で振られた。

この仕草にはじつに奇妙なところがあった。怒って「帰れ」といっているようでもあり、それでいてふざけた、馴れなれしい動作でもあった。霊的存在に馴れなれしいところがあるとはまったく予想外であったし、気持ちの良いものではなかった。ダイアモンド大尉が「けったくそ悪い」と言ったのもうなずける。わたしは取り乱さず、できれば優雅にこの場を去りたくてたまらなかった。勇ましく行きたい——蠟燭を吹き消したら、これはいかにも勇敢だろう。そう思ってふり返り、几帳面に蠟燭を吹き消すと、扉の方へ行って、手探りして扉を開けた。外の光はほとんどないに等しかったが、それでも一瞬、かすかな明かりがさし込んで埃っぽい家の内部を照らし、あのはっきりした影を見せた。

宵の星が瞬く空の下、ダイアモンド大尉は杖にもたれて芝生に立っていた。かれは面《おもて》をあげ、ちょっとの間わたしを見据えていたが、何も訊かず、扉の鍵を掛けに行った。この義務《つとめ》が終わると、もう一つの義務を遂行し——祭壇を拝む司祭よろしく恭しくお辞儀をして——わたしにはもうかまわずに立ち去った。

数日後、わたしは勉強を休んで夏の休暇に出かけた。数週間出かけていたので、その間、例の超自然現象から受けた印象を分析するひまはたっぷりあった。自分がみっともなく怯《おび》えなかったことを考えると、少しばかりの満足感をおぼえた。わたしは逃げ出しもしなかったし、気も失わなかった——堂々と振舞ったのだ。とはいえ、彼《か》の武勇伝の場所から三十マイル離れてほっとしていることもたしかだったし、しばらくの間は暗がりより日の光が好ましかった。わたしの神経は激しく興奮したままだったのだ。眠気を誘う海風に吹かれ、興奮が徐々におさまってきてから、そのことに改めて気づいた。

わたしは冷静になって、自分の体験を理性的に考察してみた。何かを見たことはたしかだ——幻ではない。だが何を見たのか？　勇気を出して幽霊に近寄り、もっと仔細に観察しなかったことが、ひどく悔やまれた。しかし、口でいうだけなら簡単だ。ああいう状況に置かれた人間としては、よくやったつもりだった。実際、あれより一歩でも前に進むことは物理的に不可能だった。わたしの足が動かなくなったこと自体、超自然的な影響ではなかったか？　いや、そうとは限らない——偽《にせ》の幽霊でも、それを信ずる者には、本物と同じ力を発揮するかもしれないからだ。それにしても、なぜわたしは、手を振る黒い亡霊を簡単に本物と思い込んだのだろう？　なぜ、あんなに強い印象を受けたのだろう？　本物であれ偽物であれ、頭の良い幽霊だったことはたしかだ。わたしとしては、本物であってほしいという思いの方が強かった——一つには、自分がくだらぬものに脅《おど》かされて震えあがったとは思いたくなかったし、それに正真正銘の妖怪を見たとなれば、わたしのような大人しい人間も自慢ができる。だから、あの幻のことを穿鑿するのはやめようとした。しかし、時おりわたしの意志よりも強い衝動に駆られて、皮肉な質問を口にするのだった。亡霊はダイアモンド大尉の娘だったとしよう。それなら、当然霊魂だったはずだ。しかし、あれは霊魂以上のものだったのではあるまいか？

九月の半ば、わたしはふたたび神学の学舎《まなびや》に腰を据《す》えたが、あの幽霊屋敷を急いで再訪することはなかった。

月末が近づいた——哀れなダイアモンド大尉にとって、次の四半期の期日がめぐってきたのだ。今度は、かれの訪問を邪魔する気はなかった。それでも、あの弱った老人が尋常《つね》ならぬ用向きのために、秋の夕暮れをひとりトボトボと歩いてゆく姿を想像して、同情にたえなかったことを白状する。

九月三十日の正午、分厚い八折り版の本を広げてうつらうつらしていると、扉をかすかにたたく音が聞こえた。「お入りなさい」と言ったが、誰も入って来なかったので、出ていって扉を開けた。そこには年のいった黒人の女性が立っていた。頭に真っ赤なターバンを巻き、白いスカーフで胸の上をおおっている。彼女は無言でわたしを見つめた。歳とった黒人がしばしばそうであるように、この上なく謹厳で礼儀正しいようすだった。何事だろうと思っていると、彼女はしまいに大きいポケットから手を出し、一冊の小さな本を差し出した。わたしがダイアモンド大尉に贈ったパスカルの『瞑想録』だった。

「すみませんが」彼女はしごく穏やかに言った。「この本を御存知ですか?」

「もちろん。ぼくの名前が見返しに書いてあるはずだ」

「あなたさまのお名前なんですね――他の人ではなくて」

「なんなら、ぼくの名前を書きましょうか? 較べてみればいい」

彼女はしばらく黙っていたが、やがて毅然とした口調で言った――「それは無駄なことです。わたしは字が読めませんから。請け合ってくだされば十分です。わたしは――この本をもらった紳士の使いでここに来ました。この本をしるしとして持っていくように言われたんです。しるし、と――そうおっしゃっていました。あの方はひどく具合が悪くて、あなたに会いたがっているんです」

「ダイアモンド大尉が? 病気ですって?」わたしは大声をあげた。「重病なんですか?」

「ええ、とても――助かる見込みはないでしょう」

お気の毒に。道案内してもらえれば、すぐにも行きます、とわたしは言った。彼女は恭しく承諾し、やがて、わたしは日のあたる通りを彼女に随《つ》いて歩いていた。さながら、エチオピア奴隷の手引きで裏門に向かう『アラビアン・ナイト』の登場人物になったような気分だった。

わたしの案内人は川の方に歩いて行き、川辺に出る通りの、とある家の前で立ちどまった。感感じのよい、小さな黄色い家だった。彼女はすぐに扉を開けてわたしを中に通し、わたしはやがて年老いた友の前に立った。

かれは暗い部屋でベッドに寝ており、見るからに衰弱したようすだった。背に枕をかってまっすぐ前を見ていたが、こわばった髪の毛は以前にもまして逆立ち、黒く輝く目は、熱にうかされてぎらついていた。部屋はつましく、片づけがゆきとどいていて、黒い肌の案内人が忠実な召使であることが知れた。身を硬ばらせ、蒼ざめて、白いシーツに横たわっているダイアモンド大尉の姿は、ゴシック式の石棺の蓋に粗《あら》く彫った像に似ていた。かれは黙ってわたしを見た。案内人はわたしたち二人を残して退《さが》った。

「やあ、君だな」大尉はやっと口を開いた。「君だ——あの善良な青年だ。間違いないね？」

「はい——自分では善良な若者だと思っています。それにしても、病気とは本当にお気の毒です。何かお手伝いできることはありませんか？」

「具合が悪い、ひどく悪いんだ。軀中《からだ》がひどく疼《うず》くんだよ！」そう言って苦しげにうめきながら、こちらに向きを変えようとした。

わたしはどんな病気なのか、どれほど寝込んでいたのか尋ねたが、老人はろくにわたしの話を聞いていなかった。何か他に言いたくてたまらないことがあるようすだった。大尉はわたしの袖をつかみ、引き寄せて早口にささやいた。

「もう時間がないんだ！」

「まさか、大丈夫ですよ」わたしは意味を取りちがえて言った。「きっとまた良くなります」

「どうだかな！」大尉は大声で、「だが、わしは死ぬと言ってるんじゃない。そいつはまだ先だ。あの家に行かねばならんと言っているんだ。今日は家賃の支払日だ」

「ああ、ほんとうだ！　でも、行かれないでしょう」

「わしは行かれん。困ったことだ。金をもらいそこねてしまう。もうじき死ぬにしても、金はやっぱりほしい。医者の払いもある。まっとうな人間らしく埋葬してもらいたいしな」

「今日の夕刻でしたね？」わたしは尋ねた。

「今日の夕刻、ちょうど日の入りに、だ」

　大尉は横たわったままわたしを見つめ、わたしもかれを見返していたが、そのうち、ここへ呼ばれた理由をハッと悟った。そのことを思った時、わたしは内心たじろいだが、平然としているように見えたのだろう。大尉は同じ調子で話し続けた。「金をもらわないと困るんだ。誰かが代わりに行かねばならない。ベリンダに頼んだんだが、きいてくれない」

「他の人間が行っても、金を払ってくれるとお考えなんですね」

「やってみる価値はあるだろう。今までわしが行かなかったことはないから、わからないが、わしがえらい病気で苦しんでいる、死にかけていると言ったら、信じてくれるかもしれん。わしを飢え死にさせようとは思っとらんはずだ」

「じゃあ、ぼくに行けとおっしゃるんですね？」

「君はあそこへ行ったことがあるし、事情もわかっている。怖いのか？」

わたしはためらった。

「三分間だけ考えさせてください。そうしたら答えます」

わたしの視線は部屋の中をさまよい、そこの住人が清貧に耐えていることを物語るさまざまな品物に目を留めた。それらの罅割《ひびわ》れ、色褪せたわびしさは無言でわたしの同情に訴え、決断をうながしているように思われた。ダイアモンド大尉はその間も、かぼそい声でしゃべり続けた。

「わしが君を信じたように、彼女《あれ》も君を信じると思う。君の顔つきが気に入って、悪人ではないとわかるだろう。金額は百三十三ドルちょうどだ。くれぐれも安全なところに入れて持ってきてくれ」

「わかりました」とわたしは結局、答えた。「行きましょう。何事もなかったら、九時までにはお金をお届けします」

大尉は心からほっとした様子で、わたしの手を取り、そっと握った。わたしはそれからすぐに辞去した。その日はいちにち、夕方の仕事のことを考えまいとしたが、むろん、他のことなど考えられなかった。不安でなかったといえば嘘になる。実際、わたしは興奮していて、あの幽霊屋敷の謎がさほど深からぬものであればいいと願いながら、一方では逆に、それがあんまり他愛《たあい》ないものではつまらないと思っていたのだった。まさに一刻千秋の思いだったが、やっと日は傾き、わたしは使命を果たすために出発した。途中、ダイアモンド大尉のつましい家に立ち寄って様子を尋ね、何か言い残した指示でもあれば聞いておこうと思った。黒人の老女はおごそかな、いやに落ち着いた態度でわたしを中に通し、大尉はひどく弱っておいでです、あれから具合が悪くなったのです、と言った。

「逝《い》ってしまわれる前に戻って来たいなら、お急ぎになることです」

彼女がわたしの用向きを知っていることは一目でわかったが、そのくすんだ黒い瞳には何の感情もあらわれていなかった。

「でも、どうして逝ってしまうんですか？　たしかに大分弱っているようですが、これといって病気でもなさそうでした」

「老年という病気です」彼女はうまいことを言った。

「でも、それほどの年じゃないでしょう。せいぜい六十七、八じゃありませんか」

彼女は少し黙っていた。

「疲れ果てたんです。精魂が尽きたんです。これ以上耐えられないでしょう」

「ちょっと、お目にかかれますか？」

そう言うと、また部屋に通してくれた。

大尉はわたしが辞去した時と同じ姿勢で横たわっていたが、目を瞑《つむ》っていた。ほんとうに〝衰弱〟している様子で、脈も遅かった。それでも、午後には医者がきて、順調ですと言ったという。「何にもわかっていないのさね」とベリンダはそっけなく言った。

老人はわずかに身体を動かし、目を開いて、やがてわたしに気づいた。

「今から行ってきます」とわたしは言った。「お金をとりに行きます。他に何か言いたいことはありませんか?」かれはゆっくりと身を起こし、苦労して枕によりかかった。だが、わたしの言うことをほとんど理解していないようだった。「あの家ですよ」わたしは言った。「あなたのお嬢さんの」

老人はゆっくりと額を拭い、そうしているうちに、やっと理解力が戻った。「そうだった」とつぶやくように言った。「君を信用している。百三十三ドルだ。古い硬貨で——全部古い硬貨で」それから少し力強く、目を光らせて、「丁重にやってくれ——礼儀を守ってくれ。さもないと——さもないと——」ふたたび声がほそくなった。

「もちろん、おっしゃるようにします」わたしは無理に笑顔をつくった。「でも、そうしないとどうなります?」

「わしが思い知らされる!」

大尉は重々しくそう言って目を閉じ、またがっくりとうなだれた。

わたしはそこを去り、決然たる足取りで目的の場所に向かった。あの家に着くと、ダイアモンド大尉に倣《なら》って、家の前で恭しくお辞儀をした。遅れないように時間を見はからって歩いてきたが、早や夜の帳はおりている。鍵をまわし、扉を開けて中に入った。扉を閉めてからマッチを擦ると、前に使った二つの燭台が入口のテーブルにおいてあった。両方に火をつけ、それをかざして居間に入った。

部屋はがらんとしていた。しばらく待ったが、誰も入って来なかった。一階の別の部屋にもまわってみたが、黒い影が行手《ゆくて》にあらわれることはなかった。しまいにわたしは玄関の広間に戻り、二階へ上がろうかどうしようかと思案した。階段では前に勢いを挫《くじ》かれたので、こわごわ近づいて行った。段の下で立ちどまり、手摺りにさわって階上《うえ》を見上げた。わたしは期待して待ったが、その期待は裏切られなかった。上の方の闇の中に、黒い人影がゆっくりと形をとりはじめたのだ。錯覚ではなかった。前と同じ人影だった。見守っていると、しだいに輪郭がはっきりとして、そいつは顔を隠したまま立ってこちらを見下ろした。わたしは声を張り上げて話しかけた。

「ダイアモンド大尉の代理で来ました。かれに頼まれたんです。あの人は具合が悪くて、ベッドから出られないんです。わたしにお金を払ってほしいとあの人はいっています。わたしはお金をすぐかれのもとへ届けます」

影はじっと立ったまま、何の反応も示さなかった。

「ダイアモンド大尉は歩ければ自分で来たのですが」わたしは訴えるように言い添えた。「でも、まったく動けないんです」

すると、人影はゆっくり顔をあらわにした。ぼんやりした白い顔だった。それから、階段をゆっくり下りてきた。わたしは思わず後ずさり、表の居間の扉のあたりまで退《さ》がった。影を見据えたまま後ろ向きに敷居を跨いで、部屋の中央に立ちどまって、明かりを下に置いた。影はこちらに向かってきた。黒いふわっとしたクレープの服をまとった、背の高い婦人のように見えた。近づくにつれて、まぎれもない人間の顔をしていることがわかったが、その顔は異様に蒼白く、悲しげだった。わたしたちは見つめ合った。わたしの動揺は完全に消え去り、残ったのは深い好奇心だけだった。

「父はそんなに重態なのでしょうか?」と幽霊は尋ねた。

その声——優しく、震える、まぎれもない人間の声——を聞いて、わたしは進み出た。興奮が戻ってきた。わたしは深く息を吸い、一種の叫び声をあげた。目の前に立っていたのは肉体を離れた幽魂ではなく、美しい女性、大胆な芝居の演じ手だったからだ。わたしは騙された反動から、思わず手をのばして、彼女の頭を覆っている長いヴェールをつかんだ。それを乱暴に引っぱると、ヴェールは外《はず》れそうになり、年の頃は三十五歳くらいの、大柄な美しい女性があらわれた。わたしは一目で彼女のことを了解した。丈長の黒服、悲しみに蒼白く窶《やつ》れた顔を、さらに蒼白く見えるようにほどこされた化粧、美しい眼——父親と同じ色だ——それに、わたしの振舞いに対する憤怒の情。

「父はわたしを侮辱するために、あなたをよこしたのではないはずです!」

彼女はさっとふり向いて蠟燭のひとつを持つと、扉に向かった。そこで立ちどまり、もう一度こちらを見て少しためらっていたが、やがてポケットから袋をとり出して床に放《ほう》った。

「さあ、お金です」と尊大に言った。

わたしは驚きとばつの悪さに心が揺れて、彼女が表広間に出て行くのを見ていた。それから袋を拾い上げた。次の瞬間、甲高い悲鳴と何か物が落ちたような音が聞こえ、彼女がよろけて、明かりを持たずに部屋に戻ってきた。

「父が——父が！」彼女は口をあけ、目を見開いて、わたしに駆け寄った。

「お父さんが——どこに？」

「広間の、階段の下にいるの」

わたしは出て行こうとしたが、彼女に腕をおさえられた。

「白い服を着ています——シャツを。父じゃないわ！」

「だって、お父さんは家で寝ているんですよ。重病で」

彼女は探るような目で、わたしをまじまじと見つめた。

「死にそうなんですか？」

「そうじゃないといいけれども」わたしは口ごもった。

彼女は長いうめき声をあげ、両手で顔をおおった。

「ああ、わたし、幽霊を見たんだわ！」

彼女はまだわたしの腕を抱きかかえていて、放すのが怖いというふうだった。

「幽霊！」わたしは訝《いぶか》って、相手の言葉を繰り返した。

「長い間、愚かなことをしてきた罰なんだわ！」

「ああ」とわたしは言った。「これはぼくが無分別なことをした罰です——ぼくが無茶をしたことへの！」

「ここから連れ出してください！」彼女はわたしの腕にしがみついたまま、叫んだ。「そっちは駄目」――わたしが表玄関の方に向かおうとすると――「お願い、そっちには行かないで！　こっち――裏口から」台の上から蠟燭をひったくり、隣室を抜けて家の裏手へ案内した。そこには、流し場から果樹園に通じている扉があった。わたしは錆びた鍵をまわし、扉をくぐって、ひんやりした星空の下に出た。ここでわたしの連れは黒い服の襟元《えりもと》をかき寄せ、口もきけず、しばらく立ち尽くしていた。わたしはおそろしく混乱していたが、彼女への好奇心が何よりも強かった。震えて、青ざめ、絵のような姿をした彼女は、宵の薄明かりの中でたいそう美しかった。

「あなたはこのとんでもないことを何年も続けてきたんですね」とわたしは言った。

彼女は沈んだ目でわたしを見、答えたくないようすだった。

「ぼくはもう大真面目で来たんですよ。この前のとき――三か月前ですが、憶えていますか？　あなたは心底ぼくを怖がらせましたよ」

「とんでもないということはわかっていますけれど」彼女はやっと口を開いた。「これしか方法がなかったんです」

「お父さんは、あなたを許したんじゃないんですか？」

「わたしが死んだと思っている限りは、そうでしょう。生きていたら、父にはどうしても許せないことがあったんです」

わたしはちょっとためらったが、訊いてみた――「あなたの御主人はどこにいらっしゃるんですか？」

「夫はいません――夫を持ったことはありません」

彼女はそれ以上訊かないでくれ、という仕草をして、わたしから急に離れた。わたしたちは家の周囲《まわり》をまわって道に出たが、彼女はずっと「父さんだった――父さんだった！」とつぶやいていた。道に出ると、彼女は立ちどまり、どっちの方向へ行くのかと訊いた。わたしが来た道を指《さ》すと、「わたしは反対側へ行きます――これから父のところへいらっしゃるんですか？」

「ええ、まっすぐに」

「明日、様子を教えてくださいませんか？」

「いいですとも。でも、どうやって連絡をとりましょう？」

彼女は困ったような顔をして、あたりを見まわした。「紙に一言書いて、あの石の下に置いてください」そう言って、古井戸の縁に並んでいる溶岩の板石のひとつを指さした。そうしますと約束すると、向こうを向いた。「わたしの行く道はわかっています。用意はできています。世間によくあることですもの」

彼女は足早に去った。暗闇の中に遠ざかる後ろ姿は、流れるような黒い服の輪郭のせいもあって、初めて彼女を幽霊と思って見た時の姿に似ていた。わたしはそれを見えなくなるまで見送っていたが、自分もやがてその場を去った。足早に街へ戻り、川のほとりの小さな黄色い家にまっすぐ向かった。ノックもしないで扉を開けたが、誰も出て来ないので、ダイアモンド大尉の寝室に行った。扉の外の低い長椅子に、腕組みして坐っている黒いベリンダの姿があった。

「大尉の具合は？」わたしは尋ねた。

「御《み》栄《さか》えのもとに召されました」

「死んだんですか？」

彼女は悲しげな薄笑いを浮かべて、立ちあがった。

「今は誰よりも御立派な幽霊になっているでしょう！」

部屋に入ると、老人は硬ばった死体となって横たわっていた。わたしはその夜、井戸端の石の下に置くことづけの文句を書いた。しかし、約束は果たされなかった。その晩、寝つかれずに——無理もないことだ——ベッドを出て部屋を歩きまわっていると、窓辺に寄ったとき、北西の空に赤い光が見えた。町はずれで火事が起こったようだが、火のまわりが速そうである。それはわたしが夕暮れ時の冒険に出かけたのと同じ方角だった。朱《あけ》に染まった地平線をながめているうちに、鮮明な記憶が蘇って、ハッとした。わたしとあの婦人が家を出る時に持っていた蠟燭は、わたしが消した。だが、もう一つの蠟燭はどうなったかわからない。彼女が玄関の広間へ持っていって、驚いた拍子に——どこかで——落としたのではなかったか。

翌日、わたしは折りたたんだ手紙を携えて家を出、あの脇道に曲がった。幽霊屋敷は焦げた材木と燻《くすぶ》る灰の山になっていた。井戸の蓋は剝《は》がされていた。近所の住民はこの火事を悪霊の仕《し》業《わざ》と思ったにちがいないが、それに立ち向かう勇気を持った一握りの人間が、水を汲み出そうとしたのだろう。井戸端に浅く埋めてあった石は全然違う場所に除けられて、地面は踏み荒らされ、一面のぬかるみになっていた。

オーエン・ウィングレイヴ

Owen Wingrave (1892)

一

「はっきりいうが、君はどうかしている！」

スペンサー・コイルは叫んだ。傍《かたわ》らには青年が蒼白な顔で立っており、少し息をはずませながら、「いいえ、かたく決心したんです」「本当によく考えた末の結論なんです」などと繰り返していた。二人とも青ざめていたが、オーエン・ウィングレイヴの方は教師をいら立たせるような笑い方をし、教師の方はそれでも——相手が場違いな秋波のように顔を歪めているのは、極度の緊張のせいであることを感じる余裕があった。

「ここまで来てしまったのは、たしかに間違いでした。でも、だからこそ、これ以上つづけてはならないと思うんです」

オーエンはそう言って、機械的にへりくだるような態度で——威張り返る気はなかったし、じっさい、威張るべきことは何もなかった——相手の返事を待ちながら、窓の外の没趣味な家並に乾いた目の光を向けた。

「もう不愉快で話にならん。すっかり気分が悪くなった」——コイル氏はじじつ、まったく気が動転したような顔をしていた。

「本当に申し訳ありません。先生がどう思われるかが心配で、中々言い出せなかったんです」

「三か月前に話すべきだった。一日たてば気が変わる問題かね？」年嵩《としかさ》の方が詰問した。

青年はふと黙りこくり、やがて震える声で弁解した。

「先生のお怒りをかうことになるのは、わかっていました。これまでの御恩には心から感謝しています。恩返しに、他のことなら何だってしますけれども、これだけは駄目なんです。もちろん、他のみんなも僕を責めるでしょうね。それも覚悟しています——すべて覚悟の上なんです。だから時間がかかりました——覚悟が出来たと自分でわかるまでに。先生の御不興をかうのは何よりも心苦しいし、一番残念なところです。でも、そのお気持ちもいずれ薄らいでいくでしょう」

オーエンは話をしめくくった。

「君の方こそ、そんな気持ちはすぐ忘れてしまうんだろう！」

相手は皮肉をこめて言った。彼も若い友人に劣らず興奮していて、二人ともこれ以上血の出るような対決を続けられる状態ではなかった。

コイル氏は〝指導教師〟を職業にしていた。軍人志望者の生徒を教え——生徒は一度に三、四人しかとらなかった——彼の極意であり財産でもある抗しがたい刺激をほどこすのだ。彼は大きな学校は持たなかった。教育は、彼にいわせれば、十把《じっぱ》ひとからげにやる仕事ではない。それに氏の教授法、体力、性格からいっても、大勢を扱うには不向きだった。だから生徒をよく吟味し、ことわる申込者の方が多かった。彼はこの道の芸術家であり、選《え》りすぐりの生徒だけを世話して、そのかわり、一人一人に熱烈なといってもよいほどの犠牲を払うことができた。

やる気のある若者が好きで——ある種の器用さ、ある種の能力には関心がなかった——オーエン・ウィングレイヴにはとくに目をかけていた。この若者の独特の能力が——彼の全人格はいうに及ばず——まるで人に魔法をかけるようで、魔法とはゆかないまでも魅力を発揮していた。コイル氏の生徒はたいてい奇跡的な成績をおさめたから、氏はその気になれば大量の志願者を士官学校に送っただろう。彼の身の丈は大ナポレオンと同じくらいで、水色の瞳には一種の天才の閃きがあった——演奏会に臨むピアニストのようだと言われていた。

愛弟子《まなでし》がたった今語った言葉の調子には、そんな気はなかったろうが、自分の方が賢いという響きがあり、彼は苛立ちをおぼえていた。ウィングレイヴが己《おのれ》を買いかぶっている様子が見えても、これまではまったく気にならなかったし、彼の優れた才能を思えば当然のようでもあった。しかし今日は、それが突然鼻持ちならぬものにかわったのだ。彼は師弟関係が終わったとみなすことを断固拒否して、唐突に話をさえぎり、どこか遠くへ行ってきたらいい、と生徒に言った——そう、たとえば南のイーストボーンにでも行って、海を見たら目もさめるだろう。二、三日滞在して頭を冷やし、自信を回復して来たまえ——

若者は成績もしごく優秀だったので、そのくらい休んでも問題はなかった。スペンサー・コイルは彼の成績がいかに優秀であるかを思うと、横っ面《つら》を張ってやりたい気がした。この長身でたくましい若者は、体罰で道理を教え込まねばならぬ相手ではなかったが、端正な顔に浮かぶ悩みを秘めたやさしさ、固い決意と良心の呵責が入り混じった表情は、もしもそれに何らかの益があるなら、両方の頬をよろこんでさし出すだろうことを示していた。彼はけっして、自分の方が賢いなどと思っているのではない。ただ自分の考えを述べただけなのだ。結局のところ、問題は彼自身の将来なのだ。この生徒は形だけでもイーストボーンへ行こうとするか、少なくとも黙らざるを得なかったが、それはコイル先生に元気回復の機会を与えるためだと言いたげであった。青年は勉強に疲れたなどとは少しも感じていなかったが、コイル氏は生徒ゆえの気苦労も多く、過労であっても不思議はない。生徒が休みをとれば、コイル先生自身の頭脳のために良いのではないか。

コイル先生は生徒の考えを察していたが、己を制した。ただ自分の権利として三日間の休戦を言い渡した。オーエンは同意したものの、それは悲しい幻想を育《はぐく》むにすぎず、良心に反すると思っていた。だが別れ際に、この名うての教師は言った。

「やはり、誰かにお会いしておいた方がいいな。たしか伯母さんがロンドンに来ているといっていたね」

「はい――伯母は今ベーカー街におります。どうぞお会いになってください」若者は気休めに言った。

教師は射るような視線で彼を見た。

「君はこの愚かな考えを伯母上に話したのかね?」

「いいえ、まだ誰にも話していません。先生にまずお話しするのが正しいと思いましたから」

「君の〝正しい〟なんてのは、あてにならん!」

スペンサー・コイルは若き友の道徳観念に腹を立てて、どなった。彼はいずれウィングレイヴ嬢を訪ねることになるだろうと言い添え、そのあと、裏切り者の若者は家を出て行った。しかし、彼はすぐイーストボーンに発《た》ちはしなかった。ケンジントン公園に向かって行っただけだが、そこはコイル先生の立派な家――彼はとても贅沢で、大きな屋敷を構えていた――から、さほど遠くなかった。名高い教師は生徒を自宅に〝缶詰〟にしており、オーエンは執事に夕食には戻ると言っておいた。

春の日ざしは彼の若い血潮を暖め、ポケットには本が入っていた。公園に入って少し歩いた後、青年は椅子に腰かけ、おあずけにされていた楽しみの時間が来た時のつねとして、長い静かなため息をもらして、本を取り出した。長い両脚を伸ばして読み始めたのは、ゲーテの詩集だった。ここ数日、ひどく気を張っていたので、緊張の糸がほぐれると、安堵《あんど》の気分もそれなりに大きかった。しかし、解放されて知的な楽しみに耽るあたりが、いかにもこの青年だった。たとえ彼が輝かしい将来の約束を捨てたとしても、それはボンド街をぶらついたり、クラブの窓で閑人ぶりを見せつけるためではないのだ。ともかく、彼はまたたく間にすべてを忘れた――おそるべき重圧、コイル先生の落胆、それにベーカー街にいる手ごわい伯母のことも。これらの監督者が今ここにいたら、またしても腹立ちの理由を見つけるだろう。彼がつむじ曲がりであることは間違いない――なぜなら、こういった閑つぶし一つとっても、彼がいかにドイツ語に堪能であるかを示しているのだから。

「いったいあん畜生、どうしちまったのか、君は知らないか?」

スペンサー・コイルはその日の午後、レッチミア青年に尋ねた。レッチミアは、学校長がこんな悪い言葉遣いをするのを初めて聞いた。レッチミア青年はウィングレイヴの同級生というだけでなく、大の仲良しで親友だと思われていた。コイル先生の目には、彼がいるため、ウィングレイヴの天賦《てんぷ》の才がいっそう引き立って見えるのだった。彼は背が低く、がっちりして、全体に凡庸な生徒だった。コイル氏はこの若者に期待をかけてはいなかったが、今の今ほど相手が愚鈍に見えたことはなかった。こちらをじっと見ているその顔つきからは、何か考えているのかどうかわからない——覆《おお》いをかぶせた皿を見て夕食の献立をあてるより難しい。レッチミア青年は、考えるなどというのは若気のあやまちだ、とでもいわんばかりに心の内を隠していた。ともかく、学友にふだんと変わったことがあると考える理由を思いつかぬようすなので、コイル氏はさらに言わなければならなかった。

「あいつは士官学校へ行かないと言い出した。何もかもおじゃんにすると言ってるんだ！」

この一件でレッチミア青年が最初に気づいたのは、忘れていた方言が蘇ったように、先生の語彙《ごい》に新味が加わったことだ。

「サンドハースト（英国陸軍士官学校の所在地）に行きたくないっていうんですか？」

「どこへも行きたくないとさ。軍隊そのものに見切りをつけた。拒絶しているんだ」コイル氏の語気にレッチミア青年はほとんど息を呑んだ。「職業軍人になることを」

「でも、あいつの家は代々軍人が職業なのに！」

「職業？　それどころか信仰だよ！　君はウィングレイヴ嬢を知っているかね？」

「ええ、知ってます。おっかない人ですね？」レッチミア青年は率直に言った。

師は誡《いまし》めた。

「それをいうなら、侮《あなど》れない人といいなさい。あの人はあれでいいのだ。あの人は善良な未婚の淑女でありながら、なぜかしら英国陸軍の力を――伝統と勲功《くんこう》を、身をもって体現している。広大な英国領土を体現しているお人だからな。御家族があいつを懲《こ》らしめてくれるとは思うんだが、それでもあらゆる方面から感化を及ぼすべきだ。君はどのくらい影響力を持っているか、知りたいね。この件に関して、何かできることはあるかね？」

「議論してみましょう」レッチミア青年は考え込むように言った。「でも、あいつは恐ろしく物知りですからね。すごく変わった考えを持ってるんですよ」

「それじゃあ、君には何か言ったんだな――打ち明け話をしたのかね？」

「さんざっぱら聞かされましたよ」正直な若者は微笑んだ。「嫌気がさしたんですって」

「何に嫌気がさしたんだ。わたしにはわからん」

コイル氏にもっとも長く教えをうけている青年は、自分にも何か責任があるかのように、しばらく考え込んだ。

「何って、軍人になることだと思いますよ。あいつが言うには、われわれは間違った考え方をしているんですって」

「君にまでそんな話を吹き込んだのか。アテナイの青年を堕落させるやり方だ。危険思想の種を蒔《ま》くようなものだ」

「僕でしたら大丈夫です！」レッチミア青年は言った。「それにあいつも、軍人になるのをよすなんて言ってませんでしたよ。僕は、あいつが最後までやり遂げるつもりだと思ってました――そうするしかないんですからね。あいつは、どんな立場からも議論できるんですよ。いやになるほど口が達者なんです――それだけは彼のために言っておきます。でも、なんとも残念ですね――うんと出世したでしょうに」

「ならば、そう言ってやりたまえ。何とか口説《くど》いて、説得してみてくれ――頼む」

「できるだけのことはします。世間に顔向けできなくなる、と言ってやりますよ」

「いいぞ、その調子だ――不名誉という点を強調してやれ」

青年はコイル氏に怪訝《けげん》そうな一瞥《いちべつ》をなげた。「あいつは、けして恥ずかしいことをする男じゃないと思いますけど」

「うむ――しかし世間の目にはそう見えないだろう。そこをわからせてやらなきゃいかん――頑張れ。仲間としての意見を言ってやれ――軍人仲間の意見を」

「そうなれるとばかり思ってたのになあ！」レッチミア青年は感慨深げに言った。自分に課せられた使命のために、気持ちが昂《たかぶ》っていた。「あいつは本当に素晴らしいやつです」

「あれが臆病風に吹かれたら、誰もそう思わなくなるさ」スペンサー・コイルは言った。

「僕の前では誰にもそんなこと言わせません！」生徒は顔を赤らめて反撃した。

コイル氏はそのけんまくを見て、つくづく思った――皮肉なものだ。この青年は生まれながらの軍人だが、もしこの男が他の生き方を選んでも、誰も騒ぎ立てたりはしないだろう――たぶん、若いうちに気立ての良い娘と円満に結ばれて、その娘は何の彼《か》のと言うかもしれないが。

「君はあの男がそんなに好きか？　あいつを信じるかね？」

レッチミア青年はこのところ手に追えない難問攻めにあってきたが、これほど単刀直入な問いを突きつけられたことはなかった。

「あいつを信じるか、ですって？　もちろんです！」

「ならば、あの男を救いたまえ！」

気の毒な若者は当惑した。こんなに強い調子で言われるということは、何か裏があるのではないかとも思われた。彼は複雑な情況を理解しているつもりになったのだろう。やがてポケットに両手を入れたまま、自信ありげな、しかし尊大ではない口調で答えた。

「たぶん、目を覚ましてやれると思います！」

二

レッチミア青年と会う前に、コイル氏はウィングレイヴ嬢に問い合わせの電報を打った。返信の料金を前払いしておいたが、その返事がすぐに戻ってきたので、右の面談は打ち切りとなった。彼はただちに馬車に乗って、婦人が待っているベーカー街に向かい、到着して五分後にはオーエン・ウィングレイヴの非凡な伯母と対座し、憤りつつも悲しげに、また経験からいって間違いないという口調で、繰り返し語った。

「彼はじつに聡明です――じつに聡明です！」

あのような若者を指導できたことは教師冥利に尽きます、とも彼は言った。

「むろん、あの子は聡明です。そうに決まってるじゃありませんか？　わたくしの知る限り、うちの家系には馬鹿は一人しかおりません！」とジェーン・ウィングレイヴは言った。誰のことを言っているのかコイル先生はピンときて、パラモア邸の人々が落胆――むしろ屈辱――を味わったもう一つの原因をはっきりと思い出した。同時に彼は、以前にもこの女性のうちに観察した、潔癖さゆえの野卑さを見る思いがした。不幸なフィリップ・ウィングレイヴは彼女の死んだ弟の長男だったが、文字通りの白痴で人前には出されなかった。奇形で人に慣れず、回復の見込みもなかったため、私立の精神病院に預けられており、この一族の友人の間では、声をひそめて語られる悲しい伝説となっていた。絵のようなパラモア邸、今は老フィリップ卿のいささか物憂い住処《すまい》となっている――虚弱な老人は死ぬまでそこを離れることはないだろう――この家のすべての期待は、かくして次男の上に注がれたのだ。造化《ぞうか》はあたかも前回の失敗を悔いているかのごとく、この子の顔をすばらしく美しくしたうえに、万能の才を与えた。

フィリップ卿の一人息子は、この二人以外に子を授からなかった。彼も先祖の多くと同じように、若い命を雄々しく国に捧げたのだ。息子と同名のオーエン・ウィングレイヴは、接近戦でアフガン人のサーベルに致命傷を負わされた。その一撃は頭蓋骨をたち割った。夫人はその時インドにいて、ちょうど三番目の子供が生まれようとしていた。暗闇の中で苦しんだ末に産んだ赤ん坊は死産だった。母親はうちつづく悲しみにやつれて、この世を去った。

英国に残された二人の息子のうち、次男はパラモア邸で祖父と共に暮らしていたが、ただ一人結婚しなかった伯母が特別に面倒をみることになった。そしてあの興味深い日曜日、スペンサー・コイルは多忙の身ながら、たっての招きに応じてやってきて、オーエンを引き受けることを承知したあと、この家で一日をすごしたのである。名高い教師は、ウィングレイヴ嬢が少なくともその意図において及ぼしている影響力に、強烈な印象を受けた。

じっさい、この短い訪問のもようは興味深い情景として、この炯眼《けいがん》な小男の胸に残った——さびれたジャコビアン様式の家はみすぼらしく、見るからに〝薄気味悪かった〟が、それでもいささかの風格をとどめ、高名な老軍人が穏やかに余生を送る場所としては申し分なかった。フィリップ・ウィングレイヴ卿は名士というより過去の遺物で、日に焼け、背筋のしゃんとした小柄な八十代の老人だった。その目には感情の火がくすぶり、不自然なまでに礼儀正しかった。彼はこの家のささやかな儀式をとり行うことを好んだが、恐縮する訪問客のために震える手で寝室用の蠟燭をともす時でさえ、一皮むけば無慈悲な冷血漢であることを感じさせずにはおかなかった。想像力がある者の目には、彼が東方で過ごした波瀾万丈の過去が見えただろう——几帳面な礼儀正しさが、いっそうの凄味を与えたであろうエピソードが。彼は伝説の持主だった——じつに色々な話が語り継がれていた！

コイル氏の記憶にはさらにふたりの人物が残った——影のうすい無害なジュリアン夫人は、将校の未亡人として、またウィングレイヴ嬢の特別な友人《ひと》として頻繁に通ってくるため、すっかりこの家の一員のようになっていた。もう一人はこの女の娘、際立って頭の良い十八歳の令嬢であり、憶測をたくましくする訪問者の目には、すでに別種の関係が成り立っているように見えた。彼女はオーエンに随分なれなれしく接していた。

　コイル氏は若者と長い散歩をし、色々と話をしながら、やはり優れた若者だと結論したのだが、その時に、オーエンはこっそり教えてくれた。ジュリアン夫人の兄はヒューム・ウォーカー砲兵隊大尉という武勇の誉れ高い紳士だった。大尉はセポイの反乱で斃《たお》れたのだが、彼とウィングレイヴ嬢との間には、悲劇的な結末に終わった微妙な感情（あの婦人がそうした気持ちを人に抱いたのは、知られている限りこの時だけだった）が生まれたらしい。二人は結婚を約していたが、彼女は持ちまえの嫉妬心に狂い――彼と別れ、死地に追いやり、悲惨な最期を遂げさせた。以来、彼にしたことへの強い罪悪感、拭い去れぬ後悔の念が彼女の心に取り憑いた。それで、やはり軍人と結ばれた大尉の妹がもっと大きな不幸に見舞われ、無一文に近い状態で残されたとき、断固として罪滅ぼしの長いつとめに打ち込んだのだった。彼女はジュリアン夫人をパラモアに招《よ》んで、大半の時間を過ごさせることに慰めをもとめた。この家でジュリアン夫人は無報酬の、だが小言をいわれぬではない家政婦として働くようになったのだが、閑にまかせて彼女をいたぶることができるのも慰めの一つではないかとスペンサー・コイルは想像した。

　ジェーン・ウィングレイヴの印象は、あの鮮烈な日曜日に受けたもろもろの印象の中でも、けして薄いものではなかった――あの一日は彼にとって、死別、悼み、追憶、けして口には出されぬ名前、寡婦たちのはるかな嘆き、戦場の音や凶報の残響といったものに奇妙に染められた一日だった。すべてが軍人の風に染まっており、コイル氏はこの職業にいささか慄然とするものをおぼえた——自分は本来、罪のない若者たちをこの職業に就かせる手助けをしているのだが。それに、ウィングレイヴ嬢が良心のやましさをいっそうつのらせたのかもしれない——

冷たく一点の翳りもない良心が、彼女のきつい澄んだ目からコイル氏を見据え、朗々たる声で喇叭《らっぱ》を吹き立てていたからだ。

ウィングレイヴ嬢は高ぶった、威厳のある人物で、身体つきは骨立っているが不格好ではなく、額は広く、豊かな黒髪は自分の頭が〝高貴〟だと自負する——そして、それが許されるような女性の髪型に整えられていて、今はところどころ白いものが交じっていた。しかし、彼女が我々の悩める友に武門の家系の象徴として映ったとしても、それは擲弾《てきだん》兵のように歩くからでもなければ、従軍非戦闘員のような言葉遣いをするからでもなかった。ただ彼女の存在そのもの、一挙手一投足、目つきや声の調子がたえず直接に連想させるところの事実——一族の剛勇無双の誉れから、そういう雰囲気がにじみ出ていたのだった。彼女が軍人のようだったとすれば、それは軍人の家に生まれたからであり、ウィングレイヴ家の人間が代々そうだったものと違うものには、断じてなりたくなかったからだ。話が先祖のこととなると、彼女はほとんど卑俗にもなったし、もし喧嘩を売りたかったら、その均衡を失した感覚に恰好の口実を見つけることができたはずだ。

もっとも、スペンサー・コイルはそんな誘惑に駆られることはなかった。彼にはウィングレイヴ嬢が、色や音に己をあらわす強烈な個性として〝爽快に〟さえ感じられ、自分の友軍とも頼まれた。甥の方は物事を相対的に見る傾向がありすぎるほどだが、この伯母の偏狭さがもう少しあったら、と思った。どうして彼女はロンドンにやってくると、いつもベーカー街に泊まるのだろう、とコイルは考えた。ベーカー街に住むなどということは考えたこともなければ、聞いたこともない――あの街から連想するのは市場か写真屋くらいだ。彼女は自分の生きがいにしている物事以外には、とんと無関心であるに違いない。他のことはどうでもよくて、戦略上の必要とあらばホワイト・チャペル（ロンドンの貧民街）にでも間借りしたろう。

　彼女が客人を迎え入れたのは、広く寒々しい見栄えのせぬ部屋だった。そこにはツルツルした椅子が置かれ、雪花石膏《アラバスター》の花瓶に入った毯欄《さくららん》が飾ってあった。彼女が唯一自分で見つけ出したとおぼしい小さな楽しみは、「陸海軍百貨店」の分厚いカタログで、それが色褪《あ》せた青の殺風景なテーブルクロスの上にのっていた。

　彼女の清らかな額――磁器の板のようで、そこには番地だの金額だのが記憶されている――は、甥の教師が途方もない知らせを聞かせると、さっと赤くなった。しかし幸いなことに、肝をつぶしたというよりも憤っているのだった。彼女には根本的に恐れを感じる想像力が欠けていたし――それは死ぬまでそうだろう――また、何事にも真っ向から立ちむかう健全な習慣を通じて、自分はたいていの場合は無視できぬ存在であることを知っていた。コイル氏が見たところ、現在の彼女に恐いものがあるとすれば、それは甥が人前に恥をさらすのを防げないことだろうが、実際にはそんな気遣いとは無縁だった。それに彼女はものに動じなかった。役にも立たぬ微妙な感情などは認めないのだ。仮にオーエンが一時間も馬鹿な真似をしてみせれば、怒ったたろう。借金があるとか、下等な女と恋に落ちたと告白したら、面食らうだろう。だが、どんな厄介事が起きても、誰も彼女を馬鹿にすることはできないという事実に変わりはないのだ。

「一人の青年にこんなに肩入れしたことなど、なかったと思います――たぶん生徒をとるようになってから、初めてのことです」とコイル氏は言った。「私はあの子が好きなのです。有望な生徒です。行く末どうなるか楽しみでした」

「行く末なんてわかりきったことです！」

ウィングレイヴ嬢は自信ありげにきっと面《おもて》を上げた。まるで彼女は、幾世代もの若者が剣の鞘や拍車をガチャガチャ鳴らしながら、列をなして目の前を通り過ぎるのを見たかのようだった。ウィングレイヴ家の一員がなすべきことに関して、人に教わる必要はないと言っていることを、スペンサー・コイルは理解した。そして次の言葉によって、生徒を監督もできずに愚痴をこぼす自分が、彼女の目には哀れな存在と映っているのを自覚した。

「あの子がお気に入りなんでしたら、後生ですからおとなしくさせてください！」

それが御想像以上に難しいことなのです、とコイル氏は説明したが、相手は彼の言うことを理解してくれないことがよくわかった。青年には一種の知的独立心があるのだと強調すればするほど、彼女はそれを、甥がウィングレイヴ家の人間であり、戦士であることの明確な証拠とうけとった。軍人という仕事が自分には〝ふさわしくない〟とオーエンが言ったことを話したとき、問題の一筋縄ではゆかぬところに注意を引いたとき、彼女はさすがに一瞬呆然と考え込んで、それから怒り出した。

「今すぐあの子を会いによこしてください！」

「わたしもそうさせていただこうと思っていました。でも、あなたにも心の準備をしていただきたかったし、彼が本当に頑固なことをわかってもらいたかったんです。それに、申し上げておきますが、あなたが思いつく限りのもっともな理屈をおっしゃっても――ことに現実的な面から物をおっしゃっても、あまり効き目はないと思いますよ」

「わたくしは筋の通ったことを申します」――ウィングレイヴ嬢は訪問客を厳しい目で見据えた。一体どんな砲弾《たま》を撃つつもりなのか、彼には想像もできなかったが、それを即刻戦場に持ち込んでくれるように頼んだ。彼は晩にも青年をベーカー街によこすと約束したが、じつは二、三日イーストボーンに行ってこいと勧めてしまったことも話した。ジェーン・ウィングレイヴは驚いて、そんなお金のかかることをして、どんな効き目があるというのですか、と言った。

「張りつめた神経には多少の休養、気分転換、気晴らしが薬です」と教師が言うのに対し、彼女はきっぱりとこたえた。「甘やかさないでください――それでなくてもあの子にはずいぶんお金がかかっているんです！　わたくしから言ってきかせて、パラモアへ連れて行きます。あそこで何とかします。そして、すっかり更生させてあなたにお返ししましょう」

　スペンサー・コイルは、うわべはこの約束に満足したそぶりをみせたが、気丈な女性のもとを辞さないうちから、また新たなる心配事を背負《しょ》い込んだのを感じた――彼は不安にかられ、心の中でつぶやいた。「ああ、この女の気性は擲弾兵だ。機略を働かせることができない。いったい、どんな理屈を持ち出すんだろう。何か馬鹿なことを言って、余計にこじらせなければいいが。あの老人の方がましだ――まだ気転がきく――もっとも、あの人もけして死火山とはいえない。オーエンは彼の怒りを爆発させてしまうだろうな。つまるところ、あの子が一族の中で誰よりも優秀なのが問題なんだ」

その晩、コイル氏は夕食の席であらためてそのことを感じた。ウィングレイヴ青年は――ありがたいことに、まだ海辺に出かけてはいなかった――いつも通り食事の時間に現われ、たしかに少しばつが悪そうではあったが、ベイズウォーター（ロンドン、ケンジントン公園の北にある高級住宅地）にそぐわないほど妙な振舞いはしなかった。コイル夫人にも普通に話しかけた。夫人は最初から彼のことを、今までにあずかった生徒のうちで一番すばらしい若者だと思っていた。だから、一番居心地が悪かったのはレッチミアで、気を使っているのか、心得違いを起こした勉強仲間と目を合わせまいとして必死だった。しかし、スペンサー・コイルも内心気が気ではなかった。若い友人の頭の中に、パラモア邸の人々には理解の及ばぬあらゆる考えが詰め込まれているのが、よくわかったからだ。彼にはもう、この若者を悩ませるのが不当なことのように思えてきた――結局のところ、彼にだって自分の考えを持つ権利はあるのだ――それに、がさつな指でいじくるには、この青年はあまりにも繊細にできている。こんなわけで、気まぐれな洞察力と複雑な同情心を持った熱血教師は、不興と賞賛のいずれの側に与《くみ》して安んずることもできなかった。真実を愛する心が邪魔をしたのだ。

食事の後、彼はウィングレイヴに、今からすぐベーカー街へ行った方がよいと言った。青年は〝おかしな〟表情（だとコイル氏は思った）をして――つまり、先の話し合いの時のように、誤った大義への意気込みを笑顔に浮かべて――試練に立ち向かうべく出かけていった。スペンサー・コイルには彼が怖がっていることがよくわかった――伯母を恐れているのだ。だが、なぜかそれが小心のしるしであるようには思えなかった。この哀れな青年の立場におかれたら自分だって怖がるだろうし、恐怖を乗り越えて砲台に赴かんとする教え子の姿には、軍人気質を強く感じさせるものがあった。勇敢な若者でもこんな危険にさらされては、たいてい怖気《おじけ》づくに違いない。

「あいつは色々考えてるんですよ！」

友人が家を出て行ってから、レッチミア青年は教師に向かって吐き出すように言った。彼は困惑し、悲しかった――鬱憤を晴らしたかったのだ。夕食の前、コイル氏にいわれた通り、友に面と向かって話をしてみた。ウィングレイヴは言った――自分が疑いを抱くようになったのは、戦争の愚かさ――〝愚かな野蛮さ〟――を心から確信したからである、と。ウィングレイヴの大きな不満は、人間がもっと賢明な方法を考えつかなかったことであり、せめて自分だけはそんな愚劣な者ではないことを示そうと決意したのだ。

「それであいつったら、偉大な将軍はみんな銃殺されるべきだったと思ってるんですよ。とくにナポレオン・ボナパルトは一番の大物ですが、言語《ごんご》に絶する大悪党で、罪人で、人非人だったっていうんです！」

コイル氏はレッチミア青年の説明にしめくくりをつけた。

「なるほど、あれはわたしに見せてくれたのと同じ知恵の結晶を、君にも披露したというわけだな。ところで、君は何て言ったんだ？」

「戯言《じょうだん》じゃない、って言ってやりました」

レッチミア青年は力をこめたが、少し驚いたことにコイル先生は、この正当な言い分を聞いて調子外れに笑った。それから、ややあって続けた。

「まったくもって面白い――一理あるかもしれないな。しかし、残念だ！」

「あいつはいつからそういう風に考えるようになったか、話してくれました。四、五年前、歴史上の大立者とその戦争について片っ端から本を読んだんだそうです――ハンニバル、ユリウス・カエサル、マールバラ公（ジョン・チャーチル　一六五〇―一七二二　英国の武将）、フリードリヒ大王やボナパルト――山ほど本を読んで、目が開かれたと言っていました。身体中に嫌悪感が走ったんだそうです。戦争の〝はかり知れない悲惨さ〟がどうとか言って、なぜ各国の国民は好戦的な政府や指導者を八つ裂きにしないんだろうって訊《き》くんです。あいつは中でもボナパルトを一番嫌ってました」

「まあ、ボナパルトはたしかに人でなしだった。極悪人だ」コイル氏は思いがけない発言をした。「しかし、君はそれに賛同しなかったろうね」

「いえ、たぶん彼は嫌なやつだったでしょうし、我々がやっつけてよかったと思いますよ。でも僕がウィングレイヴに言ったのは、そんな調子では君の方が何だかだ言われるぞ、っていうことです」レッチミア青年は一瞬ためらった後に言葉を継《つ》いだ。「最悪のことも考えなければならないぞ、と言ってやりました」

「当然、彼は〝最悪のこと〟とは何かときいただろうな」

「ききましたとも。それに何て答えてやったと思います？　君のいう良心の疑問とか嫌悪感なんてのは、口実にすぎないって人は言うだろう、と言ったんです。そうしたら、『いったい何のための口実か』って」

「そこで君は閉口してしまったんだな！」コイル氏はかすかに笑った。生徒にはそれが何の笑いかよくわからなかった。

「そんなこと、ありません——ちゃんと言い返しましたよ」

「何と言ったんだ？」

青年はふたたび深刻な目を教師に向けて、しばらく口を閉ざした。「それは二、三時間前にお話ししたようなことです。君はそんなふうだと——」まじめな若者は今さらのように口ごもったが、先を続けた——「軍人気質が足りないように見えるって。でも、あいつは何て言い返したと思います？」

「軍人気質なんか糞くらえ！」教師は即答した。

レッチミア青年は目を丸くした。コイル氏がそれをウィングレイヴの言葉として言っているのか、それとも自分の意見として言ったのかを判じかねたからだが、彼は声を大きくして叫んだ。

「そう、まさにそう言ったんです！」

「彼にはどうでもいいことなんだ」とコイル氏は言った。

「そうかもしれません。でも、仲間の僕らまで侮辱するのはあんまりじゃありませんか。僕は、軍人気質こそこの世で一番優れた気質であって、勇気と壮烈ほど輝かしいものはないと言いました」

「ははあ。今度は君がやっつけたな」

「男らしい最高の職業を悪く言うなんて、君らしくもない。己の任務を果たす兵士こそ、立派な人間の見本だと言ってやりました」

「君は生まれながらにしてそのタイプだ」

レッチミア青年は顔を赤らめた。彼にはどうも——そういうことは、これまで思ってもみなかったのだが——自分は先生の気晴らしのためだけにここにいるのではないか、という気がしないでもなかった。けれども、その先生が自分の肩に手を置き、寛大に語りかけてくれたので、少し安心した。「そうやって、頑張ってみてくれたまえ！　彼を何とかできるかも知れない。何にせよ、君にはとても感謝しているよ」

しかしながら、まだ疑問が残っていた——青年は面白くない話題から離れる前に、もう一度口を開いた。

「あいつはどうでもいいと思ってるんですか！　でも、そんなふうに思うなんて変です！」

「まったくだな。しかし、君が今日の午後言ったことを忘れないでくれよ——他人《ひと》にあれこれ言わせないようにする、ということだ」

「そんなやつがいたら、ぶちのめしてやりますよ！」とレッチミア青年は言った。

コイル氏は立ち上がった。この会話はコイル夫人が退《さが》ったあと、夕食のテーブルで交わされたものだった。学校長は彼の徹底した教育方針に基づいて、あけすけに物をいう生徒に上等のクラレット（ボルドー産赤葡萄酒）を一杯ふるまっていた。

教え子も席を立ったが、すぐにその場を去らなかったのは、デカンタから〝もう一杯〟やるためではなく、あるかないかのうっすらした口髭を、いつもと違って念入りに撫でるためだった。何か言いたいことがあるらしいが、思いきって言うのに最後の努力を必要としているのだと教師は察し、扉の取っ手に手をかけたまま、しばらく待った。やがてレッチミア青年は歩み寄ってきたが、スペンサー・コイルはその純真な丸顔に、いつになく険《けわ》しい表情が浮かんでいることに気づいた。若者は気が昂っていたが、世慣れた人間のように振舞おうとしていた。

「もちろん、ここだけの話ですし――」彼は訥々《とつとつ》と言った。「先生のようにウィングレイヴのことを気遣っている人にしか、こんなことは言いません。でも、あいつは怖気づいたんだと思いますか？」

コイル氏が一瞬恐ろしい目つきをしたので、彼はまずいことを言ってしまったとふるえ上がった。

「怖気づいただと？　何に怖気づいたんだ？」

「言ったじゃありませんか――軍務にですよ」レッチミア青年はふと息を呑み込んで、スペンサー・コイルには悲しく思われたほど間の抜けた言葉を続けた。「危険にですよ！」

「わが身が可愛いというのかね？」

レッチミア青年の目は訴えるように大きくなり、そのピンクの顔に教師が見たのは――そこには涙さえ浮かんでいるような気がした――尊敬の念が大きかった分だけに、ひどい失望を恐れる気持ちだった。

「あいつは――おっかなくなったんでしょうか？」正直な若者は不安に声をふるわせた。

「馬鹿な！」スペンサー・コイルはそう言って、背を向けた。

レッチミア青年は師に少し冷たくあしらわれたような気がして、少し恥ずかしくさえなったけれども、それ以上に安心した。

三

それから一週間と経たないうち、スペンサー・コイルはウィングレイヴ嬢からの手紙を受け取った。彼女はあれからすぐに甥を連れてロンドンを去った。今度の日曜日、パラモア邸に来ていただけないかというのだ――オーエンはまったく手に負えない。こちらで――模範になる父祖たちの記憶に満ちた屋敷で、〝ひどく立腹している〟彼女の父親と協力し、最後の説得をしてみる価値があるかもしれないというのだ。行間から察するに、ベーカー街でウィングレイヴ嬢がコイル氏の絶望を皮相視した時にくらべると、パラモアの人々にも事の重要さがわかってきたようだった。ウィングレイヴ嬢は巧言を弄するような女性ではなかったが、困っている家族にどうか御厚意をお寄せいただきたい、とまで言った。さらに、コイル夫人もおいでくだされば光栄に存じますと書き添えてあり、本人宛の招待状が同封してあった。また、コイル先生の御許可が得られれば、レッチミア青年にも手紙を書くつもりです、とあった。ああいう男らしい好青年なら、情けない甥に良い影響を与えてくれるかもしれないと考えたのだ。

高名な教師は招待を受けることにした。今は腹が立つよりも、心配の方が勝《まさ》っていた。彼はウィングレイヴ嬢に宛てて返事をしたためながら、自分が内心、もとの教え子を敵に引き渡すためにではなく、加勢をしに行くつもりでいることに気づいて、思わず微笑した。彼は妻に――夫人は色白で健康そうなおっとりした女性で、コイル氏よりもずっと押し出しがきいた――ウィングレイヴ嬢の言うことは言葉通りに取った方がよい、と言った。あの家は英国の旧家の典型で、じつに驚くべき、魅力的なところだから、と。この最後の言葉には軽い皮肉がこめられていた――彼は一度ならず、おまえはオーエン・ウィングレイヴに惚れているんだろう、といって妻を責めたことがある。彼女はそうですと認め、自分の情熱をとくとくと語った。つまり、この話題は二人の間であけすけに語られていた。夫人は冗談のしめくくりとして、喜んで招待をうけた。レッチミア青年もそうした。教師は勉強の最後の追い込みにかかる前に、少し気分転換をしておいたらよかろうといって、それを許したのだった。

あの立派な古屋敷に着いて一、二時間もすると、コイル氏はパラモアの住人がほとほと困り果てている事を痛感した。土曜の晩から始まったこの短い二度目の訪問は、彼の生涯に於いてもっとも奇妙な挿話を形造ることになった。妻と二人きりになったとたん――晩餐の服に着替えるため部屋に戻ったのだ――二人共堰《せき》を切ったように、ほとんど恐怖の念にかられて、屋敷に不吉な影が立ちこめていると言い合った。家は古い灰色の家表《やおもて》からして立派で、両翼が前面に張り出し、三方を囲む形になっていた。しかしコイル夫人は、こんな雰囲気の場所と知っていれば足を踏み入れなかったのに、と遠慮なく言い放った。彼女はこの家が〝薄気味悪〟く、嫌な感じがするといって、なぜ前もって言ってくれなかったのかと夫をなじった。夫は家の様子について多少は話したのだが、夫人はほとんど無我夢中で身ごしらえをしながら、他の質問を数えきれないほど連発していたのだ。

　彼はあの非凡な娘、ジュリアン嬢のことも話していなかった――つまり、この若い淑女は、はっきり言えばただのかかりうどなのだが、彼女の身の処し方如何《いかん》によっては、いずれこの家の最重要人物になるということを。コイル夫人は早くも、ジュリアン嬢の気取った態度が大嫌いだと言ってやりたくなった。それに何より肝心なことは、彼女の夫は自分たちのあずかった生徒が、ここでは五歳も老《ふ》けて見えるということを言わなかった。

「あんなだとは想像もしてなかったんだよ」とスペンサーは言った。「それにこの家の危機が、これほど目に見える形で現われているとは思わなかった。でもこの間、わたしはウィングレイヴ嬢に言ったんだ――甥御さんに本気で圧力をかけた方がいいとね。あのひとはそれを言葉通りに受け取った。小遣いをやらないことにして――兵糧攻めの作戦に出たんだよ。わたしが言いたかったのはそんなんじゃない――でも、何が言いたかったのか、もう忘れてしまった。オーエンは圧力を感じているだろうが、けして屈しないだろうな」

不思議なことに、思い悩むこの小柄な教師はここへやって来てから、自分の気持ちが――それに気づかぬふりをしていても――反撥の波に呑み込まれていることをはっきりと悟った。自分がここにいるのは哀れなオーエンの側に立つためなのだ。彼の抱いた印象と懸念のすべてが、この場ではずっと強いものになっていた。コイルは若い狂信家の抵抗する姿に、どこか魅《ひ》かれはじめていた。先に述べた水入らずの語らいをした時、妻はそれまでの仮面を脱ぎ捨て、教え子の取った態度を大袈裟なくらい誉めたが（あの子は情け容赦のない兵士になるには善良すぎるし、信念のために耐えるなんて、気高い心ですわ――殉教するキリスト教徒みたいに蒼ざめていても、若き英雄のように高潔じゃありません？）、その時夫人が表明した同情の念は、コイル氏自身――自分のもとの寄宿人は稀有《けう》な変わり者だと思っているふりをしながら――自分の心の中にすでに認めていた感情だった。

というのも半時間前、この家の茶色い古色蒼然たる広間で形ばかりお茶の時間をすごしたあと、物事の理《ことわり》を求めるあの青年が、着替えする前に少し庭を歩きませんか、とコイルを誘ってきたのだ。そしてテラスの向こう端まで一緒に歩いて行く間、ねだるように腕に手をかけ、師弟の間にしてはなれなれしい態度をあえてとって、誰が一番味方になってくれるか知っているのだと暗に示そうとした。

スペンサー・コイルの方も多少推《すい》するところがあったので、若者が打ち明け話をしたいといっても驚かなかった。彼はこの家に着くなり、皆がイの一番に自分を取り込もうとしているのを感じたし、今もジェーン・ウィングレイヴが古風な曇り窓の一つから——屋敷はほとんど近代化されておらず、厚い燻《くす》んだ窓硝子は三世紀も前のものだった——こちらをのぞいて、甥が客人に悪い考えを吹き込みはしないかと見張っていることを知っていた。だからコイル氏は急いで——しかし冗談に聞こえるよう気をつかいながら——パラモアまでやって来たのは君に籠《ろう》絡《らく》されるためではない、と青年に言った。ここへ来たのは、面と向かって最後の訴えをするためであって、それも全然無駄にはなるまいと思っている、と。オーエンは歩きながら悲しげに微笑み、自分は降参する人間に見えますか、と尋ねた。

「君は様子が変だと思う——顔色が悪いぞ」スペンサー・コイルは感じたままを言った。二人はテラスの端で立ちどまった。

「抵抗するのにすごく力をつかうからです。なかなか疲れますよ」

「なあ、ウィングレイヴ君、君のすばらしい力が——君は明らかにそれを持っているのだからね——何かもっと有益な事に使われたら、どんなにいいか！」

オーエン・ウィングレイヴは、小柄だが姿勢の良い教師を見下ろして微笑んだ。

「ぼくはそう思いません！」と言って、理由を説明した。「あなたがお望みなのは（それほど僕を買ってくださるならば）、どんな方向であれ、ぼくが最大限の力を発揮することじゃありませんか？　僕は今、このことに精一杯の力を発揮しているんです」

彼は祖父に何時間もひどく問いつめられたことを話した。祖父は聞いているこちらの髪の毛が逆立つような調子で非難した。若者は皆が自分の決断をけして好まないことは知っていたが、これほど騒ぎ立てるとは思ってもみなかった。伯母の態度は違ったけれども、侮辱的である点は同じだった。まったく、誰もが自分のことを恥ずかしく思っていて、家名に泥を塗ったと責め立てる。逃げ出したのはおまえだけだ——三百年来、おまえが初めてだ。おまえが士官学校を目ざしていたのは周知のことなのに、今になって突然、疑問を感じるなどと逃げ口上をいう——おまえは偽善者だということが知れ渡るだろう。皆は彼の抱いている疑問について、人食い人種の神に対しても言わないような、ひどい言い方をした。祖父は口汚く罵った。

「僕のことを——僕のことを——」

オーエンはそこまで言うとぐっと詰まり、涙声になった。健康で丈夫な若者にしては異様に窶《やつ》れて見えた。

「想像がつくよ！」スペンサー・コイルは気まずく微笑《わら》った。

青年の曇った目が、あたかも事態の奇妙な行先を追うようにして、束の間、遠くの一点を見た。それからコイル氏と視線を合わせて、次の一瞬、こちらの心を深く探った。

「そうじゃないんです！　違うんです。そんなことじゃないんです！」

「わたしもそうは思ってないさ！　だが、君は代わりに何があるというんだね？」

「代わりって？」

「戦争という愚かな解決法の代わりだよ。戦争がだめだというなら、それに代わる方法を提案すべきではないかね」

「それは責任ある人間がすればいい事です。政府や閣僚が。連中なら、すぐにでも代案を見つけるでしょう。それができなかったら絞首刑で――おまけに引きのばしと四つ裂きの刑ということにすればね。死刑だといってごらんなさい。そうしたら大臣たちの頭の回転も良くなるでしょう！」

話しているうちに青年の目は輝き、自信満々で得意げな顔になった。コイル氏はお手上げだと思って、悲しくため息をついた――完全に凝《こ》りかたまった妄想だ。彼はオーエンがこのあとに「先生もぼくを臆病者だと思いますか」と訊いてくるかしらと思った。だが幸い、若者はコイル氏がそんな風に思うとは考えていないし、その質問をすることを避けているのでもなかった。スペンサー・コイルは生徒を信頼していることを示したかったが、君の勇気は疑わないとあからさまに言うのは、悪趣味な誉め言葉のような気がした――君の誠実さを疑わないと言うのと同じだ。しかし、オーエンが話を続けたので、さしあたりこの問題からは逃れることができた。

「祖父は僕の相続権を奪うことはできません。でもこの屋敷以外は何ももらえないでしょうね。ここは御覧の通り小さなところですし、地代だってあんな調子だし、ほとんど収入《みいり》にはならなくなっているんです。祖父は多少のお金を持っていますが――大したお金ではないんですよ――そんなものも僕にはくれまいとしています。伯母も同じです――どうする気か教えてくれました。伯母は年に六百ポンドを遺してくれるはずだったんです。それはすっかり決まっていたんですが、今のところ確実なのは、僕が軍人になることをやめたら、一ペニーだってもらえないということですね。公平を期して言うと、僕には母からの遺産が年に三百ポンド入ってきます。それに実際のところ、お金のことなんか、これっぽっちも気にしていないんです」青年は苦痛にあえぐ動物のようにゆっくりと息を吸って、言葉を継いだ。「僕が悩んでいるのは、そんなことじゃないんです！」

「軍人にならなければ、何をするつもりかね？」彼の友はそれだけを尋ねた。

「わかりません――何もしないかもしれません。どっちみち、大したことはしないでしょう。何か平和なことをやるだけです！」

　オーエンは疲れた笑顔を向けた。思い悩んではいても、ウィングレイヴ家の一員がそんなことを言う滑稽《こっけい》さがわかっているようだった。だが、客人は――この若者もだてにウィングレイヴの血をひいておらず、砲火にも屈しない軍人魂を持っていると見なおしながら、こうした告白を、こんなふうに、すくたれ者の最後の言葉として聞かされたなら、彼の祖父や伯母がどれだけ怒るかということを考えた。「何もしないかもしれません」――赫々《かくかく》たる伝統を引き継げる若者が！　なるほど、彼は弱虫ではない。見どころはある。だが、たしかにある観点からすれば腹立たしい男だ。

「それなら、君が悩んでいる事は何なのかね？」コイル氏は尋ねた。

「じつは、この家なんです――ここの雰囲気や感じ、それ自体なんです。この家にいると、奇妙な声がささやきかけてくるような気がするんですよ――僕に恐ろしいことを言うんです。おまえのやっていることは皆知っているとか、おまえの責任とか。もちろん、平気じゃいられません――弱りました！　こんなのうんざりです」

オーエンは正当な扱いを求めて訴えるような光を目に湛えて、ふたたび小柄な先生の目をのぞきこんだ。

「僕は昔の幽霊たちをみんな揺り起こしてしまったようです。壁の肖像画までおっかない目で僕をにらむんですよ。祖父の祖父の肖像画もあるんですが（先生も御存知の、あの奇妙な話の主人公で――大階段の二つ目の踊り場にかかっている老人です）、それなんかは、僕がそばに寄ると絵の中で動くんです、ちょっと揺れるんです。といって、階段を使わないわけにはいきませんからね、始末が悪いですよ！　伯母はあれを家族の面々と呼んでいるんですが、その面々がとてもしかつめらしい顔をして人を裁きにかけるんです。みんながここに輪をつくって、まわりを押しつつむ恐ろしい存在となって、それは過去にまで広がっているんです。せんだって伯母とこの家へ戻ってきたとき、伯母は言いました――おまえ、この人たちのいる前でそんなことを言うほど、厚かましくないでしょうね、と。どのみち祖父には言わなければなりませんでしたけどね。でも、もう全部言ってしまったから、問題は終わったような気がします。ここから出て行きたいんです――もう二度と来なくたって、かまやしない」

「おい、君だって戦士じゃないか。最後まで戦わなきゃいかんよ！」コイル氏は笑った。

青年にはこの軽口が気に入らなかったようだが、もと来た方に戻ろうとしてふり返ったとき、自分もかすかに微笑を浮かべてこたえた。

「ああ、僕らはみんな毒されているんですね！」

二人はしばらく無言のまま、古風な柱廊の方へ歩いて行った。やがて年長者は、もう家から十分離れたので立ち聞きされる心配がないことをたしかめると、立ちどまって唐突に尋ねた。

「ジュリアン嬢は何と言ってる？」

「ジュリアン嬢？」オーエンの顔が目に見えて赤くなった。

「あの娘が意見を言わないはずはないだろう」

「ああ、家族の面々と同じ意見ですよ。彼女もむろん、その一人なんですから。それから彼女自身のもあるんです」

「彼女自身の意見ということかね？」

「彼女自身の家族です」

「母君のことかい——あの辛抱強い人のことかね？」

「むしろ父親のことを言ってるんです。その人は戦死しました。それにお祖父さん、そのまたお父さん、伯父さんや大伯父さん——みんな戦死しました」

コイル氏は妙に表情を強ばらせて、その言葉を聞いていた。

「それだけの命を犠牲にしたら、もう十分じゃないか？　彼女はどうして君までを犠牲にしようというのかね？」

「僕が嫌いなんです！」オーエンはまた歩きはじめながら、言った。

「ああ、可愛い娘というのは立派な若者を嫌うものかね！」スペンサー・コイルは言った。

コイル氏は青年の言ったことを信じなかったが、晩餐の服に着替えるとき、妻にその話をすると、夫人はすっかり信じたようだった。コイル夫人は、三十分ほど広間で過ごしたときに、はずかしめられた青年に対するジュリアン嬢の態度がこのうえなく意地悪かったのを見ていたからだ。それに、この婦人の意見によれば、ジュリアン嬢が不埒にもレッチミア青年にちょっかいを出しはじめたことに気づかぬ人は、よほど見る目がないのだ。あの馬鹿な若者を連れてきたのは残念だ——彼は今も、下の広間であの娘と一緒にいるのだ。

スペンサー・コイルの見解は違った——これにはもっと微妙な要素がからんでいると思ったからである。あの娘のこの家に於ける立場は、ウィングレイヴ嬢の甥と結婚するのでなければ説明がつかない。ジュリアン嬢はウィングレイヴ嬢自身の不運な婚約者《いいなずけ》の姪である。彼女はもうずっと前から、一族の期待の星と結ばれることで、年上の者たちの仲を裂いた悲劇の傷を癒す役目をこの婦人に負わされていたのだ。元気の良い若い娘がそんな義務を押しつけられるのは面白くないかもしれない。しかし、コイル氏に言わせれば、ジュリアン嬢のような立場におかれた娘は、願ってもないチャンスに難癖をつけるような愚かな真似はしないものだ。彼女はパラモアで気楽に安心に過ごしている。だからこそ、自分にも選択の余地があるように振舞って面白がることもできるのだ。それはまったく他愛《たわい》ない冗談、思わせぶりにすぎない。彼女には奇妙な魅力があり、賢いとはいっても十八歳の娘にこの家の後継者《あととり》が釣り合わない、などというふりをしても意味がなかった。

厳密にいうと、わたしたちのもとの学生はもうこの家の人間ではないのよ、とコイル夫人は夫に思い出させた。この問題は二人の男性がテラスを散歩して以来、夫婦の頭を悩ませていたことの一つだった。そのあと、スペンサーはオーエンが曾曾祖父の肖像画を怖がっていることを妻に話した。夫人はその絵に気がついていなかったので、あとで階段をおりる時、どれだか教えてやることになった。

「どうして他の人じゃなくて、ひいひいお祖父様なのかしら？」

「一番恐い人物だからだろう。時々出るらしいぞ」

「出るって、どこに？」コイル夫人はぎょっとしてふり返った。

「彼が死体で発見された部屋にだよ——昔から〝白の間〟と呼ばれているところさ」

「この家には本物の幽霊が出るっておっしゃるの？」コイル夫人は悲鳴に近い声をあげた。

「そのことを黙って、わたしを連れてきたのね？」

「前にわたしがここへ来たあとで話さなかったかね？」

「いいえ、一言も。話といったら、ウィングレイヴ嬢のことばかりでしたわ」

「いいや、話した——君が忘れただけさ」

「それなら、もう一度言ってくだされればいいのに！」

「そう思っても、黙っていたろうな——言えば君は来ないだろうからね」

「ほんと、来なければよかったわ！　でも一体——どんな話なの？」

「うん。ずっと昔、この家で暴力沙汰が起こったのさ。たぶんジョージ二世の時代だと思うが、御先祖にウィングレイヴ大佐という人がいてね。癇癪を起こして、まだやっと大人になりかけたばかりの息子の頭を殴り、死なせてしまったそうだ。事はさしあたり内密にされて、別の説明がつけられた。遺体は家の向こう側にある部屋に安置されて、奇妙な噂がささやかれる中で、あわただしく葬儀が執り行われた。翌朝、家の者が集まったとき、ウィングレイヴ大佐の姿が見えなかった。探しても見つからず、しまいに誰かが思った――ひょっとして、遺体を置いてあった部屋にいるんではないか、とね。その人物は部屋の扉をノックしてみたが、返事はない――それで扉を開けた。するとウィングレイヴ大佐が床に倒れて死んでいたんだ――服を着たまま、よろめいてあおむけに倒れたような格好で。傷はなく、争ったり苦しんだりした形跡もなかった。大佐は健康で丈夫な人だったから――そんなふうに急死する原因は見あたらなかった。彼はその晩、寝る前に罪の意識に襲われたか恐怖に取り憑かれたかして、その部屋へ行ったらしい。このことがあったために、息子の本当の死因がやっと明らかにされた。でも、それ以来、その部屋で眠る者はいないそうだ」

コイル夫人は真っ青になっていた。

「それはそうでしょう！　わたしたちがその部屋をあてがわれなくて、よかったわ！」

「ここからは離れているから安心だよ――わたしは事件の場所を知ってるんだ」

「あなた、中にお入りになったの？」

「ほんのちょっとだがね。この家の者はむしろあの部屋を自慢にしていて、前に来たときにオーエンが案内してくれた」

コイル夫人は目を丸くした。

「どんな様子でした？」

「がらんとした、つまらないただの昔風の寝室さ。なかなか広くて、家具調度は〝時代物〟だ。

床から天井まで板張りになっていて、板は昔は白塗りにしてあったんだろうが、ペンキがもう黒ずんでしまっていてね。壁には昔懐かしい〝刺繍見本〟が、ガラスをはめた額に入れて三つ四つ飾ってあった」

コイル夫人は身震いしてあたりを見まわした。

「ここには刺繍がなくてよかったわ。こんな薄気味の悪い話、初めて聞いてよ！　さあ、食事に行きましょう」

階段を下りるとき、夫は妻にウィングレイヴ大佐の肖像を示した――描かれた時代と土地柄を考えると力強い風格のある絵で、きりっとした端正な顔立ちの紳士が赤い上着を着て鬘《かつら》をつけていた。孫のフィリップ卿にそっくりだわ、とコイル夫人は言った。夫の方は――口にこそ出さなかったが――パラモア邸の古階段をもし夜中に歩く勇気があったら、これとそっくりな人物が背の高い少年の手を引いて、浮かばれぬ幽霊らしくさまよい歩くのに出逢うかもしれないと想像した。妻と客間に向かって歩きながら、コイル氏はふと、「イーストボーンへ行けと、もっと強く言うべきだったな」と思った。

しかし、その晩の夕食は、理由《いわれ》のない胸騒ぎを追いやってくれたかに思われた。彼が予想していた一家の険悪な雰囲気は、〝御近所〟が交じることで和らげられたのだ。晩餐の席に招ばれたのは、牧師夫妻を含む二組のにぎやかな夫婦と、このあたりへ釣りをしに来た無口な青年だった。コイル氏はほっとした。彼は結局自分が何を期待されているのか、なぜ愚かにもここへ来てしまったのかわからなくなっていたし、この分なら少なくとも最初の数時間は、問題に直接触れないで済みそうだった。

実際、前もそうだったが、彼は自分の周囲《まわり》にひろがる社交風景の裏面にさまざまな兆候を読んでいるだけで、手一杯だった。明日はきっと大変な一日になるだろう――長く堅苦しい日曜日がどれだけ大変か、厄介な話し合いの席上で、ジェーン・ウィングレイヴがどれだけ辛口の意見をいうかを、コイル氏は予想した。彼女とその父親は、自分に難題を解決してもらいたがっているふりをするだろう。もし、あんまり融通の利かぬやり方を押しつけてきたら、自分は自分の考えを言って鳧《けり》をつけることになるかもしれない――そんな事態に立ち至らなくても、どのみちここへ来たことは気の滅入る失敗だった。ウィングレイヴ老がもくろんでいるのは、家の中がうまくいっていることを友人達に見せつけることなのに違いない。ロンドンの大先生がここにいらっしゃるということは、間近に迫った試験の結果に自信があるのを示しているのだ。

主賓たるコイル氏がいささか驚いたことに、オーエンはこの見せかけの調和を乱さないという約束が出来ているらしかった。彼は自分の猛勉強について何か言われても聞き流し、自分のことは何も語らず、〝勘当〟などされていないかのように御婦人方と愛想良く話をした。コイル氏は一、二回テーブルごしにオーエンの方を見て、名状しがたい情熱を宿した彼の目をとらえたが、その笑顔には奇妙な悲哀が浮かんでいた。こんなにもはっきりと生贄の刻印を押された子羊を見ては、胸の痛みをおぼえずにいられなかった。

「畜生、あいつがこんなに立派な戦士だとは、本当に残念だ!」

コイル氏はひそかにため息をついた――それは理屈からすると矛盾しているようだったが、理屈などは所詮皮相なものだ。

もしもケイト・ジュリアンに気をとられていなかったら、彼はこの思いで胸が一杯になってしまっただろう。ケイトはすぐ目の前に見ているとなかなかの娘で、関心をそそらなくもなかった。とはいえ、その関心とは並外れた可愛さから来るのではなかった。切れ長の東洋的な目、美しい髪、物に臆《お》じぬ個性を持った美人だったが、もっと美しい顔の色、もっと自分好みの目鼻立ちをした女性は他にも知っている。コイル氏が興味をおぼえたのは、彼女のような立場にいれば当然の配慮――慎重さと礼儀からして、こんな風であってはいけない人物だという不思議な印象を与えたからだ。

彼女は俗にいうかかりうどだった――文無しで人の世話になり、お情けでおいてもらっている。だが立場では劣っていても、気持ちの上では遠慮も服従もしないという感じがどこかにあった。べつにとげとげしい態度をとるわけではない――彼女はもっと恬淡《てんたん》としていた。損も得もないので、好きなように振舞えるという感じだった。この娘は、彼女が思っている以上に薄氷を踏んできたのかもしれない、とスペンサー・コイルは思った。その危険がどれほどのものだったにせよ、ともかく、これほど身の安全を考えない若い娘は見たことがなかった。ジェーン・ウィングレイヴとこの同居人が日頃どんな関係でいるのか、当然気にはなったけれども、そうしたことは所詮、測り難い謎だった。気の強いケイトは、己の庇護者に対しても大きな顔をしているのかもしれない。

前回パラモアを訪れたときの印象では、フィリップ卿がついているから、彼女は背水の陣を敷いて戦えるのではないかと思われた。ケイトはフィリップ卿を喜ばせ、魅了した。フィリップ卿は恐れを知らぬ人間が好きだった。そして、卿と卿の娘のどちらに統帥権があるかは言うまでもない。ウィングレイヴ嬢は多くのことを自明の理として、それに従っていたが、とりわけ軍規の厳しさ、敗者、捕虜の運命がそうであった。

しかし、この家の賢い息子と、こんなにも個性的な幼なじみとの間には、いかなる奇妙な関係が築かれていたのだろうか？ 互いに無関心ということはありえないだろうし、幸福で美しい若者達のことであるから、毛嫌いし合っていたとはなおさら思われない。ポールとヴィルジニー（ベルナルダン・ド・サンピエールの小説『ポールとヴィルジニー』の主人公。）ではないが、一緒に夏を過ごし、牧歌的な日々を送ったろう。自分を好いてくれないという理由がある場合は別として、良い娘があんなに良い若者を嫌う道理がない。それに良い若者が、これほどそばにいる娘の魅力に逆らえるわけはない。

もっとも、ジュリアン夫人の話によれば、二人はいつもそばにいたわけではないようだった――オーエンはむろんのこと、夫人の娘も学校に行っていたからである。御親切にも娘を時々〝連れ出して〟くれる友人の元を訪ねることもあり、ロンドンに滞在して――それは大変だったが、神様の御加護でなんとか実現できた――〝芸事〟を、絵や歌を習ったこともある。とくに絵、油絵の方では評判が良かった。しかし夫人は、二人は兄妹のようだとも言っていた。それは結局のところ、多少はポールとヴィルジニーめいたところがあるということだ。

コイル夫人の言った通り、ヴィルジニーはレッチミア青年が気持ちよく過ごせるように、なにかと気を使っていた。われらが批評家がこういったことをゆっくり考えていられたのは、めまぐるしい話題の変化がなかったからである——主として他の招待客のおかげで、話の流れが妙な方に外《そ》れることはなかった。逸話の類が繰り返され、地代についての議論が出、不安に身を寄せ合う動物のように、話題はひと続きにつながっていた。当家の主人たちが、この一夜を何事もなかったかのように過ごしたいと強く願っていることが察せられた。そのことから、逆にかれらが内心どのくらい憤っているかがわかった。

夕食が済まないうちから、彼には二人目の生徒が気に障《さわ》ってならなかった。レッチミア青年は、彼が勉強を教えはじめて以来、それなりの進捗《しんちょく》は遂げてきた。だからといって、この若者が気をゆるめると赤ん坊同然に他愛なくなることを、師は見逃すことができなかった。コイル氏はパラモア邸で楽しく過ごせば、良い刺激になるかもしれないと思ったのだが、若者の態度はその予想が正しかったことを証明していた。刺激になったことは間違いない。それは天啓の形でもたらされた。レッチミア青年の顔の輝きは、同情したくなるほどの——少なくとも、冷やかすのがためらわれるほどの純真さで、ジュリアン嬢のような女性を初めて見たことを物語っていた。

四

夕食後、娘は居間でオーエンの元教師に近づいた。彼女はしばらく彼の前に立って、微笑みながら扇をいじっていたが、やがて不思議な魅力をたたえた眼をあげて、こう切り出した。

「あなたがなぜここにいらしたかは知っています。でも無駄なことだわ」

「わたしは君のことについても少々おせっかいを焼きに来たんです。それも無駄かね？」

「ご親切に。でも、わたしは今のところ問題はありません。オーエンのことはあなただってどうにもできないでしょう」

スペンサー・コイルは一瞬口ごもった。

「あいつの友達をどうするつもりかね？」

彼女は目を見張って、あたりを見まわした。

「レッチミアさんのこと？　ああ、あの人ったら！　わたしたち、ずっとオーエンのことを話していたんです。あの人は彼をとても買っているのね」

「わたしもだよ。念のため言っておくがね」

「わたしたちだって、そうです。だからみんながっかりしているんですわ」

「じゃあ、君も彼を軍人にしたいとお考えなのかな」客人はたずねた。

「心からそう思っていましたわ。軍隊は素敵ですし、それに子供の頃の遊び相手のことも大好きですから」

スペンサーはジュリアン嬢の態度について、青年本人からこれとは違う話を聞いたのを思い出したが、ここで問いただしては、彼に済まないと思った。

「昔の遊び相手の方も君を好いているとしか考えられませんな。従って、あの男は君を喜ばせたがっているはずだ。わからないのは、どうして二人で――君たちのように賢い若い人が――問題を解決しないか、です」

「わたしを喜ばせようですって！」ジュリアン嬢は叫んだ。「残念ですが、そんなところは、これっぽっちもありませんわ。わたしを生意気な女だと思っているのよ。こちらがどう思ってるか言ってやったら、それだけでわたしを嫌ったのよ」

「だが、君はたった今、彼を買っていると言ったじゃないかね」

「あの人の才能とか、可能性はね。こんなこと言うのは何ですけれど、見かけだって悪くないと思ってますわ。でも、今の態度は買いません」

「その問題を話し合ったことがあるのかね？」

「ええ。思い切って率直に言いました――この際、許されると思って。彼はわたしの言ったことが気に入らなかったみたい」

「何と言ったんだね？」

娘はちょっと考え込んで、また扇をいじった。

「あの――昔からの仲良しだから言ったんですけど――そんなのは紳士の振舞いとはいえないって！」

そう言ったあと、彼女の目とコイル氏の目が合い、コイル氏は相手の曖昧《あいまい》な瞳の奥を覗き込んだ。

「じゃあ、二人が仲良しでなかったら、何と言ったんだね？」

「あなたがそんな質問をなさるなんて――変ね！」彼女は笑ってやり返した。「どういうおつもりなの？ 軍人を育てるのが御商売だとばかり思っていたけど！」

「ささやかな冗談ですよ。しかし、ことオーエン・ウィングレイヴに関しては、〝育てる〟必要などないのです。わたしが見るところでは」――小柄な教師は、自分のいう逆説に責任を感じているように言葉を詰まらせた――「わたしが見るところでは、彼は本当の意味で戦う男そのものです」

「じゃあ、それを証明してもらいたいものだわ！」

彼女は苛立たしげにそう言うと、向こうに行ってしまった。

スペンサー・コイルは引きとめなかった。ジュリアン嬢の口ぶりはどこか不愉快だったし、少なからず彼を驚かせた。二人の間に激しいやりとりがあったのは間違いない。しかし、所詮は自分が口を出す問題ではないのだと思うと、いっそう苦々しい気持ちが増した。ここはまさしく武門の家柄で、あのお嬢さんは理想の男性像を――若い乙女は常に理想の男性像を抱いているものだ――帯綬《たいじゅ》を佩《お》びた戦士に求めているのだ。べつに変わった趣味ではない。しかし、それから十五分後、この理想像をまさに具現しているようなレッチミア青年を近くに見たとき、スペンサー・コイルはまだ腹の虫がおさまらなかったので、罪のない若者に威丈高な調子で言った。

「夜更かしすることはないいんだぞ。そんなことのために、ここへ連れてきたんじゃないいんだからな」

晩餐の客は引きあげはじめ、寝室用の蠟燭が就寝を促すかのように並んで燃えていた。しかし、レッチミア青年はすっかり浮き調子になっていたので、師の不興に気づかなかった。頭の中に楽しい考えがいっぱい詰まっており、思わず笑いがこぼれそうだった。

「僕は寝る時間が待ち遠しくてしようがないいんですよ。すごく面白い部屋があるのを御存知ですか？」

相手にしようかどうしようか、とコイルは一瞬考えた――それから、いつもの気張った調子で言った。「君はまさか、その部屋に寝かされるんじゃないいだろうな？」

「いいえ。もう長いこと、そこで夜を過ごした人はいないいんですよ。でも、まさにそいつをやってみたいいんです――面白いことこの上なしでしょうね」

「それでジュリアン嬢に許しをもらおうとしたんだな」

「自分はそんな許可を与える立場じゃないいって、あの女《ひと》は言いました。でも、信じてるそうです――誰もそんなことをやった人間はいないいって言ってましたよ」

「誰もやってはならないいのだ！」スペンサー・コイルはきっぱりと言った。「とくに君のような大事な時期の若者は、おとなしく寝なければいかん」

レッチミア青年は残念そうに、聞き分けのいいため息をもらした。

「わかりました。でも、もう少し起きていて、ウィングレイヴと話してもいいですか？　まだ全然話をしてないんです」

コイル氏は時計を見た。

「煙草一本なら吸ってもよろしい」

誰かが肩に手を置いたのでふり返ると、妻が蠟燭を傾けて、彼の上着に蠟を垂らしていた。婦人連はもう寝室にさがる。フィリップ卿が長年墨守している就寝時刻が来たのだ。それでも、あんな怖い話を聞いてしまっては、たとえ短い間でも、屋敷のどこであろうと、独りきりにされるのは御免です、とコイル夫人は夫に打ち明けた。コイルは三分以内に行くと約束し、婦人たちは型通りの握手をして、衣擦《きぬず》れの音をさせながら部屋に向かった。

この古い屋敷には目下悩みの種など何もないかのように、パラモア邸では粛々と作法が保たれていた。たったひとつ足りないとコイルが思ったものは、ケイト・ジュリアンからの挨拶だ。彼女は氏に言葉もかけず、目もくれなかったが、コイル氏の方は彼女がオーエンをじっと見つめているのに気づいていた。おずおずとしながら同情深げな彼女の母は、明らかに、この青年に会釈した唯一の人物だった。ウィングレイヴ嬢はこの三人の婦人を引き連れ——きらめく蠟燭の行進を率いて——広い槲《オーク》の階段をのぼり、不運な先祖の肖像が見守る前を通り過ぎた。

フィリップ卿の召使があらわれ、老人に腕をさし出すと、卿は自分がその役目をするものと思って動きかけたオーエンに、しゃんとした背中を向けた。コイル氏はあとになって知ったのだが、オーエンが寵を失う前は、この家にいれば、就寝時間に祖父の手をひいて、おごそかに寝室まで案内するのが、彼の特権だった。フィリップ卿は軽蔑の念もあらわに習慣を変えたのだ。老人の部屋は下の階にあり、召使に助けられて不自由そうに足を引き摺《ず》っていったが、席を立つ前に一瞬、燃えさしを掻きおこしたような赤々した眼の光——穏やかな物腰とはそぐわない光を、もっとも信頼する客人に意味ありげに投げかけた。その目はスペンサーにこう語りかけているようだった——「明日、一緒にあの青二才の悪党をとっちめてやろうじゃないか！」

事情を知らぬ人だったら、今広間の反対側に歩いていった青二才の悪党が、少なくとも小切手の偽造くらいはやらかしたのだと思うだろう。コイルは一瞬、若者を見やった。青年はいらいらして椅子に坐り、落ちつかない様子でまた立ち上がると、そのまま こちらの方へやって来た。コイル氏はレッチミア青年に最後の注意をしているところだった。

「私はもう寝るが、さっき言ったことは守ってもらいたいね。ここにいるわれわれの主人役《あるじ》と煙草を一本だけ吸ったら、自分の部屋に行きなさい。もし、夜中に馬鹿げた遊びをしたなんてことが耳に入ったら、大目玉をくらわすからな」

レッチミア青年はポケットに手を入れてうつむいたまま、何も言わず——ただ爪先で絨毯の隅をつついていた。コイルはこんな無言の約束には満足せず、今度はオーエンに言った。

「ウィングレイヴ、君に頼んでおかないといかん。この感じやすい生徒を夜更かしさせないでくれ——彼をベットにおしこんで、扉の鍵をかけてくれ」

何をそんなに心配しているのですかという目でオーエンが見ると、コイルは続けて言った。

「レッチミアは君の家の言い伝えに病的な興味を抱いておってね——あの由緒ある部屋のことだよ。災いは蕾のうちに摘んでくれたまえ」

「ああ、あの言い伝えは面白いけれど、部屋を見たらがっかりしますよ」

オーエンは笑った。

「君は信じていないんだな！」レッチミア青年は言い返した。

「そうらしいね」——コイル氏はオーエンの顔がまだらに紅潮してきたのに気づいた。

「こいつは絶対、あすこで一晩寝たりなんかしないんですよ！」

レッチミア青年は食い下がった。

「君が誰から話を聞いたか、知ってるよ」

オーエンはそう言うと、蠟燭の火でぎこちなく煙草に火をつけた。二人の友人のどちらにも煙草を勧めなかった。

「彼女だったら、どうしたっていうのさ？」年下の紳士はやや顔を赤らめて言った。「そういう話はみんな独り占めしたいのか？」

おどけた調子でそう言うと、煙草入れの中を手探りした。

オーエン・ウィングレイヴは無言で煙草を吸っていたが、やがて口を開いた。

「そうだ——彼女が言ったからって、別にいいさ。でもあの娘《こ》は知らないんだ」

「知らないって、何を?」

「何も知らないんだよ!——先生、こいつはちゃんとベッドに放り込んでおきますよ!」

オーエンは明るい声でコイル氏にそう言い、コイル氏は若者たちの話がある方向に向いてきたので、自分がいては邪魔なのだと察した。しかし、好奇心はあったが、彼は常に分別と思いやりをもって生徒に接するのがたてまえだった。階上《うえ》にあがるとき、馬鹿なことはするなと二人に忠告することはためらわなかった。

階段の上で、驚いたことにジュリアン嬢と出くわした。下へおりて行くところらしい。着替えもしていなかったし、こちらを見て慌てるようすもなかった。それでも、十分前にコイル氏を無視したのとは少し違った態度で、声をかけてきた。

「探し物があって下に行くんです。宝石をなくしてしまったの」

「宝石?」

「ちょっと良《い》いトルコ石なんです。ロケットから外《はず》れてしまったみたい。私が持っているたった一つの本物の装身具ですから——」そう言って、階段を下りはじめた。

「捜すのを手伝いましょうか?」スペンサー・コイルは言った。

彼女は二、三段おりたところで立ちどまり、ふり返って東洋的な目で見た。「広間からお友達の声が聞こえてきません?」

「あの好青年たちがいますよ」

「あの人たちが手伝ってくれるわ」

ケイト・ジュリアンはそう言って、階段を下りた。

スペンサー・コイルはあとに随いて行きたかったが、そんなことをするものではないと思い直し、妻が待っている部屋に戻った。それでも中々ベッドには入らず、着替えの間《ま》を覗いて見たが、上着を脱ぐ気にもなれなかった。三十分ほどは小説を読んでいるふりをした。そのあと静かに――いや、興奮して、と言った方がいいかもしれない――着替えの間から廊下に出た。彼はこの廊下づたいにレッチミア青年の部屋の前まで行き、扉が閉まっているのを見て、ほっとした。三十分前には開いていたのを知っているから、青年は寝たにちがいない。コイルはそれをたしかめたかったので安心し、引き返そうとした。

だが、ちょうどその時、部屋から物音が聞こえてきた――部屋の主は窓辺で何かやっている様子だ。それなら、扉を叩いても安眠妨害にはなるまい。案の定、レッチミア青年はシャツとズボンを着たままの格好で戸口に出た。驚いて先生を中に入れ、扉が閉まると、コイル氏は切り出した。

「しつこく干渉する気はないんだがね。君がよからぬ刺激に晒《さら》されていないことをたしかめんと、気が気じゃないのでね」

「刺激なら、いっぱいです！」無邪気な若者は言った。「ジュリアン嬢がおりてきたんです」

「トルコ石を捜しに？」

「そう言ってました」

「見つかったのかね？」

「どうですかね。僕は上がってきましたから。オーエンと二人にしてきました」

「それでよろしい」スペンサー・コイルは言った。

「どうですかね」レッチミア青年は不安げに繰り返した。「二人は喧嘩していたんですから」

「どうして喧嘩になったんだ？」

「わかりません。あの二人は変わってます！」

スペンサーは考えた。彼は基本的に節操があり行儀の良い人間だったが、今この時、彼の心は好奇心――あるいは率直にいうと、同情に占められていて、それが他のものを押しのけてしまった。

「あの娘はウィングレイヴに食ってかかったか？」と彼は思わず訊いてしまった。

「ええ！　あいつを嘘つきって言ってるんですから」

「どういうことだ？」

「なにも僕の前で言わなくたっていいのに。それで僕は座を外したんです。あんまりひどかったから。僕は馬鹿なことに、また例の不吉な部屋の話を持ち出して、先生に約束したから運試しができなくて、本当に残念だって言ったんです」

「他人様《ひとさま》の家をそんな風にのぞきまわってはいけない――そんな無礼な振舞いは許さんぞ！」コイル氏が口をはさんだ。

「わかってます――この通り、いい子にしてるじゃありませんか。あんなところには寄りつきたいとも思いません！」レッチミア青年は打ち明けるように言った。「ジュリアン嬢は僕に言いました。『あなたなら、やれるでしょうね』——それから可哀想なオーエンの方を向いて、笑うんです——『変わった主義を持っている誰かさんには、そんなこと、とても期待できないわね』って。どうも二人の間で、このことについて何かあったみたいでした——彼女がいじめてるか、挑発してるんでしょう。揶揄《からか》っただけなのかもしれません。でも、あいつが軍人になるのをやめたものだから、あいつに白い羽根が生えているかどうか（闘鶏用の雄鶏の尾羽に白い羽根があるものは弱いとの言い伝えがある）——勇気があるかっていう話になったんでしょうよ」

「それでオーエンは何と言ったのかね？」

「最初は黙っていましたが、そのうち、とても穏やかな声でいいました。『僕は昨夜《ゆうべ》一晩中、あの忌々しい部屋にいたんだ』って。僕ら、仰天して叫びましたよ。それで何を見たかって訊いたら、あいつは何も見なかったって。それでジュリアン嬢が、『お話をつくるならもっと上手にやってちょうだい、何か面白い話を』って言ったんです。『話じゃない——単なる事実だ』とあいつは言いました。ジュリアン嬢はふんと鼻で笑って、それが本当なら、どうして朝のうちに言わないのかと訊きました。わたしがあなたをどう思っているか知ってるくせに、って。『知ってるよ。でも気にしてない』とあいつは答えました。それで彼女はかっとなって、真顔で言ったんですよ——わたしはあなたが嘘つきだと思うけれど、それでも気にしないのかって」

「なんてひどい女だ！」スペンサー・コイルは叫んだ。

「本当に変わった娘《こ》です——何を考えてるんだか、わかりませんよ」レッチミア青年は息をはずませた。

「たしかに、変わってるな——夜も遅くに放蕩児どもとふざけて、悪口を言い合ってるんだからな！」

しかし、レッチミア青年は自分の言いたいことを強調した。「僕が言うのは、彼女があいつを好きみたいだからです」

コイル氏は、相手がいつになく卓見を示したものだから、思わず反応した。「それで、あいつも彼女が好きだと思うかい？」

すると教え子はしゅんとなり、悲しげなため息をついた。

「わかりません——もう、勝手にしろ、です！——でも、オーエンは絶対、何かを見たか聞いたかしたんですよ」

「あのくだらん場所でかね？　どうしてそう言えるんだ？」

「そんな顔をしているからです。見ればわかります——こういう時は。あいつはそういう態度なんです」

「だったらどうして、そのことをはっきり言わないんだ？」

レッチミア青年は少し迷ってから、答を見つけた。

「きっと、人に言えないほど恐ろしいものだったんでしょう」

スペンサー・コイルは笑った。「君は部屋に入らなくてよかったな」

「ほんとです！」

「もう寝たまえ、お間抜け君」スペンサーはまたいらいらして、若者を嘲笑《あざけ》った。「だがその前に教えてくれ、彼女に嘘つきだといわれて、オーエンは何と答えた？」

「『それなら、僕をあそこに閉じ込めて鍵をかけてくれ』って！」

「彼女はそうしたのかね？」

「知りません——僕は上がって来てしまったんで」

コイル氏は教え子と顔を見合わせた。

「もう広間にはいないと思うが——オーエンの部屋はどこだ？」

「見当もつきません」

コイル氏は弱った。彼にもまったく見当がつかなかったし、扉をひとつひとつ叩いてみるわけにもいかない。彼はレッチミア青年に「ぐっすり眠りたまえ」と言った。それから廊下に出て、自問した——オーエンが前に教えてくれたあの部屋を見つけ出すことができるだろうか？たしか、他の多くの部屋と同様、戸口に古めかしい名前が書いてあったはずだ。しかし、パラモア邸の屋敷の廊下は入り組んでいたし、まだ起きている召使もいるだろう。むやみにうろつき回っているところを見られたくなかった。コイル氏は自分の部屋に戻ったが、夫人は夫が眠れないでいることにすぐ気づいた。夫人もこの恐ろしい家にいては〝寒気《さむけ》〟がするばかりだと打ち明けたので、二人は夜中まで語り合った。しぜん、夫はレッチミア青年とのやりとりについて話すことになり、二人はそれについて意見を交わした。

二時頃、コイル夫人は虐《しいた》げられた若い友のことが心配でたまらなくなった。あの性悪娘は彼のいった言葉につけこんで、本当に忌まわしい肝だめしをさせているのではあるまいか。あなたの心の平静がどれだけ乱されようとも、様子を見に行ってちょうだい、と彼女は夫にせがんだ。しかしスペンサーは、夜の静寂《しじま》があたりをつつむとともに、オーエンのことは放っておこうとなげやりな気持ちになっていた。あの部屋で一体何が起こるにしても、あいつは昨晩《ゆうべ》もそこにいたのだから、その恐ろしさに耐えるにはどれほどの努力がいるかわかっているはずだ。それだけに、興奮した神経にとってはいっそう辛いはずだが――それでもやろうというのである。

「あれがその部屋にいればいいと思うよ」とコイル氏は妻に言った。「そうすれば、誰も彼もてんで間違っていたということになる！」

いずれにしても、勝手知らぬ家の中を探しまわりたくはなかったのだ。しかし、彼のやることとは矛盾していた――まだ寝支度をしないで、明かりと小説を持って着替えの間に坐り、眠くなるのを待った。しまいに夫人は寝返りをうって話をやめた。彼も椅子に坐ったまま、とうとう眠りに落ちた。

どれだけ眠っていたかは、あとで計算してみるまでわからなかった。最初、恐ろしい音がして、わけもわからずに飛び起きた。すぐに意識がはっきりしたのは、妻の部屋から、駄目押しのように恐怖の叫びが聞こえてきたためにちがいない。だが、コイルは妻にかまわず、廊下に飛び出していた。同じ音がまた聞こえてきた――「助けて！　助けて！」と叫ぶ、恐怖と苦悶に満ちた女の声だった。屋敷の遠くの方から聞こえてくるようだったが、それがどのあたりかは見当がついた。

コイルは夢中でひた走った。扉の開く音や不安げな声が聞こえ、早暁の薄明かりが見えていた。とある廊下の角を曲がったところで、長椅子に坐り、気を失っている女の白い姿に出くわした。彼は近づいて、何が起こったかをありありと悟った。ケイト・ジュリアンが、からかい半分でやったことに遅まきながら良心の呵責を感じて、嘲笑《あざけ》った相手を解放しにやって来たのだ。ところが、己が招いた悲惨な結果に打ちのめされ、よろめいて逃げだしたのだ——次の瞬間には、彼自身、開いた扉の入口で呆然と立ち尽くした。オーエン・ウィングレイヴは、最後に見たときと同じ服装で、彼の先祖が発見された場所に死んで横たわっていた。その姿は、戦場に勝利を得た若い戦士そのものだった。

本当の正しい事

The Real Right Thing (1899)

アシュトン・ドインが死んで――まだ、ほんの三月《みつき》しか経たぬ頃――ジョージ・ウィザモアは一巻の「大著」に関する申し出を受けた。それは平生かれの書き物を出してくれる出版社から直接来た話で、その出版社はかれのというより、それ以上にドインの版元であった。しかし、会見の約束をして会ってみると、じつは故人の奥方から、早々に『伝記』を出してもらいたいと要請があったのだと聞かされて、謎がとけたような心地がした。ドインと夫人との関係は、ウィザモアの知る限り特別な一章をなすべきもので――ちなみに、それは伝記作者にとっては慎重を要する章でもあったが、夫と死に別れたその日から、この気の毒な婦人には喪失感と、さらにいえば自分自身に足りないものがあったことが痛感されて、誰か内輪の第三者にそのうめあわせをしてもらいたい――たとえ大袈裟なくらいでも良いから、亡き人物の名声を擁護してもらいたいと願ったのだった。ジョージ・ウィザモアは自分が内輪の人間だと感じていた。それでも夫人が伝記を書くための資料を真っ先に託したい人物として、自分の名を挙げたというのは意外だった。

そうした資料――日記、書簡、覚え書、草稿、種々の文書――は夫人の所有物であり、すべて彼女の管理下にあった。相続財産のいかなる部分にも条件はつけられていなかったから、彼女がそれで何をしようと――あるいは何もしなくとも――かまわないのだった。ドインにもし時間があったら、それらをどのように整理しただろうかということは、憶測の域を出ない。死はあまりに早く、唐突にかれをさらっていった。かれが生前口に出した希望《のぞみ》は、放っておいてほしいということだった。かれの人生は中途からポキリと折れてしまった。希望《のぞみ》は、——まさにそうだ。その折れ目はぎざぎざで、きれいに修整《なお》す必要があった。ウィザモアは自分がかれに親《ちか》しい存在だったことをよく知っていたが、同時に、自分自身は世間の目からみれば冴えない人間であることもわかっていた。かれは若く、文筆家、批評家で、日々の暮らしに追われ、さしたる業績もない。著作は少なく片々《へんぺん》たる物ばかりで、人との交際も狭く浅かった。一方、ドインは功成り名を遂げるに十分なだけ生きたし——何より十分な才能があった。かれと同じように名声赫々《かくかく》たる友人連の中には、夫人が声をかけてもよさそうな——夫人を知っている者にはそう思われる——人間が何人もいたのだ。

ともかく、夫人はこの人に、という意向を述べた——しかもこちらに自由の余地を残しておくような、気づかいのこもった申し出だったから、青年は夫人に会わなければいけないと感じた。どのみち話すことはたくさんあると思った。取り急ぎ手紙を出すと、相手はさっそく日時を指定してきて、くわしい話し合いをした。だが辞去するとき、青年の胸には一つの印象が深く刻まれていた。夫人は少し風変わりな女性で、それまで一度も好感を持ったことはなかったのだが、今こうして一生懸命になっている姿には、心を打つものがあった。彼女は本を出すことによって償《つぐな》いがしたかったのだ。そのためには、夫の仲間うちで一番御しやすそうな人間に手伝ってもらうのがいい。夫人は生前ドインのことを真剣に理解しようとしなかったが、この伝記が、自分に向けられる非難に十分こたえてくれるはずだった。この手の書物がどうやって作られるのかはよく知らなかったが、夫の仕事ぶりを見ていて、多少のことはわかっていた。夫人はウィザモアは彼女が大部の著作を望んでいるようすなので、のっけから少し警戒した。夫人は「何巻本」云々の話をしたが、かれにはかれなりの考えがあった。

「真っ先にあなたのことが頭に浮かびましたのよ――主人がいたら、やはり同じことを思ったでしょう」

夫人は喪服に身をつつんでウィザモアの前にあらわれるや、そう言った。黒い大きな瞳、黒い大きな鬘《かつら》、黒い大きな扇と手袋――その姿はやつれて醜く、悲愴だが印象的で、見方によっては〝優雅な〟感じもうける。「主人はあなたが一番好きでした。それはもう！」――いわれてウィザモアはのぼせあがってしまった。なるほど、後になって思い直せば、果たして夫人はあんなことをうけあえるほど、ドインを知っていたのかということにもなる。この人の証言などあてにならぬ、とウィザモアだって訊《き》かれたらこたえたかもしれない。それでも、火のないところに煙は立たない。彼女は少なくとも自分の言っていることはわかっているし、ウィザモアを相手に世辞や愛想を言うとは思われない。二人はさっそく、家の裏手にある偉人の書斎へ廻った。主を失くしたその部屋からは、高級住宅街にはつきものの広々した緑の庭が一望できた――貧しいウィザモアにとっては美しく、胸躍る光景だった。

「ここなら良いお仕事ができるでしょう」ドイン夫人は言った。「他の人には使わせませんから――御自由にお使いになってください。ことに晩などは、ねえ、御覧のとおり静かで邪魔の入らない理想的な場所ですのよ」

たしかに理想的だ――青年はそう思って、あたりを見まわした。かれは目下夕刊紙の仕事をしており、昼間は当分拘束されるため、ここへ来るのは夜になると説明しておいたのだ。部屋は亡友の思い出に満ちていた。そこにあるものはすべて、かれのものだった。触れるものすべてが、かれの人生の一部だった。ウィザモアは急に気がくじけて――自分には不相応な名誉であり、心遣いであるような気がしてきた。未だに新しい思い出の数々がよみがえり、心臓《むね》は動悸《どうき》を打ち、目に涙があふれ、故人への義務感に圧《お》しひしがれそうだった。かれの涙を見て、ドイン夫人も目頭を熱くした。二人はしばらく見つめあうばかりだった。ウィザモアは夫人がこんなことを言い出しはしないかと思った。「ねえ、わたしがどういうことを感じたいか、おわかりでしょう。それを手伝ってくださいましな！」

やがて、二人のうちの一人が、相手の深い同意を得てこう言った――どちらが口に出して言ったかは問題ではなかった――「ここに来れば、わたしたちはあの人と一緒にいるんですね」だが、部屋を出る前にこう言ったのは、たしかに若い男の方だった――「ここではかれが一緒にいてくれますよ」

青年は都合がつくと、さっそく屋敷に通いはじめた。やがてこの家の魅せられた静寂の中、カーテンを引きこめた部屋のランプと炉火の間で、一つの意識が強まってくるのをおぼえた。かれは暗澹《あんたん》たるロンドンの十一月から脱け出した。静まりかえった広い邸内を抜け、赤い絨毯を敷いた階段をあがり、その途中に出逢う相手といえば、しつけのよい女中《メイド》が音もなく動きまわる姿か、扉の開いた部屋の中から女王然とした喪服姿で、悲壮な顔をしてうなずきかけるドイン夫人だけである。それから、よく出来ている扉に手を触れただけで、扉はカチャッと閉まり、かれは三、四時間の暖かいひとときを、日頃自分の師と呼んでいた人の霊と過ごすことができるのだ。じつをいうと、ウィザモアは最初の晩からそのことに気づいて、少なからず動揺したのだが――この一件で何よりもかれが期待していたのは、こんな感覚を――この特権と贅沢を味わえることだったのだ。自分の書く本のことなどはあまり考えていなかった――それについては、もうすでに色々と考えるべき問題が出てきた――かれはただ故人への愛情と尊敬の念――自尊心の満足は言うに及ばず――から、夫人の誘いにとびついたのだ。

だから、今になって迷いが出てきても不思議ではなかった――果たして、伝記を書くことが望ましいことなのかどうか？　こんな風に直接に、いわばなれなれしく近づくことを、自分はアシュトン・ドイン本人から許されたというのか？　たしかに伝記は立派な芸術だが、世の中には山程の伝記、山程の題材がある。それについて、ウィザモアはとりとめもなく思い起こした――ドインが同時代の編纂物についてもらした言葉、他の主人公、他の人生風景に関する考えをほのめかす言葉を。亡友は折々こんなことを言いたげだったではないか――〝文学的〟経歴というものは――ジョンソン（Samuel Johnson 一七〇九―八四 英国の文人）、スコット（Walter Scott 一七七一―一八三二 スコットランドの詩人・小説家）とボズウェル（James Boswell 一七四〇―九五『ジョンソン伝』の著者）、ロッカート（John G. Lockhart 一七九四―一八五四『ウォルター・スコット伝』の著者）のような場合は別として――作品によってあらわされれば、それで良いのだ、と。芸術家にとって大事なのは何を成したかであり、それ以外のものではない。

しかし、しがないジョージ・ウィザモアにしてみれば、こんなにも豊かな追憶の一冬を過ごす機会にとびつかぬ手があろうか？　まったく目のくらむ誘惑――それが本当のところだった。問題は出版社の提示した〝条件〟ではなかった――それとても、社の人間が言ったように申し分ないものだったが。ウィザモアの心を引いたのはドイン自身――かれと接し、かれと共にいることであり、今現《げん》に起こりつつあるような、生前にもまさって親密な交わりの可能性だった。死が生よりも謎と秘密をわずかしか持たないとは、不思議なことだ！　青年が部屋で一人過ごした最初の晩、かれは初めて本当に師と共にいる気がしたのだった。

二

ドイン夫人はかれをなるべく独りにさせておいたが、足りないものがないかと訊きに二、三度部屋へやって来たので、かれはその場で夫人の心づかいに礼をいうことができた。夫人は自分でも多少は遺品に目を通し、手紙を分類して束にまとめていた。抽斗《ひきだし》や棚の鍵は最初からウィザモアにあずけ、どこにどんな資料がありそうかということを丁寧に教えてくれた。要するに、できるかぎりすべてをかれに委ね、夫が彼女を信頼していたかどうかはさておき、彼女は夫の友人を信頼したのだった。だが、夫人はそれだけやっても、何か落ちつかないようすだった。拭いきれぬ不安が自信の裏につきまとっているような印象を、ウィザモアはうけた。気をつかってはくれるが、そのくせそこにいるのを感ずるのだ。この一件ですでに微妙な第六感がはたらくようになっていたかれは、寝静まった夜中、夫人が階段の上や扉の向こう側をうろついているのを感じた。スカートが音もなく擦《す》れる気配から、彼女が監視し、待っているのがわかった。ある晩、亡友の机に向かって交信に没頭していると、背後に人の気配を感じて、ハッとふりかえった。扉の音もしなかったが、ドイン夫人が部屋に入ってきたのだ。夫人はかれがとびあがったのを見て、ぎこちない笑顔をつくった。

「びっくりさせてしまったかしら」

「ええ、少し――熱中していたものですから。ほんの一瞬のことですが――あの人がいたような気がしたんです」

夫人は驚いていっそう妙な表情をした。「アシュトンが?」

「すぐそばにいるような気がするんです」

「あなたもなの?」

青年は当然、これには驚いた。「すると、あなたもお感じになるのですか?」

夫人はすぐには答えず、最初から同じ場所に立ったまま、暗い片隅を見透かそうとするかのように室内を見まわした。一時も手から放したことがないらしい黒い大きな扇を、いつもの癖で鼻先へもっていき、顔の下半分を隠すと、いくぶん冷たい感じのする目からはますます何も読み取ることができなかった。「ときどきはね」

「ここに」とウィザモアは言葉を続けた。「今にもあの人が入って来そうなんです。だから、さっきもぎょっとしたんです。あの人が実際にこの扉を出入りしていた時から、まだいくらも経っていません――つい昨日のことでしたからね。かれの椅子に坐って、かれの本をめくり、かれのペンを使い、かれの火をかきおこす――まるで、あの人がもうじき散歩から帰ってくるのを、ここへ来て待っている――そんな感じなんです。楽しいけれど――でも妙な感じがします」

ドイン夫人は扇をかざしたまま、興味深げに聴いていた。「気持ちが悪いですか？」

「いいえ――ぼくはこういうのが好きです」

また少しの沈黙があった。

「あの人が――あの、ほんとうに――部屋にいるような感じがしまして？」

「ええ、さっきも申しましたが」青年は笑った。「あなたが背後《うしろ》にいらしたので、それかと思ったんです。でも、我々が望んでいるのは結局、あの人が一緒にいてくれることでしょう？」

「ええ――最初の時、おっしゃいましたわね」夫人は同意のまなざしで見た。「かれが一緒にいてくれるだろうって――げんに、そうなのですわ」

夫人は重大なことのようにそう言ったが、ウィザモアは微笑んでいるのだと解した。「ならば、このままいてもらわなくては。あの人の望むことだけをしなければいけませんね」

「もちろんです――ただそれだけを。でも、ここにいるということは――」暗い瞳が漠たる苦悩《くるしみ》をたたえて、扇越しにほのめかすようだった。

「つまり、あの人が喜んでいて、ぼくらの手助けをしようとしている証拠だとおっしゃるんですね？　そうです。そうにちがいありませんよ」

夫人はふと吐息をつき、また部屋の中を見まわした。「お忘れなく――わたしも」と去り際《ぎわ》に言った。「お力になりたいと思っておりますのよ」彼女が行ってしまったあと、ウィザモアは、あれは単に自分のようすを見に来ただけなのだと結論した。

これ以来、かれは日増しに調子がよくなってきたようだった――仕事に身を入れるにつれて、ドインその人がいるという信念が強まったのだ。かれはこの空想が頭に浮かんでくると、それを歓迎し、盛り立て、力づけ、大事にいつくしんで、空想がふたたび生き生きとしてくる夕暮れを心待ちにした。恋人との約束の時刻《じかん》を待つように、夕闇がおりるのを待った。些細《ささい》な偶然が重なってこの思いに味方し、確証を与え、三、四週間も過ぎると、かれは自分の仕事が神聖なものだというお墨付きを得たと信じ込んでいた。自分たちのやっていることをドインがどう思うかという問題は、これで解決したではないか？　我々はかれが望むことをしているのであって、これからは狐疑逡巡《こぎ》せず、着実に仕事を進めていけばよいのだ。ウィザモアは時々それをはっきりと感じて嬉しくなった。ドインの秘密に深く立ち入った時、かれには故人がそれらのことを自分に知らせたがっていると思われて、何ともいえず嬉しかった。かれは思いもよらなかった色々のことを知った――多くのカーテンを引き開け、扉を押し開き、謎を解き、おおよそ万事にわたって、いわゆる楽屋裏に踏み込んだ。こうした〝裏面〟の仄暗《ほの》い闇をさまよっている時、かれはよく、ふとした拍子に友と親密に向かい合っているのを感じた。一体、かれと会っているのは過去の狭い通廊や細道の中でなのか、それとも現実のこの時間、この場所においてなのか、見境がつかなくなるほどだった。これは六七年の出来事なのか？――それとも今、机の向こう側で起きている事なのか？

ともかく、世上への公開によっていかなる卑俗な光を照《あ》てられようとも、ドインが〝姿をあらわす〟という事実は、幸いなことに残るのだ。かれの登場の仕方はあまりにも立派すぎるかもしれない――ウィザモアのような加担者ですら思いもよらなかったほどに。一方、この加担者は、自分のおかれた特異な意識状態をどうしたら他人《ひと》に伝えられるかわからなかった。それは口で説明できるものではない――ただ感じるしかないのだ。たとえば、ウィザモアが原稿に向かっている時、自分の肘が机にのっているのと同じくらいはっきりと、この家の亡き主人の吐息が髪にかかるのを感ずることがあった。面《おもて》を上げれば、笠つきランプが頁《ページ》を照らすごとく鮮明に、机の向こうに友の姿を見たであろう一瞬があった。そんな時、顔を上げなかったのは、かれ自身の問題だ。というのも、これは当然のことだが、深い気くばりと遠慮が――あまりに性急に、あるいは粗野に霊に近づくことへの恐れが状況を支配していたからだ。あたりの気配から強く感じられるのは、仮にドインがいるとしたら、それは自分自身のためというよりも、己《おのれ》の祭壇に仕える若い司祭のためだということだった。かれはその場を漂い、立ちなずみ、来ては去り、本や書類の間で、物静かな思慮深い司書のごとく、文人の好む無言の手伝いをしているようだった。

一方、ウィザモア自身も来ては去り、居所《いどころ》を変え、はっきりした目的《めあて》を持って、あるいは漠然と何かを求めて、さまよい歩いた。そして一度ならず、こんなことがあった――棚から取り出した本にドインの鉛筆による書き込みを見つけて、夢中になって読んでいると、背後の机に積んであった書類がずれて動いた。席に戻ってみると、間違った場所に入っていた手紙が文字通り目につくところに出ていたり——古い日誌を開いたところ、知りたかった当のことが書いてある頁がめくれて、疑問が氷解するというようなことが。五十もある容《い》れ物のうちでたまま開けてみたのが、役に立つ当の箱や抽斗であったことも、幽界の協力者がこちらの意図を察して、蓋を傾《かし》がせたり、半開きにしたりして、注意をうながしたからではないか？——時折、そうした協力が途絶えることもあったが、そんな時、もし勇気を出して見ることができたら、誰かが暖炉の前に、いささか超然と、背筋を正して立っているのが見えたことだろう——誰か、生きていたときよりも少しだけ、きついまなざしで見ている人物が。

三

かかる幸福な関係が現実に存在し、二、三週間も続いていたという事実は、やがて訪れた苦しみによっていっそう明らかになった。ある日の夕方から、青年はなぜかその関係が失われたことを感じはじめたのである。前兆はこうだった——かれはすばらしい未発表原稿の一頁をどこかにしまい込んで、捜してもさがしても出てこなかった——これまで自分を護っていた力がどうも混乱し、それどころか沈滞してしまったのを感じて、かれは愕然とした。ドインとかれが、この仕事を喜んで最初から一緒にいたのだとしても、その状態はウィザモアが疑念を抱きはじめてから数日のうちに、奇妙な変化をとげて、途絶えてしまった。そのせいだとウィザモアは思った。最初に資料をながめたときは、すんなり片づくだろうという明るい見通しがあったのに、今はただ膨大な分量にたじたじとするばかりである。かれは五夜にわたって苦闘した。机にもつかず、部屋をうろうろ歩きまわり、参考資料を手にとっては読みもせずに置き、窓の外を見やり、火をかき立て、色々妙なことを考え、何かそれらしいしるしや音がしないかと耳をすました——そういう音を空耳に聞いたというのではなく、聞こえることをむなしく求めていたのだ。だがしまいに、自分は今のところ見捨てられているのだという結論に達した。

かくて尋常《ただ》ならぬ事態となった。ドインの存在を感じないことが、かれを悲しいだけでなく、おそろしく不安にしたのだった。ドインがいることよりも、いないことのほうになぜか違和感があった——そのために、ウィザモアの神経はとうとう不条理な混乱に陥った。説明のできぬ性質のものにすっかりなじんでいたため、かえって正常への復帰、虚偽の廃棄に対して、ひどく過敏になったのである。やがてかれの神経はどうにも手におえなくなり、ある晩、ウィザモアは一、二時間我慢したあげく、部屋から抜け出した。こんなことは初めてだが、その部屋にいられなくなったのだ。これといった意図はなく——だが、いくらか息を切らし、怯《おび》えた人間のようにせかせかして、いつもの廊下を通り、階段の降り口に出た。するとドイン夫人が、まるで自分が来るのを知っていたかのように、下からこちらを見上げていた。何よりも変だったことは、かれは夫人にすがろうなどとはつゆほども思わず、ただ部屋から逃げ出したかっただけなのだが、そこに彼女が立っているのを目にしたとたん、「やっぱり」と思った——それが二人の上におしかぶさっているおそろしい圧迫の一部なのだと、即座に感じたのだった。現代ロンドンの何の変哲もない家の広間で、トテナム・コート・ロードで買った絨毯と電気照明の間で、こんなことがありうるとはいかにも不思議だが、背の高い黒衣の婦人から青年に、そして今度は青年から彼女に、以心伝心で思いがつたわった——彼女が「いずれおわかりになるわ」という顔つきでほのめかしていたことを、かれはやっと理解したのだ。青年はすぐに階段をおり、夫人は一階の小さな自室に入った。そして今度は扉を閉めたその部屋で、二人はおし黙り、怪訝な顔をして、この二、三の動きのうちに急に生命を得た告白と向かい合ったのだった。ウィザモアは亡友がいなくなったわけを悟って、息を呑んだ。「あなたと一緒だったんですね？」

　その言葉で言い尽くされた——だからどちらが説明する必要もなく、「何がいけないんだと思いますか？」——この問いがすぐに発せられたときも、二人が声をそろえて言ったかのようだった。ウィザモアは小さな明るい部屋を見まわした。夜毎、かれが二階で自分の生活をしていたように、夫人もここで彼女なりの生活を営んでいたのだ。こぎれいで居心地のよい薔薇色の部屋だった。だがここで、彼女もかれと同じことを感じ、同じ声を聞いたのだ。この部屋にいるドイン夫人は——深いピンクを背景にした風変わりな黒服、羽根飾りのついた凝《こ》った装い——〝頽廃的《デカダント》〟な彩色版画か、最新流行のポスターのような印象を与えた。「ぼくのところからいなくなったのを御存知だったんですね？」ウィザモアはたずねた。

夫人はそのところをはっきりさせようとしている様子だった。

「今晩は——たしかにそうです。わたし、事情がわかりました」

「前は——ぼくのところに——いたのを御存知でしたか？」

ふたたび間があった。「わたしのところにいないことは感じていました。でも階段を——」

「階段を？」

「ええ——通っていったんです。一度だけじゃありません。この家の中にいたんです。そしてあなたの部屋の戸口に——」

「何です？」夫人がまた口ごもったので、青年はたずねた。

「戸口に立ちどまると、時々感じました。それにあなたのお顔から察して——今晩はともかく、そちらのごようすがわかりました」

「それで部屋から出ていらしたんですか？」

「あなたがこちらへいらっしゃると思ったんです」

ウィザモアは手を差しのべ、二人は無言で手を握り合った。二人共、もう特別な存在は感じなかった——お互いの存在よりも特別なものは。しかし、この場所が突然神聖なものにかわったような気がして、ウィザモアは自分の不安をもう一度蒸し返した。

「それなら、何がいけないというんでしょう？」

「わたしはただ、本当にすべきことをしたいのです」夫人は間をおいて、言った。

「我々はやっているじゃありませんか？」

「どうでしょう——あなたは？」

かれにも自信がなかった。

「ぼくはそう信じています。でも、考えてみなければいけませんね」

「考えてみなければね」夫人は鸚鵡返しに言った。そして二人は考えた——その晩ずっと二人して考えつめ、その後幾日もめいめいの頭で考えた（少なくともウィザモアはそうであった）。かれはこの家に来て仕事をするのを一時中断し、自分は何か間違いを犯したのではないか、そのためにうまく行かぬのではないかと反省してみた。何か重要な点で間違った方向に進んだり、誤解をした——あるいは誤解をしそうに見えた——のだろうか？　どこかでうかつに事実をねじ曲げてしまったか、それとも言い方が不適切だったか。しまいに、かれは二、三の問題でしくじりをしかけていたのに気づいたと、自分ではそう思って戻ってきた。それから二階の部屋でまた不安な時をすごし、ふたたび階下《した》でドイン夫人と話し合ったが、夫人は依然悩み、頬を赤らめていた。

「あの人はおりまして？」

「います」

「わかっていました！」彼女は暗い顔で妙に得意そうに言った。それから念を押すように、

「わたしのところにはいませんでした」

「ぼくのところにも、助けにきたんじゃないんです」

「何ですって？」

「それがよくわからないんです――もうお手上げだ。ぼくは何をやっても間違っているような気がするんです」

夫人は一瞬、大げさな苦悩でかれを覆《おお》った。「どうしてそんなことがおわかりになるの?」

「いろんなことが起こるからです。奇妙なことが。どう説明したらいいのかわからない――それに信じてもらえないでしょう」

「いいえ、信じますとも!」ドイン夫人は声をあげた。

「かれが邪魔をするんです――どっちを向いても、あの人がいる」

「〝いる〟ですって?」

「ええ。ぼくの前に出てきそうなんです」

夫人は目を剝《む》き、ちょっと黙り込んだ。「あの人が見えるっておっしゃるの?」

「いつ目の前に見えてもおかしくない感じです。ぼくにはどうにもできない。邪魔されるんですよ」そういって、さらにつけ加えた。「ぼくはこわい」

「あの人のことが?」

青年は考えた。「その――自分のやっていることが、です」

「一体、どんなおそろしいことをしていらっしゃるっていうの?」

「あなたに頼まれたことです――かれの人生に立ち入ること」

夫人のおごそかな表情に、新たな驚愕の色が浮かんだ。「喜んで、なさっていたのではないんですか?」

「かれが喜んでいるかどうか、それが問題です。ぼくたちはあの人を裸にして、人に見せつけている。何といいましょうか——さらしものにしているんです」

哀れなドイン夫人は、夫への償いの手段がおびやかされたように、その瞬間いっそう憂いを深めて、目を怒らせた。「それが、なぜいけないんです？」

「ぼくたちにはわからないからです。人前に出るのをきらう性格もあれば、そういう人生もある。あの人は望んでいないかもしれない。訊いてみたわけじゃありませんから」

「どうして訊くことができまして」

青年は少しの間黙っていた。「そうだ、かれに訊いてみましょう。結局、我々が今までやってきたのは、そのことですからね。かれにおうかがいを立てていたんです」

「それなら——もしあの人がわたしたちと共にいたのだとしたら——もう答は出ているはずでしょう」

ウィザモアは何を信じるべきかをすでに悟ったような口ぶりだった。「ぼくらと〝共に〟いたんじゃありません。ぼくらに反対していたんです」

「ならば、どうしてあなたは——」

「最初あんなふうに考えたか——とおっしゃるんですね。あの人が我々に共感を示そうとしていたと？　ぼくがそもそも単純だったばかりに、誤解したんです。ぼくは——なんというか、すっかり浮かれてのぼせあがっていたために、理解できなかった。でも、やっとわかりました。かれはただ交信したがっていただけなんです。暗闇から必死で出てきて、神秘《なぞ》の世界から手をさしのばし、嫌悪の念からおぼろげな合図を送っている――」

「〝嫌悪〟ですって?」ドイン夫人は扇を口元にあて、息を呑んだ。

「我々がしていることに対する嫌悪です」青年は今すべてに納得が行った。「やっとわかりました。そもそも最初のうち――」

「何ですの?」

「かれの存在を感じたのは、つまり無関心ではないという態度の表明だったんです。それがあまりに嬉しかったものだから、ぼくは勘違いした。しかし、かれは抗議するために出てきたんです」

「わたしの伝記に?」ドイン夫人は悲しげに言った。

「誰の伝記でも同じです。伝記を出してもらいたくないんです。そっとしておいてほしいんです」

「では、もうおやめになるのね」夫人の声は金切り声に近かった。

ウィザモアもやり返した。「あの人は警告しているんですよ」

二人は束の間、相手の目をさぐるように見つめ合った。「恐いのね!」と夫人が言った。

青年は動揺したが、それでも言い張った。「かれは呪いとなって出てきたんです!」

二人はこうして別れたが、それも二、三日のことだった。ウィザモアは夫人が最後に言った言葉が耳について離れず、彼女の心を満足させてやる必要と、やがて迫ってくるもう一つの必要との間で、この一件からまだ手を引くべきではないように感じた。かれは結局、いつもどおりの時間に屋敷に戻り、いつもの部屋にいる夫人に会った。

「そうです、ぼくは恐いんです」考えた末に、やっとこの言葉の意味がわかったかのごとく言い放った。「でもあなたは違うようですね」

夫人はまっすぐに返事をしなかった。「あなたの恐いものは何なの？」

「その――このまま続けていれば、かれを見るだろう、ということです」

「そうしたら――？」

「そうしたら、もちろん」ジョージ・ウィザモアは言った。「やめなくてはなりません！」

夫人は尊大だが真面目な様子で思案をめぐらした。「思いますに、はっきりした合図《しるし》が必要ですわ」

「もう一度やってみろ、とおっしゃるんですか」

彼女は考え込んで、「やめることが――わたしにとって――どんなことかおわかりでしょう」

「でも、そんなことをなさる必要はないんです」

彼女はふと迷ったようだったが、やがて言葉をついだ。「それでは、あの人はわたしから何も――」しかし絶望のうちに言葉が途切れた。

「何ですか？」

「何もうけとろうとしないのですね――」

青年は気の毒なドイン夫人の顔をまた見た。「はっきりした合図《しるし》のことは、ぼくも考えました。もう一度やってみましょう」

しかし、ウィザモアが出て行こうとしたとき、夫人は思い出して言った。「あの——今晩は何の用意もしていないんです——ランプも、火も」

「かまいませんよ」階段の下から声をかけた。「自分で探します」

とりあえず部屋の扉は開いているはずです、と夫人は言い、部屋に戻って待った。そう長くはかからなかった。もっとも、自室《へや》の扉を開け放ち、気を張りつめて待っていた彼女と青年では時間の感覚が違っていたかもしれないが。ややあって、階段の上から声がした。やがて青年が戸口にあらわれ——階段をころげ落ちてきたのではないし、足音も控えめで静かだったが——顔は死人のように蒼黒く、無表情だった。

「もうあきらめます」

「それじゃ、見たんですね?」

「敷居のところで——見張っていました」

「見張っていた?」扇の後ろの顔が紅潮した。「はっきりしていまして?」

「おそろしく大きくて——でもぼんやりしていて、暗くて、恐かった」哀れむべきジョージ・ウィザモアは言った。

夫人はまだ訝《いぶか》っていた。「中にはお入りにならなかったの?」

青年は顔をそむけた。「かれが入れてくれないんです!」

「わたしが何もすることはないとおっしゃいましたね」夫人はしばらく間をおいて、いった。「それなら、わたしもやはり——」

「かれを見たいんですか?」

一瞬の沈黙があった。「あきらめなくてはいけませんか」

「あなたがお決めになることです」

青年はそう言うと、うつむいた顔に両手をあてて、ソファに身を沈めた。そうしてどのくらいの時間坐っていたか、後になって考えてみたけれども、わからなかった。ともかく、次に気がついたのは、自分がたったひとり、夫人のお気に入りの品々に囲まれているということだった。だが、こうしたことを感じて、また廊下への扉が開いているのに気づいて立ちあがったそのとき——照明《あかり》とぬくもりと薔薇色の空間の中で、黒い大きな、香水の薫りを漂わしている姿がふたたびかれと向かいあった。夫人は眼をいっそう大きく見開き、寒々とした視線を扇越しに投げかけたので、二階へ行ってきたことが一目でわかった。そして二人が共にかれらの奇妙な問題と対峙《たいじ》したのは、これが最後だった。

「見たんですね?」ウィザモアはたずねた。

かれは後に思ったのだが、夫人が目を閉じ、気を落ちつけようとするように、長いことじっと目をつむったまま黙っていた、その尋常《ただ》ならぬ様子から察するに——アシュトン・ドイン夫人が見た何とも名状のしがたいものにくらべれば、自分が見た幻などは、ほんのおこぼれにすぎなかったのだろう。彼女が口を開かぬうちから、かれにはすべてが終わったことがわかっていた。

「わたし、もうあきらめました」と夫人は言った。

訳者後書き

一九一〇年、ウィリアム・ジェイムズの訃報に接した夏目漱石は、朝日新聞連載の随筆の中でこう言っている。

教授の兄弟にあたるヘンリーは、有名な小説家で、非常に難渋な文章を書く男である。ヘンリーは哲学の様な小説を書き、ウィリアムは小説の様な哲学を書く、と世間で云われている位ヘンリーは読みづらく、又その位教授は読み易くて明快なのである。
（「思い出す事など」『文鳥・夢十夜』新潮文庫、一三六頁）

かくのごとく、ヘンリー・ジェイムズ（一八四三―一九一六）の文章の難解さは夙《つと》に有名だが、『ねじの回転』はその中でも堂に入った難物の一つといってよい。

この物語の誕生にまつわる話は、英米怪奇文学史上の一事件として、よく知られている。A・C・ベンスン、E・F・ベンスン、R・H・ベンスンといえば、いずれも怪奇小説を書いた三兄弟の作家だけれども、この人たちの父親エドワード・ホワイト・ベンスンはカンタベリー大主教を務め、英国宗教界の重鎮だった。しかるに、やはり幽的な物が好きな人だったようで、現在もある英国の「幽霊クラブ（The Ghost Club）」草創期の会員として名を連ねている。

一八九五年一月十日の木曜日、ジェイムズはロンドンの南郊クロイドンの町にあるベンスン大主教の住居を訪れた。そこはアディントン・パークといって、十九世紀の初め以来大主教たちが住む古色豊かな屋敷だった。お茶の後、居間で暖炉の炎を前に、大主教と差し向かいで話しているうち、話題は幽霊や〝夜の恐怖〟のことに及び、大主教は自分がある婦人から聞いた話を物語った。

ジェイムズのノート・ブックによると、それは曖昧な断片的な話で、こんな内容だったという――田舎のさるお屋敷に、両親を亡くした子供達が召使いの世話を受けて暮らしている。ところが召使い達は放埒無慚な悪者で、子供達を堕落させ、手のつけられぬ不良にする。召使い達は死に（ここの経緯がよくわからない）、幽霊となって家に取り憑く。子供達を危険な場所に招き寄せ、かれらを殺して、自分たちの仲間にしようとする……。

この話はなぜかジェイムズの心に強い不気味な印象を残した。そして彼は二年後の秋、これに触発された作品をものしたのである。その狙いは、表題が暗示するように、怪談の旧套を脱し、ひとひねりを加えたものを書くことだった。

というのも、この作品の題名〝The Turn of the Screw〟は従来〝ねじの回転〟という日本語で通っているが、この句は作品中に二回〝another turn of the screw〟という形で使われ、文脈からすると、いずれも〝ひとひねり〟というほどの意味を負わされている。〝screw〟ではなく〝turn〟の方に重点があるのだ。

もっとも、強いてscrewの方に意味合いを見出そうとすれば、回転というよりもねじの回転による垂直運動、その結果としての〝圧迫〟という語気を含むように思われる。〝turn the screw〟という慣用句がそうであるから、〝ひとひねり〟よりは、むしろ〝ひとねじり〟〝ひと締め〟〝ひと絞り〟といった方が近いかもしれない。いずれにしろこれを日本語にすることは難儀で、〝ねじの回転〟が生硬な直訳だといっても、〝ひとひねり〟〝ひとねじり〟の類では題名としてサマになるまい。かといって、〝ねじひと絞り〟といった具合に〝ねじ〟という言葉を入れてしまったが最後、日本人なら誰しも、あの硬い金属製の物体をすぐ思い浮かべるだろうから、そちらの方に気が取られて誤解を招くということになる。

これには訳者も頭を悩ましたけれども、『ねじった話』などとオツな題名をつけて、未訳のゴースト・ストーリーを発掘したと思われても困るので、結局、一番耳に馴染んだ訳題を踏襲することにした。

さて、ともかくそういう作品だから、作者は精出して趣向を凝らした。この作家が趣向を凝らすとどういうことになるかというと、持ち前の悪文癖に加えて、意図的な曖昧さ——朦朧法とでもいうべきもの——が全篇を覆い、まるでだまし絵のような油断ならぬものが出来上がった。

ホルヘ・ルイス・ボルヘスはこの小説について、少なくとも二つの合理的な解釈が可能だと述べているが、多少非合理な豪傑的解釈ならば、二つといわず、いくらでも可能だろう。

大方の素直な読者は、魅力的な序章に引かれて、まずまっとうな幽霊譚としてこの作品を読み始めるだろう。最後までそのように読むことも、むろん出来なくはない。しかし、読み進むにつれ、「どうもおかしいな」という気がしてくる。戦慄の質が、どうも途中で心霊的なものから、心理的なものに変わってくるようだ。

そこで、すべては家庭教師の妄想だったという説――すなわち、彼女の性的抑圧が生んだ幻想だったというフロイトばりの解釈や、この作品を一篇の寓話として受け取るべきだという説、果ては、マイルズはじつは死んでおらず、序章に出てくるダグラスがその人なのだとか、すべてはグロース夫人の陰謀だったとかいう珍説まで飛び出す。

小説をどう読むかは各個人の自由であるから、訳者は余計な口は差し挟まない。諸家の説の詳細について、興味のある人は研究書をあたってみられるとよい。有名なものでは、Gerald Willen編 *A Casebook of Henry James's The Turn of the Screw* がある。

ただ、純粋にひとひねりある怪談としてこの作品を楽しむためにも、日本のみなさんの念頭においていただきたいと思うことが二つばかりある。

その一つは、当時（十九世紀末）の英米人が性に対して持っていた意識だ。ヴィクトリア朝が性に関し、きわめて抑圧的な時代だったことは御承知の通りだが、ことに子供はそういう〝汚い〟ものから離れた、天使のような存在という通念が確固としてあった。その子供がふしだらな幽霊たちによって、ひそかに大人の愛欲の世界に引き込まれているということは、その性愛が同性愛であれ、異性愛であれ、由々しき衝撃を与えるテーマだった。

もう一つは、かれらの階級意識である。思うに、クウィントは幽霊であるばかりでなく、下層階級の人間であるという点が、この物語の関係者たち——家庭教師とグロース夫人に、いい知れぬ嫌悪感を催させるのだ。そのことがまた、かれと情を交わしたジェスル先生に対する嫌悪にもつながる。仮に同じ幽霊でも、七代前の伯爵か何かだったら、この人たちの反応は大分違ったかもしれない。

このあたりの感覚を当時の読者と共有はできないまでも、知識として頭の隅に入れておかないと、作品を覆う神秘の霧はいよいよ深まるばかりだろう。

☆

本書はこの問題作の新訳をせよという書肆の需《もと》めによって生まれたものであるが（その話を持って来た死の天使は牧原勝志氏である）、他にジェイムズの怪奇譚の中から、訳者の気に入ったものを数篇収録した。各々について年代順に原題と初出、それにささやかな説明を書き添えておく。

『古衣装の物語』The Romance of Certain Old Clothes——初出は“The Atlantic Monthly”誌一八六八年二月号。作者が二十五歳の時に発表された初めての怪談である。ジェイムズは後に二度、これを書き改めた。ここに訳したのはその最終稿である。

『幽霊貸家』The Ghostly Rental――初出は“Scribner's Monthly”誌一八七六年九月号。この物語はジェイムズが若き日に学んだハーヴァードの町を舞台としている。彼は一八六二年から六三年の間、ハーヴァード大学法学部に通った。兄と共に間借りした下宿に神学の学生がいて、共に談論に耽ったという。

ちなみに、アイルランドのファンタジー作家フォレスト・リードは若い頃熱烈なジェイムズの崇拝者だったが、この埋《うず》もれた短篇を知っているのは俺ぐらいだろうと、随筆「私の道」で自慢している。本書にこの作品を入れてみたのも、あまりアンソロジーなどに採られない珍品だからだ。

『オーエン・ウィングレイヴ』Owen Wingrave――初出は“The Graphic”誌一八九二年クリスマス号。主人公の名前〝Owen〟はゲール語で、〝戦士〟の意味だそうな。してみると、Owen Wingraveは「戦士が墓を手に入れる」と読める。

『ねじの回転』The Turn of the Screw――初出は“Colliers'”誌一八九八年一月二十七日―四月十六日号。

『本当の正しい事』The Real Right Thing――初出は“Collier's Weekly”誌一八九九年十二月十六日号。この話にも出生譚がある。エッセイストとして知られたオーガスティン・ビレルが政治家フランク・ロックウッドの死後、その遺品に囲まれて伝記を執筆した時、「まるで彼が今にも部屋に入って来そうな」感じがした、とジェイムズに語った。それがヒントになったのである。原題には、じつは二つの意味が込められている。すなわち、故人のためになすべき「本当に正しい事」、もうひとつは故人にふさわしい「本当の正しいもの（伝記）」――〝thing〟は事にも物にもなるからだ。

本書の訳文は坂本が第一稿をつくり、南條が推敲し、その後両名で吟味推敲を行った。但し、文体に関しては南條が自分の趣味で統一している。底本には、Leon Edel ed., Henry James : *Stories of the Supernatural*, Taplinger Pub. Co. New York, 1980を用い、疑いのある箇所等については、初出誌を参照した。

なお、翻訳に際して以下の既訳を参考にさせていただいた。諸先達の鴻恩に感謝の意を表したい。

The Turn of the Screw：蕗沢忠枝訳（新潮社、一九六二）、佐伯彰一訳（筑摩書房、一九七二）、野中惠子訳（審美社、一九九三）、古茂田淳三訳（あぽろん社、一九九三）、行方昭夫訳（岩波書店、二〇〇三）。

The Romance of Certain Old Clothes：鈴木武雄訳（河出書房新社、一九八九）。

The Ghostly Rental：鈴木和子訳（新風舍、一九九八）。

Owen Wingrave：林節雄訳（国書刊行会、一九八九）。

The Real Right Thing：古茂田淳三訳（あぽろん社、一九九三）、鈴木和子訳（新風舍、一九九九）。

幽霊の実在をめぐる二つの論争――『ねじの回転』と心霊研究

赤井敏夫

『ねじの回転』は発表以来多数の読者から怪談として親しまれているが、一般にいう幽霊譚とはいささか毛色の変わった出来栄えとなっていることは、ことさら難解な文学理論を前提にしなくとも、一読のうえ感覚的に理解できるはずである。たしかに幽霊らしきもの――それはブライ邸の召使クウィントと前任の家庭教師ジェスルのものとされるのだが――は登場するものの、ひたすら静寂の中でたたずむばかりで、一向に積極的な行動をとる気配も見せず、そもそも幽霊が子供たちにどんな悪い影響を及ぼしているのかすら明確に語られることがないまま物語は終わる。

むろんこれは、作者ヘンリー・ジェイムズの書き方そのものに由来するものであり、なぜジェイムズがこのような曖昧な表現に終始したかという問題は、早くから批評家の関心を惹いてきた。もっとも有名なのがエドモンド・ウィルソンが一九三四年に提唱した「幻覚説」である。ウィルソンはフロイト心理学の業績を応用し（これが当時最新の文学理論だった）、そもそもこの作品は幽霊の出現を物語るものではなく、すべては語り手である家庭教師の性的フラストレーションから来る幻覚であることを暗示しようとしているのだと論じた。これが『ねじの回転』批評史における幽霊の実在をめぐる長い論争のはじまりであり、以降一世紀近くにもわたって野心的な文芸批評家たちがその時代の知的流行に即した最先端の批評理論を駆使して、自説の整合性の優劣を競い合う一種のバトルフィールドとなって、現在にまでおよんでいる。

　かくいう筆者はヘンリー・ジェイムズ研究の専門家ではないからそうした論争とは無縁の身であるし、ましてやこの場を借りて批評理論の錯綜した変遷を逐一跡づけて解説したところで怪談愛好家の読者は鼻白むばかりであろうことは目に見えているから、ここではがらりと視点を変えて、ジェイムズがこの作品を上梓した時代に広く関心を惹いていたもう一つの幽霊の実在をめぐる論争を紹介し、それが本作執筆にあたってジェイムズの想像力を刺激した可能性を指摘してみようと思う。

『ねじの回転』が徹頭徹尾ジェイムズによるフィクションではなく、着想の原点となる物語があったことは早くから知られていた。ジェイムズが在英中の一八九五年、これは本作執筆開始の約三年前にあたるが、カンタベリー大主教Ｅ・Ｗ・ベンスンに招かれてクロイドンの館に滞在したさいに、二人の召使の霊が幼い二人の子供に取り憑いて重病を来したという逸話をベンスン自身の口から聞いたのがそれである。このときの百物語的状況――イギリスにはクリスマス休暇に親しい者が集まって暖炉の前で怪談を披露し合う習慣が古くからあるが、ジェイムズのベンスン邸滞在は丁度この時期にあたる――は本作の導入部に巧みに活かされているとおりであるが、このベンスン一家はとりわけ怪談に関心が深かったらしく、大主教の息子のうち三人までが後に作家として世に出ており、中でも三男E・F・ベンスンは秀逸な怪奇短編を数多く残しアンソロジーの常連となっているほどである。

この逸話の由来は『ねじの回転』一九〇八年版の序文にジェイムズ自身が記しており、またかれが生前常備していた覚え書きの記述からも裏づけられるのだが、不思議なことにジェイムズの死後研究家が大主教の子供たちに証言を募ってみると、誰一人として怪談好きの父親が生前その種の逸話を語ったことを憶えていないことが判明したのである。これは一体どう解釈すべきであろうか。ジェイムズ、もしくはベンスン一家の記憶違いか、あるいは更に疑うなら『ねじの回転』には別種のソースがあって、ジェイムズが意図的にそれを韜晦《とうかい》しようとしたものなのか。

実はこの種の原典探しもまたジェイムズ研究の一分野を形成しており、詳しく説明し出すと煩瑣《はんさ》におよぶのが避けられないため言及を控えるが、ジェイムズが当時の心霊研究《サイキカル・リサーチ》と浅からぬ関係にあったことには触れずにおられない。そもそもジェイムズ公認の原典提出者とされるベンスン大主教自身からして、作者ヘンリーと兄ウィリアムのジェイムズ兄弟が深く関わった心霊研究団体SPRの前身にあたるケンブリッジ大学の幽霊愛好会《ゴースト・クラブ》の創設に尽力した人物だったのであるから。

日本ではつい半世紀ほど前まで、特に農村部で、憑霊現象、いわゆる憑き物は日常的に見られた現象である。そうした文化環境からは容易に想像しがたいのであるが、キリスト教文化圏では憑き物は長らく最大の禁忌の対象とされてきた。中世教会が死霊占い《ネクロマンシー》を強く禁圧してきたのも、迂闊に幽霊の実在を容認してしまうと（これは個人の人格が死後も何らかのかたちで存続するのを前提していることになるのだが）最後の審判というキリスト教にとっては根幹的な倫理哲学に対する強力な反証となり、ひいては教会の権威を揺るがす脅威になりかねないことを懸念していたからに外ならない。したがって、一八四八年にアメリカはニューヨーク州で死後霊とコミュニケートした実例が報告され（いわゆるハイズヴィル事件）、以降一世紀近くにもわたって英米圏を席巻する心霊主義《スピリチュアリズム》の流行のきっかけとなったのは、すぐれて近代的な現象と見なければならない。心霊主義《スピリチュアリズム》の近代的特徴とは、教会の禁圧を逃れて旧大陸キリスト教圏の農村部に細々と継承されていた民間の巫祝伝統《ふしゅくでんとう》とは断絶した都市的な現象であったこと、キリスト教改革派から無神論まで幅広い宗教的レンジの中でほとんどの新興思想と結合して、その結果社会階級の区分を問わずあらゆる階層で好んで受容されたきわめて民主的な宗教思潮であったことと要約されるだろう。

長期間の流行の間に心霊主義《スピリチュアリズム》に関心を示した人々は膨大な数にのぼったが、死後霊の実在に対する認識は狂信的な受容から懐疑的な観察にいたるまで様々に細分化されており、おのおのの同志を募って結束し互いに交流することは少なかった。この傾向は階級制が社会制度の根幹を成している英国においてとりわけ顕著であり、SPR（the Society for Psychical Research）は結成当時そのヒエラルキーの最上位に位置したグループであったといってよい。一八八二年にケンブリッジ出身者を中心に創設されたこの団体は倫理哲学者ヘンリー・シジウィック、心理学者フレデリック・マイヤーズ、物理学者オリヴァー・ロッヂ、古典学者ギルバート・マレイ、後の英国首相アーサー・バルフォアなど、当時の英国のアパー・ミドル階級に属する錚々たる知識人を幹部に擁して、死後の人格の存続を科学的に観察検証することを目標に掲げていたが、これは死後霊の実在をアプリオリに前提する凡百の心霊主義者《スピリチュアリスト》とは一線を画することを強調するためであった。英国外からの参加者として高名なのはフランスの心理学者アンリ・ベルグソン、そしてアメリカからはヘンリー・ジェイムズの実兄にあたる心理学者ウィリアム・ジェイムズがいた。

　主要メンバーの構成を見ても分かるように、SPRは学際的なアプローチ能力を誇って一般の心霊主義者《スピリチュアリスト》との差別化を図ろうとしていたわけだが、「科学的」という割には人文科学系の研究者が中心となっているのは今日的視点からして不可解に映るはずだし、その意味でその研究方法は客観性において大いに疑わしいところが残ると言わざるをえないのだが、ともかくSPR調査員（主にマイヤーズとシジウィック、および書記のエドモンド・ガーニーがその任に当たっていた）が記録した心霊現象の報告は膨大な数にのぼり、それらは三十巻になんなんとする学会紀要に収録されている。

　この紀要をふくめたSPR関係文書はほぼ半数が心霊現象を体験した人々に対する面接による聞き書きから成っており、十九世紀後半から二十世紀初頭にかけての英国怪談実話の集大成を成している観がある。ただ客観性を重視したSPRだけに誇張や脚色の混入することを極力排して報告者に体験した事実だけを述べることを強要しているため、文学的滋味に欠け、筆者のようなこの方面を専門に研究している者でなければとうてい全巻を通読して恬然としておられるような代物ではない。とはいえヘンリー・ジェイムズが以前からこの種の文献に――読破していたとまではいえないものの――親しんでいたことは間違いない。少なくともかれの蔵書にはガーニーが一八八六年に発表した『生者の幻影』（これも四百余の事例を収集した一三〇〇頁にもおよぶ大著である）が架蔵されていたし、マイヤーズとの文通があったことから考えて、兄ウィリアムを介してSPR紀要の内容に通じていた可能性は高い。そればかりか、研究者によってはヘンリー・ジェイムズがSPR関係文書のみならず、他の心霊主義者《スピリチュアリスト》団体が刊行していた『光《ライト》』（この雑誌にはコナン・ドイルが深く関わっていた）や『生死のはざま《ボーダーランド》』などの機関誌にまで目を通していた可能性を示唆する説を唱えるものすらある。本書に収録されているような『ねじの回転』前後に書かれた怪談短編には、明らかにこうした心霊主義者《スピリチュアリスト》系刊行物で報告されている心霊実話と構造上の共通点が見られるからである。

　残された紙幅も少ないことから、ここでは周辺文献との類似にまで踏み込むことは控えて、『ねじの回転』とSPR関係文書との平行関係を見るだけにとどめよう。SPR報告の大半は憑霊現象に注目したものだが、これは死後霊が特定の個人に憑く事例と、特定の場所に霊が現れる事例に大別できる。前者は霊媒《メディウム》を介して死後霊とコミュニケートするもので、心霊研究者にとってはほとんど唯一の能動的調査方法であった。むろん霊媒《メディウム》が介在することでトリックが用いられる危険性を排除できず、特に高名な職業霊媒の場合幾度もデバンキングの対象となり、心霊研究の客観性が疑問視される最大の弱点ともなっていたわけだが、今回はこの点には立ち入らない。むしろ『ねじの回転』との類似が顕著なのは「霊の出現《アパリション》」と呼ばれた後者の範疇である。これが憑霊現象の中に分類されるのは、死後霊が特定の場所（さらに限定的には特定の家屋）に現れることを、その場所に「憑く」と解釈するからである。ＳＰＲがこの事例に注目したのは、アパリションに再現性があることから、その背後に何らかの規則性もしくは憑霊を促す原理的な法則が発見できるのではないかと期待したためと考えられる。『ねじの回転』ではクウィントとジェスルの二人の幽霊はブライ邸に憑いているのか、あるいは二人の子供に随《つ》きまとっているのか、いずれとも判断しがたいように描写されている。物語のクライマックスで妹のフローラが館から連れ出されることで破滅を免れる（あるいは免れたように見える）ことから、幽霊は館に憑いたものと解釈できなくもない。

幽霊が凝視する以外にことさら能動的行動を見せないこともまた、ＳＰＲの蒐集したアパリション事例に対応しているといえる。アパリション事例に見る幽霊が明白な意図を持って行動しないことは早くからマイヤーズによって強調されているところであるが、ＳＰＲがこの規定に固執した理由として、生前の怨みを晴らすべく出現する亡霊といった解釈を許容すると、プロテスタンティズムが嫌悪した前近代的迷信との境界が曖昧になり、ＳＰＲが死守しようとした科学的研究という原則が忽《ゆるが》せになるのを嫌ったためではないかと考えられる。ブライ邸の亡霊が子供たちに及ぼしているとされる悪い影響がどんな種類のものなのか一向に具体的に記述されない背景には、ジェイムズがＳＰＲ報告の定式を参照した可能性を窺わせるものがある。いずれにせよ幽霊が特定の域内に限って出現すること、その行動が非活性的であること、正体不明の足音や遠くから響く子供の泣き声（この事例は数多く報告されている）といった現象は、SPR報告の随所に見られるものであり、ジェイムズ自身がこうした事例に通じていたことを強く推測させる根拠となっているのである。

ジェイムズ研究の中には、作者が物語の冒頭に登場するダグラスのキャラクター設定をするにあたって、ケンブリッジ在学中にSPR前身の幽霊愛好会《ゴースト・クラブ》に所属し、以降もアマチュア心霊研究者として活動してきた人物であると読者に暗示しようとしたのではなかろうかとの大胆な仮説を玩《もてあそ》ぶものがある。ダグラスが語り手の家庭教師に強いてこの幽霊譚を書き記させたという過程が、SPRの調査方法に酷似しているというのが主な根拠である。これを立証する新資料が将来発見される可能性は低いが、もしこの仮説に一抹の妥当性があるとするなら、『ねじの回転』そのものが、文学的滋味に欠ける心霊研究報告の文学的再話としての構造を持つことになる。諧謔《かいぎゃく》に富んだ解釈といえるのではあるまいか。

（神戸学院大学人文学部教授・英国近代文化論研究）

検印
廃止

ねじの回転
心霊小説傑作選

2005年4月15日　初版
2019年8月9日　7版

著者　ヘンリー・ジェイムズ

訳者　南條竹則《なんじようたけのり》・坂本《さかもと》あおい

発行所（株）東京創元社
代表者　長谷川晋一

162-0814／東京都新宿区新小川町1-5
電話　03・3268・8231-営業部
03・3268・8204-編集部
URL　http://www.tsogen.co.jp
暁印刷・本間製本

乱丁・落丁本は，ご面倒ですが小社までご送付ください。送料小社負担にてお取替えいたします。

©南條竹則・坂本あおい　2005　Printed in Japan

ISBN978-4-488-59601-9　C0197

もうひとつの『レベッカ』

MY COUSIN RACHEL◆Daphne du Maurier

レイチェル

ダフネ・デュ・モーリア
務台夏子 訳　創元推理文庫

◆

従兄アンブローズ――両親を亡くしたわたしにとって、彼は父でもあり兄でもある、いやそれ以上の存在だった。

彼がフィレンツェで結婚したと聞いたとき、わたしは孤独を感じた。

そして急逝したときには、妻となったレイチェルを、顔も知らぬまま恨んだ。

が、彼女がコーンウォールを訪れたとき、わたしはその美しさに心を奪われる。

二十五歳になり財産を相続したら、彼女を妻に迎えよう。

しかし、遺されたアンブローズの手紙が想いに影を落とす。

彼は殺されたのか？　レイチェルの結婚は財産目当てか？

せめぎあう愛と疑惑のなか、わたしが選んだ答えは……。

もうひとつの『レベッカ』として世評高い傑作。

天性の語り手が人間の深層心理に迫る

DON'T LOOK NOW◆Daphne du Maurier

いま見てはいけない

デュ・モーリア傑作集

ダフネ・デュ・モーリア
務台夏子 訳 創元推理文庫

◆

サスペンス映画の名品『赤い影』原作、水の都ヴェネチアで不思議な双子の老姉妹に出会ったことに始まる夫婦の奇妙な体験「いま見てはいけない」。

突然亡くなった父の死の謎を解くために父の旧友を訪ねた娘が知った真相は「ボーダーライン」。

急病に倒れた司祭のかわりにエルサレムへの二十四時間ツアーの引率役を務めることになった聖職者に次々と降りかかる出来事「十字架の道」……

サスペンスあり、日常を歪める不条理あり、意外な結末あり、人間の心理に深く切り込んだ洞察あり。

天性の物語の作り手、デュ・モーリアの才能を遺憾なく発揮した作品五編を収める、粒選りの短編集。

英国ミステリの真髄

BUFFET FOR UNWELCOME GUESTS◆Christianna Brand

招かれざる客たちのビュッフェ

クリスチアナ・ブランド

深町眞理子 他訳 創元推理文庫

◆

ブランドご自慢のビュッフェへようこそ。
芳醇なコックリル印《ブランド》のカクテルは、
本場のコンテストで一席となった「婚姻飛翔」など、
めまいと紛う酔い心地が魅力です。
アントレには、独特の調理《レシピ》による歯ごたえ充分の品々。
ことに「ジェミニー・クリケット事件」は逸品との評判
を得ております。食後のコーヒーをご所望とあれば……
いずれも稀代の料理長《シェフ》が存分に腕をふるった名品揃い。
心ゆくまでご賞味くださいませ。

収録作品＝事件のあとに，血兄弟，婚姻飛翔，カップの中の毒，
ジェミニー・クリケット事件，スケープゴート，
もう山査子摘みもおしまい，スコットランドの姪，ジャケット，
メリーゴーラウンド，目撃，バルコニーからの眺め，
この家に祝福あれ，ごくふつうの男，囁き，神の御業

文豪たちが綴る、妖怪づくしの文学世界

MASTERPIECE YOKAI STORIES BY GREAT AUTHORS

文豪妖怪名作選

東 雅夫 編

創元推理文庫

◆

文学と妖怪は切っても切れない仲、泉鏡花や柳田國男、
小泉八雲といった妖怪に縁の深い作家はもちろん、
意外な作家が妖怪を描いていたりする。
本書はそんな文豪たちの語る
様々な妖怪たちを集めたアンソロジー。
雰囲気たっぷりのイラストの入った尾崎紅葉「鬼桃太郎」、
泉鏡花「天守物語」、柳田國男「獅子舞考」、
宮澤賢治「ざしき童子のはなし」、
小泉八雲著／円城塔訳「ムジナ」、芥川龍之介「貉」、
檀一雄「最後の狐狸」、日影丈吉「山姫」、
室生犀星「天狗」、内田百閒「件」等、19編を収録。

妖怪づくしの文学世界を存分にお楽しみ下さい。

アメリカ恐怖小説史にその名を残す
「魔女」による傑作群

Shirley Jackson
シャーリイ・ジャクスン

The Haunting of Hill House
丘の屋敷
「この屋敷の本質は“邪悪”だとわたしは考えている」

We Have Always Lived in the Castle
ずっとお城で暮らしてる
「皆が死んだこのお城で、あたしたちはとっても幸せ」

The Smoking Room and Other Stories
なんでもない一日
シャーリイ・ジャクスン短編集
「人々のあいだには邪悪なものがはびこっている」

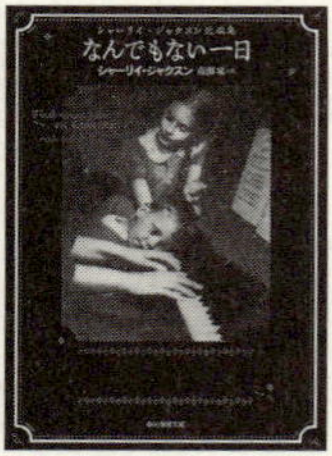

『望楼館追想』の著者が満を持して贈る超大作！

IREMONGER

〈アイアマンガー三部作〉

1 堆《たい》塵《じん》館《かん》

2 穢《けが》れの町

3 肺《はい》都《と》

written and illustrated by

EDWARD CAREY

エドワード・ケアリー 著／絵　古屋美登里 訳　四六判上製

塵から財を築いたアイアマンガー一族。一族の者は生まれると必ず「誕生の品」を与えられ、生涯肌身離さず持っていなければならない。クロッドは誕生の品の声を聞くことができる変わった少年だった。ある夜彼は館の外から来た少女と出会う……。

猫好きにも、不思議好きにも

BEWITCHED BY CATS

猫のまぼろし、猫のまどわし

東 雅夫 編

創元推理文庫

◆

猫ほど不思議が似合う動物はいない。
謎めいたところが作家の創作意欲をかきたてるのか、
古今東西、猫をめぐる物語は数知れず。
本書は古くは日本の「鍋島猫騒動」に始まり、
その英訳バージョンであるミットフォード（円城塔訳）
「ナベシマの吸血猫」、レ・ファニュやブラックウッド、
泉鏡花や岡本綺堂ら東西の巨匠たちによる妖猫小説の競演、
萩原朔太郎、江戸川乱歩、日影丈吉、
つげ義春の「猫町」物語群、
ペロー（澁澤龍彦訳）「猫の親方あるいは長靴をはいた猫」
など21篇を収録。
猫好きにも不思議な物語好きにも、
堪えられないアンソロジー。